ロールキャベツ

森沢明夫
Morisawa Akio

徳間書店

ロールキャベツ

目次

装画　井筒啓之
装丁　岡本歌織
（next door design）

プロローグ

海の町へと向かう快速列車は、淋《さび》しいくらいに空《す》いていた。

わたしは四人がけのボックスシートに一人で座り、ぼんやりと窓の外の景色を眺《なが》めていた。

春めいた空は、明るめのパステルブルー。とはいえ、樹々はまだ新芽のままだから、山々は寒そうな薄茶色をしている。

ふと、腕時計に視線を落とした。

時刻は、午後三時すぎ。

半日がかりだった列車の旅も、あと少しで終わる――。

長旅に、思わず「ふう……」と嘆息《たんそく》したら、列車がガクンと速度を落としはじめた。目的の駅が近づいてきたのだ。

寒がりのわたしは、隣の席に置いていたコートを着た。念のため、ふわふわの白いマフラーを首に巻いて顎《あご》まで隠しておく。そして、転ばないよう注意深く席を立つと、父の形見のアコースティックギターを背負い、ライムグリーンのスーツケースを転がして、車両のはじっこにあるドアの前に立った。

降車の準備をしているのは、わたし一人だ。

やがて列車は簡素な田舎の駅に到着した。

プシュウ、と空気が抜けるような音を立ててドアが開く。と同時に、ひんやりとした清澄《せいちょう》な空気がなだれ込んできた。

これが、新たな人生の空気――。

わたしはスーツケースの持ち手を両手でぎゅっと摑《つか》むと、せーの、で背中を反《そ》らして持ち上げた。

「う、ぐ、重たっ……」

特大のスーツケースの重量によろめきながらも、なんとか春風の吹くホームに降り立った。着いた。やっと。

胸裏《きょうり》でつぶやいたわたしは目を細めていた。パステルブルーに覆《おお》われた風景が、やたらとまぶしく感じたのだ。

プシュウ、と列車のドアが閉まる。ゆっくりと鉄の箱が動き出す。

わたしは駅の階段に向かってスーツケースを押しながら歩き出した。

右を見ると、樹々の生い茂る山がすぐそこにまで迫っている。

左は、徐々に速度を上げていく快速列車。動いている窓の向こうに、反対側のホームと改札口が見えた。改札の先には、ちょっとしたロータリーがあって、小さな不動産屋やコンビニも見える。

のどかな町の、のどかな駅だ。

ふいに山から腐葉土《ふようど》の匂いのする風がさあっと吹いて、わたしの黒髪を揺らした。その風にのって、ひらり、ひらり、無数の桜の花びらが舞い落ちてくる。風上を見遣《みや》ると、駅のすぐそばに満開の桜の老木がそびえていた。

もしかして、わたし、この町に歓迎されてたりして……。

少しずり落ちた鼈甲柄《べっこうがら》のメガネの位置を正したわたしは、白いふわふわのマフラーのなかで頬を緩《ゆる》めた。

そのまま駅の階段の前までスーツケースを転がして、いったん足を止めた。この駅にエレベーターもエスカレーターもないことは二月に確認済みだ。というわけで、ここからは、いよいよ力仕事となる。

スーツケースの持ち手から手を放したわたしは、そそり立つ階段を見上げて「ふー」と呼吸を整えた。そして、あらためてスーツケースに手をかけようとしたとき――。

タッタッタッ、と背後から軽快な足音が近づいてきて、わたしの目の前で止まった。

なに、この人……。

足音の主を見上げると、野暮《やぼ》ったい感じのグレーのジャンパーを着た青年だった。年齢は、たぶん、わたしと同じくらいだろう。

「えっと……」

不審に思ったわたしが口を開きかけた利那《せつな》、青年は短い言葉を早口でまくし立てると、慌てた様子でわたしのスーツケースを右手で摑み、ぐいっと持ち上げた――と思ったら、そのまま階段をダッシュで駆け上がりはじめたのだ。

えっ？

「ちょっ、ちょっと――」

わたしの大切なモノを詰め込んだスーツケースが、見知らぬ男に持ち去られていく。

なにこれ。どういう展開？

どんどん離れていくグレーのジャンパー。

茫然《ぼうぜん》と立ち尽くすわたし。

いまから追いかけても、無理、追いつけない――、そう思ったとき、背後からふわっとパステル色の風が吹いた。

ひらり、ひらり。

桜の花びらが、夢のように舞い降りてくる。

ふと我に返ったわたしは、慌ててコートのポケットに右手を突っ込んだ。なかからスマホを引き抜く。そして、冷静に、一ミリの狂いもなく、いま、この瞬間、わたしが最低限すべきことをした。

そうこうしているうちに、青年は階段を上り切り、こちらを振り向きもせず左に折れて視界から消えてしまった。

「…………」

わたしは、手にしていたスマホの画面を見詰めて、コートのポケットに戻した。

どっくん、どっくん、どっくん……。

あまりの出来事に、肋骨《ろっこつ》の内側で心臓が暴れていた。

わたしはそれをなだめるように、ひとつ深呼吸をした。

大丈夫。あいつの顔はちゃんと覚えてる。

胸裏で自分に言い聞かせたわたしは、いまさら追いつくはずのない青年の残像を追うように、最初の一段へと左足を踏み出した。

捕まえるから。きっと――。

第一章　青の世界

【夏川《なつかわ》　誠《まこと》】

俺は古びた中学校の校舎のなかに居た。

校舎といっても、とっくの昔に廃校になっているのだろう、まるで人の気配がない。静かすぎて、自分の足音が響くほどだ。

うっすら埃《ほこり》に覆われた長い廊下を見渡すと、右側にはいくつかの教室が並んでいた。左側にはガラス窓が並んでいて、淡い乳白色の薄日が差し込んでいる。俺は、その廊下には向かわず、正面の薄暗い階段を上りはじめた。

身体《からだ》がやけに重たい。まるで全身の血管にびっしりと砂が詰まってしまったようだ。足もふらついて、思うように動かない。おかげで何度もつんのめりそうになった。

階段に接する足の裏はひんやりとして、ざらついた埃の感触が不快だった。いつのまにか俺は素足になっていたのだ。

それでも、かまわず、上へ、上へと足を運ぶ。

誰にも見られず、できるだけ痕跡《こんせき》を残さずに、この階段を上らなければならない。なぜか俺はそう思い込んでいた。

三階の踊り場を過ぎたあたりで、いよいよ平衡感覚《へいこう》がおかしくなってきた。うっかりバランスを崩して階段から落ちたりしないよう、俺は両手を前脚のように使い、四足歩行で上りはじめた。上へ。もっと上へ。俺だけが知っている「あの場所」に行くために、手足を埃で汚しながら、餓死しかけた動物のように這《は》い上がっていく。

上階へと上がるにつれて周囲は暗くなった。各階の踊り場にある明かり取りの窓が、どんどん小さくなっていくのだ。

やがて、階段は行き止まりになった。

そこは新月の湖のように静かで、暗く、淋しいところだった。でも、俺の目の前にある金属のドアノブだけは、むしろ月光を浴びたようにぼわっと青白く光って見えた。

立ち上がった俺は、そのドアノブをひねり、重たい金属の扉を押し開けた——と同時に、目を細めた。

扉の向こう側は、まばゆい「青の世界」だったのだ。

抜けるような原色の青空。

空の青を鏡のように映す足元の水の広がり。

水平線を思わせるその場所は、校舎の屋上だった。

足元の水は、深さ一センチほどに溜《た》まった雨水らしい。

俺は、まぶしさに目を細めたまま視線を彷徨《さまよ》わせた。

アレは、すぐに見つかった。

青一色の広がりのど真ん中に、ちょこんと置かれた純白のベッド。
よかった。
ちゃんと、居てくれた。
間に合った。
すうっと身体が軽くなった俺は、胸を撫《な》で下ろしながら、埃にまみれた素足をそっと踏み出した。

ぴちゃ。

ぴちゃ。

ぴちゃ。

ぴちゃ。

一歩ごとに俺の素足は耳障りな音と少しいびつな波紋を立てた。
静謐《せいひつ》のなか、他に動くものはない。
それが「青の世界」のあるべき姿に違いなかった。

ぴちゃ。

ぴちゃ。

しかし俺は、その姿を自身の欲望のために破壊していた。
完璧な世界を穢《けが》さずにいられない異物——俺は、そんな自身の存在を憎んでいるようにも思えた。

ずっと前から胸の奥にあった疼痛《とうつう》。

心に、なまくらな爪《つめ》を食い込ませる白い指。

その指が誰のものなのかも、何となく予想が付いている。

やがて俺は、純白のベッドに辿《たど》り着いた。

すると――、ベッドで眠っていた人物が、異物の気配と水音に気づき、ゆっくりと瞼《まぶた》を開けた。

透明感のある黒い瞳に、空のブルーがてらりと映り込む。

純白の枕にのせていた頭をゆっくりと転がして、その人はこちらを振り向いた。そして、俺という異物を認識してくれた。

白い布団のなかから血管の浮いた青白い手が出てきた。枯れ枝のようなその手は、力なく震えていた。

その手を握《にぎ》らなくては――、そう確信した俺は、そっと両手を伸ばしかけて、ためらった。

四つん這いで階段を上ってきたから、俺の両手は埃で汚れていたのだ。

ああ、せっかく、ここまで辿り着いたのに――。

と、肩を落としかけたとき、ベッドに横たわったその人が、こちらに向かって何か大切なことを口にした気がした。

「まこ……。す……よ」

え？　なに？

訊き返そうとしたその刹那――、純白のベッドが青い鏡面の上をスーッと滑《すべ》るように遠ざかっていった。

えっ？　待って！

俺の思いは喉元《のどもと》で詰まって声にはならなかった。

なんだか、ひどく息が苦しい。

あれ？　この、もどかしくて苦しい感じ、どこかで……。

そう思ったとき――、ブーン、と小さな羽音《はおと》が耳元を横切った。そして、その音が俺を現実の世界へと引き戻してくれたのだった。

俺は、布団のなかで、そっと薄目を開けた。

ぼやけた視界には、見慣れた天井《てんじょう》が映っていた。

神秘的で怖い「青の世界」は、もう意識の裏側で霧散《むさん》していた。

この夢、久しぶりに見たな――。

「ふう……」

俺は、夢のなかで喉元に詰まっていた言葉をため息に変えて、天井に向かって吐《は》き出した。

嫌な熱を帯びた心臓が、どくどくと強く拍動している。この夢を見た後は、毎回、不安と後悔と悲しみをまぜこぜにしたような不快感が残るのだ。

仰向《あおむ》けのまま、右手で枕元を探り、スマホを摑んだ。

時刻を確認すると、朝の七時を少し過ぎたところだった。

今日は大学の授業がない代わりに、朝から日雇いのバイトを入れていたのを思い出した。バイトの時間は九時から。つまり、あと一時間くらいは寝ていられる。もう少し寝るか。あるいは起きるか。寝不足ぎみの鈍《にぶ》い頭で考えた結果、思い切って起きることにした。下手に二度寝をしたら、あの夢の続きを見てしまいそうな気がしたからだ。

俺は布団の上で上体を起こした。

両手を突き上げ、ぐっと伸びをする。

と、そのとき、レモン色の朝日を浴びたレースのカーテンに小さな虫がとまっていることに気づいた。どこから入り込んだのか、それは一匹の蜜蜂《みつばち》だった。

羽音で俺を呼び戻してくれたのは、キミか。

胸裏でつぶやきながら立ち上がった俺は、窓の方へと歩み寄った。そして蜜蜂を驚かせないよう、そっとカーテンをずらし、窓ガラスを開けた。

ほら、自由になれよ――。

しかし、蜜蜂はカーテンにしがみついたまま、飛び立とうとしなかった。だから俺は、ふぅ、とやさしく息を吹きかけてやった。よろめいた蜜蜂は、ようやく朝日にきらきら輝く羽を動かした。

ふわり、と重力を無視したような浮揚。

蜜蜂は、ほんの一瞬だけ、こちらを見たと思ったら、まばゆい春風のなかへと飛んでいった。

＊　＊　＊

午後二時すぎ――。

日雇いのアルバイトが終わった。

今日の派遣先は、まもなく国道沿いにオープンするというリサイクルショップで、仕事は倉庫の整理だ。なかなかの肉体労働だったけれど、店長が三十代の若くて楽しい人だったのには救われた。

倉庫の隅っこで汗の染みたTシャツを着替えていると、その店長から声をかけられた。

「そういや、夏川くんの家って、どの辺り？」

「えっと、新海《しんかい》漁港の手前にある、コンビニの裏手です」

俺は上半身裸のまま答えた。

「おお、なら、ここからすぐじゃん」

「はい」

「夏川くん、まじめに働いてくれるからさ、そのうち、また助っ人として頼みたいんだけど、いいかな？」

「あ、はい、もちろんです」

「よかった。じゃあ、そんときは忠司《ちゅうじ》さんに夏川くんを指名するから、よろしくね」

忠司さんというのは、この辺りの若者たちにアルバイトを紹介する手配師みたいな人だ。年齢は、たぶん四十代後半くらい。無精髭《ぶしょうひげ》に、ぼさぼさのロン毛なので、わりと胡散臭《うさんくさ》そうにも見えるおじさんだ。本業は、見晴らしのいい海辺の崖《がけ》の上に建つ喫茶店（兼・輸入雑貨の店）のオーナーってことになっているけれど、噂によると、他にもいろんな仕事に首を突っ込んでいるらしい。

「はい、ありがとうございます」

俺は店長に返事をすると、洗いざらしのＴシャツを着た。上半身裸のままでは寒かったのだ。

「じゃあ、今日は、お疲れさんね」

そう言って店長は踵《きびす》を返すと、倉庫の外へと歩き出した。

「お疲れ様でした」

俺は店長の背中に軽く会釈《えしゃく》をして、Ｔシャツの上にスエットのパーカーとジャンパーをはおった。続けてショルダーバッグを斜《なな》めにかけ、黒いフルフェイスのヘルメットをかぶりながら外に出る。ジャンパーの左右のポケットから抜き出したのはバイク用のグローブだ。それを両手にはめた。

倉庫の前に停めておいた白い愛車（ＨＯＮＤＡ／ＣＢ２２３Ｓ）にまたがり、単気筒のエンジンをかける。

ドゥルルン。ドゥルルン。

スロットルを軽く回してエンジンをふかしてから、走り慣れた国道へと飛び出した。

大学入学に合わせて中古で買ったこの白いバイクは、日々、潮風にさらされているせいで、いくらか錆《さび》が浮いているけれど、片田舎の漁師町で暮らすには「生活の足」としてかかせない相棒だ。

平日のせいか、道路は空いていた。

空は明るい水色で、よく晴れている。

トンネルをひとつ抜けると、右手にまばゆい海が広がった。

片側一車線の国道は、渚《なぎさ》に沿って緩やかにカーブしていく。

俺は車体を軽く右に傾《かたむ》けながらコンビニの前を通り抜けた。信号を山側に左折すれば、俺の住む『シェアハウス龍宮城』があるのだが、かまわずスロットルを開け、さらに北へとバイクを走らせる。

ふと遠くの防波堤を見ると、シルエットになった二人の釣り師の姿があった。地元の年寄りだろうか。仲良く肩を並べて、のんびりと長い竿《さお》を手にしている。

風があるせいか、今日の海は少し波っ気がある。

そういえば、ほんの一週間前までひりひりするほど冷たかった海風が、いまはずいぶんまるくなった。日差しも明るくクリアになり、太平洋のブルーも彩度を上げてきらめいている。

三月も残すところ、あと数日。おっとりとしたこの漁師町に、ふたたびパステルカラーの季節が近づいているのが、空気と光の変化でよくわかる。

それなのに、いや、だからこそ……。

「もう、春なんだよなぁ……」

俺はヘルメットのなかで、ため息みたいにつぶやいた。

この春――、渋々ながらも俺は大学三年生に進級する。つまり、否《いや》が応でも「就職活動」と直面するのだ。これまでは「考えない」ことで逃げてきたこの問題も、いよいよ年貢の納め時だ。その証拠に、最近の俺はうっかり「考えて」しまうようになっているのだ。

心にへばりついて離れない鬱々《うつうつ》とした感情を吹き飛ばしたくて、俺はスロットルをぐいっとひねった。

ドゥルルルルン。

鉄の白馬が吠えて、一気に加速した。

やがて大きな観光ホテルのある交差点を右折した俺は、カツオやマグロの水揚げで知られる『新海漁港』に面した道を走った。幾隻《いくせき》もの漁船が停泊している港には、無数のウミネコが集まり、つややかな羽を休めている。その港を通り過ぎて、昭和レトロな風情の漁村を走り抜けると、道はいきなり細い上りの山道になった。

俺はギアをふたつ下げて速度を落とした。

頭上にかぶさる常緑の樹々。その隙間から、バター色の木漏れ日がぽたぽたとアスファルトに落ちている。そのまま坂道を百メートルほど登り、真っ暗な素掘りのトンネルをくぐり抜けると、少し開けた場所で行き止まりになった。

俺のお気に入りの場所『龍宮《りゅうぐう》岬《みさき》公園』の駐車場だ。

駐車場といっても、そこは未舗装《みほそう》なうえに地面は凸凹《でこぼこ》していて、いくつかある水たまりには青空と樹々のシルエットがひらひらと揺れていた。ようするに、昼間でも薄暗い空き地のような場所なのだ。先客の車は一台のみ。白い軽トラックが駐車場のいちばん奥（＝公園の入り口脇）に停まっているだけだった。

俺は、その軽トラから少し離れた右奥にバイクを停めた。

「ふう」

バイクから降りてヘルメットを脱ぎ、それをシートの下にあるホルダーに引っ掛けた。はずしたグローブをジャンパーのポケットに押し込みながら、公園の入り口に向かって歩き出す。

ここ龍宮岬公園は、見晴らしのいい小さな岬を丸ごと展望公園にした絶景スポットなのだが、場所がマニアックすぎるせいか、ほとんど地元の人しか知らない、いわゆる穴場だ。

俺はすたすたと駐車場を斜めに横断し、白い軽トラの脇を通り抜けようとした。

と、そのとき、軽トラの荷台のすぐ後ろで、二人の若い女性がしゃがみ込んでいることに気づいた。二人そろって、なにやら荷台の下を覗《のぞ》き込んでいる。

奥の娘は、オーバーオールに麦わら帽子。

手前の娘《こ》は、背中に龍が刺繍《ししゅう》された水色のスカジャンを着ていて、短めのボブの髪は鮮《あざ》やかなピンク色に染められていた。

このピンク頭には見覚えがあった。俺が通っている『新海国際大学』のキャンパスで、たびたび見かける学生に違いない。いつも派手な格好をしているうえに、少し左足を引きずるように歩くから、けっこう目立っているのだ。同じ大学の学生なら誰でも、この娘の顔くらいは知っているだろう。

それにしても、いったい彼女たちは何をしているのだろう。

荷台の下に仔猫《こねこ》でもいるのかな？

俺は、そんなことを考えながら二人の傍《そば》を通り過ぎた。

と、ふいに背中に声をかけられた。

「ああっ、お兄さん、ちょい待ちぃや」

え？　と足を止めて振り向くと、ピンク頭が立ち上がって、両手を腰に当てていた。俺をまっすぐに見据《みす》えたその顔は、少し眉《まゆ》がハの字になっていて、どこか不機嫌そうにも見える。

「キミ、四月から新国の三年生になる学生やんな？」

新国というのは新海国際大学の略称だ。太平洋沿いの田舎町『新海市』に三十年以上も前に設立された、いわゆる地方の二流私大というやつだ。

「そう――ですけど」

正直、このピンク頭が俺のことを知っていたのには、少しばかり驚いた。こちとら髪の毛は黒くて特徴は無いし、服装も声も顔も背格好も、悲しいくらいに平凡なのだ。

「…………」

ピンク頭は、人を呼び止めておきながら、なぜか黙っていた。

「えっと、俺に、なにか？」

思わずそう訊《き》くと、ピンク頭は、やれやれ、と言わんばかりにため息をついたのだった。

「はあ……。お兄さんなぁ、華奢《きゃしゃ》でか弱い同級生の女子たちが――、しかも、こんな美女二人がやで」

「………」

「いま、キミの目の前で困っとるワケやんか？」

え――、困ってる？

俺は、麦わら帽子の方を見た。そちらの娘は、まだ、荷台の後ろでしゃがんだまま、ぽかんとした顔でピンク頭を見上げていた。きっと俺も、この娘と同じ顔をしているに違いない。

ぽかんとした二人にはかまわず、ピンク頭は続けた。

「そんな美女二人のすぐ横を、あっさり見て見ぬ振りして通り過ぎる男って、正直どうかと思うじゃん？」

「どうって……」

しかも、急に語尾が「じゃん」になってるし。どうやら関西と関東の言葉がごちゃまぜになっているらしい。

さて、何から答えるべきか、と俺が迷っていると、今度は、麦わら帽子の娘がすっくと立ち上がった――、と思ったら、ふいにその帽子を取って背中側にぶら下げた。あごひもが首にかかっているのだ。すっぴんに、そばかすの浮いた頬。ストレートの黒髪は肩甲骨《けんこうこつ》あたりまである。なんとなく『北海道の酪農家の娘さん』を彷彿《ほうふつ》させる出で立ちだった。

「あの、急に呼び止めちゃって、すみません」と言いながら、麦わら帽子がぺこりとお辞儀をした。こちらは、ピンク頭とは違うタイプらしい。「女の子の力だと、ちょっと手に負えなくて……。少し手伝って頂けませんか？」

麦わら帽子は、くりくりした少女みたいな目で俺を見ていた。

「手伝う？」

「はい」

「えっと、まあ……、はい。俺でよければ」

話の流れがいまいち摑めないまま、俺はゆっくり頷《うなず》いていた。

すると麦わら帽子の娘は「よかった。ありがとうございます」と言って、ひまわりみたいな笑みを咲かせた。一方のピンク頭はというと、それでよし、合格、とでも言わんばかりの顔で頷いている。

「ちなみに、困ってるっていうのは、何に？」

俺が訊くと、ピンク頭が答えた。

「パンクや。パンクロックやない方のパンクな」

「え――」

「これ」ピンク頭が、軽トラの右側の後輪を指差した。「タイヤがぺしゃんこになっとるやろ？」

「ああ。ってことは、スペアタイヤを取り外そうとしてたんですか？」

「そうなんです。でも、けっこう錆びてて」

頷いた麦わら帽子の手には、安っぽい工具が握られていた。

「錆でナットが動かなかった？」

「はい」

そういうわけか。ようやく俺は状況を把握《はあく》できた。

「俺、てっきり車の下に仔猫でもいて、二人で覗き込んでいるのかなって思ってました」

「えーっ、仔猫ちゃんって。なんやその可愛《かわい》すぎる妄想」

なぜかピンク頭がくすくす笑い出した。笑うと目が線になって、急に人懐《ひとなつ》っこい顔になる。

「じゃあ、とりあえず、その工具、貸してもらえます？」

「はい。お願いします」

麦わら帽子が両手でレンチを差し出した。

受け取った俺は訊いた。

「これ、車載《しゃさい》工具ですか？」

「はい」

だろうな、と思ったとき、ピンク頭が横から口を挟《はさ》んできた。

「つーか、あたしら同級生やし、敬語使わんでもええよな？」

たしかにそうかも知れないけれど、その言葉が俺に向けられたものなのか、麦わら帽子に向けられたものなのかがわからなくて、結局、二人して「あ、うん」と声をそろえていた。そのタイミングがあまりにも完璧だったので、俺と麦わら帽子は顔を見合わせて苦笑した。

崖の下から、すうっと涼やかな海風が吹き上がってきた。

駐車場を囲む樹々の枝葉が揺れて、さらさらと心地いい音のシャワーが降ってくる。

「じゃあ、とにかく、やってみるよ」俺は軽トラの荷台の後ろにしゃがみ込み、スペアタイヤの位置を確認した。「ちなみに、ジャッキはありますか——じゃなくて、ある?」

「あるで」

ピンク頭が頷く。

「了解っす」

俺は両膝《りょうひざ》を土の地面に突くと、本日二度目の肉体労働に取り掛かった。

それからしばらくのあいだ、せっせと作業をしながら交わした会話から、この凸凹コンビのプロフィールがわかってきた。

麦わら帽子の名前は「上村風香《うえむらふうか》」で、ピンク頭は「王丸玲奈《おうまるれいな》」。

それぞれの呼び名は「風香」と「パン子」だった。

ピンク頭の玲奈は、高校時代までパンク系のロックバンドをやっていたことから、大学生になって友人たちから「パン子」と呼ばれるようになったのだそうだ。実家は関西の「超」がつくほど山奥にあって、小学生のとき、通学中に二度も野生のイノシシに体当たりされ、吹っ飛ばされたことがあるらしい。

「それでも怪我《けが》ひとつせんかったから、あたし地元では『不死身の玲奈』って呼ばれてててん」

パン子が腕を組んで言うので、俺は笑ってしまった。

「それ、ドヤ顔で言う話？」

「あはは。ほんとだよね」

風香も、心から楽しそうに笑う。

「え、なんや？　二人して、あたしを馬鹿にしとるん？」

「いや、してないけどさ」と俺。

「野生のイノシシのパワーは、めっちゃヤバいんやって。都会モンは知らんやろうけど」

「田舎モンのわたしだって知らないよ。うちの畑、昔からイノシシに荒らされてるけど、さすがに体当たりされたことはないもん」

「ほんなら風香も一度、吹っ飛ばされてみいって。そしたら、あのパワーを体感できるから」

「えーっ、なんで、そうなるの？」

と吹き出した風香は、ここ新海市の出身で、農家の娘だそうだ。小・中・高と地元の公立学校を出ているから、近所にたくさんの友人知人がいるらしい。

「で、キミの名前は？」

ふいにパン子が、作業中の俺を見下ろしながら言った。

「あぁ、俺は、夏川誠」

「あだ名とかは、ないん？」

「えっと、あだ名は――」と、そこで少したためらったけれど、「パン子」よりはマシだと思って正直に答えることにした。

「マック……かな」

「え？」

風香が首を傾《かし》げた。

「誠って名前と、パソコンのマッキントッシュの扱いが得意だから――」

「それで、マック？」とパン子。

「そうだけど……」

ちょっと照れながら頷いたら、パン子がくすっと笑った。

「なんか、まあ、アレやね。外人みたいやけど、悪くないと思うよ」

「悪くないって言いながら、思い切りニヤニヤしてんじゃん」

「いや、だって、マックの顔」

パン子は、さっそく俺のあだ名を口にした。

「俺の顔が、なんだよ？」

「こってこての日本人なんやもん」

そう言ってパン子が吹き出すと、風香まで口元を両手で押さえた。

「はあ？　ちょっ、なんだよ、風香まで」

俺も、風香と下の名前で呼んでみた。

「だってぇ」

「その顔で『マック』は、反則やんな」

女子二人が顔を見合わせて笑い出す。

「反則って……。つーか、『パン子』よりはマシだろ」

「うわ、ひどっ。パンクロックを馬鹿にする奴は許せへん」

パン子は笑いながら言うと、両膝を突いた俺の頭に空手チョップを振り下ろした。

「痛《い》って……」

と頭を押さえた俺を、パン子は仁王立ちで見下ろした。そして、ニッと笑いながら腕を組む。

「言っとくけど、野生のイノシシのタックルは、もっと痛いで」

「そりゃ、そうだろ！」

と返したら、俺たちを見ていた風香が目を細めたまま麦わら帽子をかぶり直した。

「なんか、パン子とマックって、初対面なのに息がぴったりで、夫婦《めおと》漫才を見てるみたい」

言われた俺とパン子が「へ？」と顔を見合わせたとき――、
ぴぃ〜ひょろろろぉ〜。

遥《はる》か高い青空から、鳶《とんび》の歌が透明な音符になって降ってきた。


手強《てごわ》い錆には難儀したけれど、きっちりスペアタイヤを装着させた俺は、ついでにパンクしたタイヤを抱えて軽トラの荷台に載せてやった。その荷台には、アウトドア用の折りたたみ椅子が二つと、ひと抱えもあるクーラーボックスが積まれていた。

「よし、これで終了ってことで」

そう言って、俺は額《ひたい》に滲《にじ》んだ汗を手の甲でぬぐった。

「ありがとう、マック」

風香にあだ名で呼ばれると、まだ、ちょっと照れ臭い。

「お疲れマック、サンキュー」

パン子に言われると、引き続き揶揄《やゆ》されている気がする。

俺は「いや、別に……」と口ごもりながら二人の顔を見た。

二人は何も言わず、俺を見ていた。

「ええと、じゃあ俺は、これで——」

と別れの挨拶《あいさつ》を口にしようとしたら、「そういえば」とパン子が言葉をかぶせてきた。「マックは、ここに何しに来たん？」

「え——？」

急に振られた俺は、脳裏《のうり》に「就活」という悪魔の単語がちらついて言葉を詰まらせた。

まさか、心にもやもやを抱えているから、なんとなく一人になりたくて——、なんて言える空気ではない。だから俺は、質問に、質問で返した。

「二人は？」

すると風香が軽トラの荷台を指差しながら答えた。

「チェアリングをしに来たんだよ」

「チェアリング？」

はじめて耳にした単語を、俺は訊き返した。

「せやで。椅子に座って、の〜んびりすんねん」

今度はパン子が言った。

「のんびりする、だけ？」

「うん。わたしとパン子の趣味なの。眺めのいいところに椅子を並べて、そこに座って――」

「のんびりする、か……」

「あとは、コーヒーを淹《い》れたり、ジュースを飲んだり、おしゃべりしたりして。車の運転がなければ、お酒を飲んだりもするよ」

北国の酪農家の娘っぽい風香がしゃべっているせいか、いっそうのんびりとした風景が俺の脳裏に広がってくる。

「なんか、いいね」

「ええやろ？　あたしも風香に教わってハマったんやけどな、自分の気に入った場所にポンッと椅子を置いただけで、そこから見える風景がぜ〜んぶあたしの庭ってなる感じが最高やで」

言いながら、パン子が、少し遠い目をした。

「なるほど。それは最高だな」と頷いたとき、俺は気づいた。「あ、そっか。椅子……チェアーを使うから、チェアリングか」

「うん。『いちばん手軽なアウトドア』って言われてるんだよ」

風香が軽トラの荷台を見ながら言うと、パン子が俺への質問を蒸し返した。

「で、結局、マックは何しに来たん？」

「あぁ、ええと、俺は――、まあ、二人と同じかな」

「同じって？」

パン子の声に合わせて、風香も首を傾げた。

「なんとなく、ぼうっとしに来たっていうか」

「ほんまに？」

「まあ、うん」

「ねえ、だったらさ」と、風香がくりくりの目をさらに大きくした。「マックも一緒にチェアリングしない？　椅子は無いけど、クーラーボックスに座れるから。いいよね？」

最後の「いいよね？」は、パン子に向けられた言葉だった。

「せやな。タイヤを交換してくれたお礼に、コーヒーの一杯くらい、ご馳走せんとな」

パン子のオーケーが出たことで、俺は初対面の女子二人と『チェアリング』とやらをすることになったのだった。

さっそく風香とパン子は、それぞれ自分の椅子を手にすると、展望公園へと続く遊歩道を歩き出した。二人が持っている椅子は「折りたたみ式」で、細長い筒状にまとまっている。しかも、ストラップで肩にかけられるから持ち運びもラクそうだ。俺は、クーラーボックスを担いで二人の後を付いていく。

遊歩道は崖に沿ってくねくねと延びていた。コンクリートで舗装されているから歩きやすいうえに、樹々の隙間からは真っ青な海が望める。空は相変わらずよく晴れていて、その青い広がりのなか、鳶のシルエットが音もなく旋回《せんかい》していた。

風香とパン子は弾《はず》むように言葉を交わし、声を出して笑いながら、ゆっくり、ゆっくり、歩いていく。パン子は、キャンパスで見かけるときと同じく、左足を微妙に引きずるように歩いていた。

過去に大きな怪我でもして、その後遺症が残っているのだろうか。

少し気にはなったけれど、さすがに初対面でそこに触れるのは悪い気がして黙っていた。

そうこうしていると、俺たちの眼前に芝生《しばふ》の地面が広がった。展望公園の広場に着いたのだ。

三月後半の芝生は、さすがに青々とはしていないけれど、それより何より、崖の上から見晴るかす海と空の青さが鮮やかで、俺は思わず深呼吸をしてしまった。

「おーい、マック、もうひとつ上に行くでぇ」

こちらを振り返ってパン子が言う。

「あ、頂上まで行くんだ?」

「うん。その方が気持ちいいから」

にっこり微笑《ほほえ》んだ風香の黒髪が、海風になびく。

俺たちは、芝生の広場からさらに上へと続く、森のなかの細い階段を上りはじめた。そして、二分ほどで到着したのは、龍宮岬公園の最上部——黒潮に面した断崖絶壁の上だった。

芝生の広場と比べると、敷地面積はだいぶ狭くなるけれど、そのぶん海を広々と見晴らせるし、なにより俺たちは満開の桜に囲まれているのだった。

「わあ、やっぱり今日にしてよかったね」

「ほんまやなぁ。この桜、ぜーんぶうちらの貸し切りやもんな」

風香とパン子は、パチン！　と音を立ててハイタッチを交わした。そして、海を見晴るかす場所に設置された木製のベンチのさらに前、崖の際《きわ》に立てられた柵ぎりぎりのところに椅子を並べた。そこは、まさに、この岬の特等席だった。

「マック」

パン子が、俺を呼んだ。

「ん？」

「タイヤ交換をしてくれたお礼に、ハーレムを堪能してええよ」

「ハーレム？」

「せや。美女二人の間にクーラーボックスを置きぃや」

「え……」

俺が、まごまごしていると、パン子が笑い出した。

「あはは。ほら、早よ置きなって」

「じゃあ、まあ、お邪魔します」

俺は二人の間にクーラーボックスを置いて、その上に座ろうとしたら――「あ、ちょっと待って」と風香に止められた。

「え？」

「そのなかにコーヒーをドリップする道具が入ってるから」

「ああ、そうなんだ。ごめん」

「ううん」

首を振りながら風香がクーラーボックスを開けた。

俺は、風香の後ろからクーラーボックスのなかを覗き込んだ。

コーヒー豆、ペットボトルに入った水、アウトドア用のシングルバーナー、注ぎ口が細い小型のケトル、ドリッパー、ステンレス製のマグカップなどが詰め込まれている。

「ピーナッツとビスケットもあるんだね」

俺が言うと、パン子が「せやで」と頷いた。

「優雅な時間を過ごすには、おつまみも必要やろ？」

「おつまみ？　茶菓子じゃなくて？」

「どっちでもええやん。案外、小《ち》っさい男やな」

「……俺、ぴったり平均身長だけど」

「うわ、その返し、おもろないわぁ。関西じゃシカトされるヤツやで」

俺とパン子のしょうもない言い争いに挟まれた風香は「まあまあ。じゃあ、わたし、コーヒー淹れるね」と苦笑して、クーラーボックスの中身をベンチの上に並べた。そして手慣れた感じでお湯を沸《わ》かし、ドリップをしはじめた。

豆は深煎《ふかい》りの中挽《ちゅうび》き。風香がくるくると回しかけるようにお湯を落としていくと、水分を含んだ豆がふっくらと丘のように盛り上がり、それがクリーム色の泡で覆われた。

「風香、手際いいじゃん」

海風に溶けたコーヒーの豊かな匂いに、思わず俺は目を細めた。

「ぜんぜんだよ。わたし初心者だし。パン子の方が上手だよ」

「へえ、そうなの？」

意外に思ってパン子を見た。するとパン子は、まんざらでもない顔をしつつもピンク色の頭を振った。

「それは嘘。風香の方が上手いやん。あたしは大雑把《おおざっぱ》やし」

「そんなことないじゃん。前に大学の屋上でパン子に淹れてもらったとき、すごく美味《おい》しかったよ」

そんな感じで、ひとしきりお互いを褒《ほ》め合ったりしているうちに、三人分のコーヒーが出来上がった。

俺たちは、たっぷり注がれたカップを手にした。そして、それぞれ椅子とクーラーボックスに腰掛けた。

「ではでは、とりあえず乾杯でもしますかね」

言いながらパン子がカップを掲《かか》げた。思わず「宴会かっ」と突っ込みそうになったけれど、さっきみたいな言い争いになるとコーヒーが冷めそうなので、俺も黙ってカップを掲げた。

「ええ、それでは、マックへのタイヤ交換のお礼と、あたしたちの庭であるこの海と空と満開の桜に――、乾杯」

「乾杯」

「乾杯」

コツン、コツン、とカップを軽くぶつけ合う。

そして俺たちは風香が落としたコーヒーに口をつけた。

「うん、美味《うま》いね」

俺は、心のままにそう言った。

「ほんと？　よかった」

風香が、ふんわりと微笑む。

「この風景のなかで飲むと、さらに美味しいやろ？」

パン子に言われて、俺はあらためて風景を眺め渡した。

やわらかな春色の空。

青いセロファンみたいに閃《ひらめ》く海。

満開の桜と、首筋をさらさら撫でる清爽《せいそう》な風。

俺は、遠い水平線を眺めながら深呼吸をした。

ここ最近、ずっと閉じかけていた心が、内側からゆっくりと押し開かれていくのがわかる。

「ほんと、最高だね」

俺が素直にそう言うと、ハーレムの女子たちは満足げに頷き合うのだった。

それからしばらくのあいだ、俺たちは雑談を愉《たの》しみながら、のんびりと風景を眺め、コーヒーと『おつまみ』を味わった。

コーヒーを飲み終えたとき、俺は風香に訊《たず》ねた。

「このコーヒー、どんな豆を使ってんの？」

すると風香は、くすっと笑って答えた。

「ごめんね。これ、スーパーでいちばん安かった『ブレンド』ってやつなの」

「マジで？　美味かったから、てっきりいい豆なのかと思った」

「チェアリングで飲むコーヒーは、美味しさ五割り増しだもんね」

と、風香がパン子に振った。

するとパン子は、俺を見て小首を傾げた。

「つーか、マックって、もしかしてコーヒーにうるさい系？」

「いや、ぜんぜん。俺は素人《しろうと》だよ。でも、同居人が、かなりのコーヒーおたくなんだよね」

「同居人？」

「同居人？」

二人の声がぴたりとそろった。

「うん。俺、いま、シェアハウスに男三人で暮らしてるんだけど、そのうちの一人が、将来、喫茶店をやるのが夢でさ。世界中のコーヒー豆を買い集めてドリップの研究をしてるんだよね」

「えー、それはすごいねぇ」

風香がまるい目をきらきらさせて言う。

「ちなみに、そいつのあだ名、高校時代から『マスター』だから」

「あはは。そのまんまやん」

「ほんと、そのままなんだよ」と、俺も笑う。

「で、そのマスターって人も、大学生なん？」

「うん。マスターも、もう一人の同居人も、同じ大学の同級生」

「じゃあ、うちらが知ってる顔かな？　もしかして、イケメン？」

俺は、同居人たちの顔を脳裏に思い浮かべた。

「まあ……うん、二人とも、けっこうイケメンだと思うよ」

嘘はついていない――はずだ。多分。

「ええやーん。こう見えて、あたし面喰いやから。イケメンやったら顔くらいは知っとるかも」

とパン子は言ったけれど、その台詞《せりふ》の信憑性《しんぴょうせい》は疑わしい。なぜならパン子は俺の顔を知っていたからだ。自分で言うのもアレだけど、俺は人生で一度も「イケメン」などと言われたことはない。たまに言われるのは「どこにでもいそうな顔だよね」だ。

「ちなみに、パン子と風香の学部は？」

俺は気を取り直して訊いた。

「あたしと風香は国際学部」

「そっか。国際か」

「マックと、同居人たちは何学部なん？」

「俺とマスターは経営で、もう一人は経済」

「うーん、じゃあ、顔を見てもわからんかもなぁ。あっ、でも、アレやん、教養演習とか語学とかで同じクラスだったりして」

とパン子が少し身を乗り出してきたところで、珍しく風香が会話に割り込んできた。

「あの、ちょっと話を戻してゴメンだけど――。マックが住んでる、そのシェアハウスって、もしかして……」

「え？　うちは『シェアハウス龍宮城』っていうんだけど」

俺が答えたのとほぼ同時に、風香が「うわあっ」と声を上げて椅子から立ち上がった。

「な、なんや、どうした、風香？」

しかし、風香はパン子の問いかけには答えず、俺を見下ろしたまま続けた。

「それって、千鶴《ちづる》バアのとこだよね？」

「そう……、だけど」

千鶴バアというのは、シェアハウス龍宮城のオーナーであり管理人でもある、同じ敷地の母《おも》屋《や》に住んでいるお婆ちゃんだ。

「風香、千鶴バアと知り合いなの？」

今度は、俺が訊いた。

「知り合いもなにも」そこで風香は、パッとひまわりの笑みを咲かせた。「千鶴バアは、わたしのお婆ちゃんのお姉さんだよ」

「えええええっ！」

と声を上げた俺も、気づけば立ち上がっていた。

すると、パン子も釣られたように立ち上がって、俺たちの会話に割って入った。

「えっ？　ってことは、アレやんな、マックの家って、海沿いのコンビニの裏あたりってことやろ？」

「そう、そこ。知ってんの？」

「ついこのあいだ、風香と一緒に千鶴バアんちに行ったし。しかも、あのコンビニ、あたし、何度も使ったことあるわ」

「うわ、マジかよ」

「びっくりやなぁ。こんな偶然、ある？」

「なんか、すごいねぇ」

想定外のつながりに盛り上がった三人は、あらためて空っぽになったカップで乾杯をすると、また近いうちにチェアリングをしようと約束を交わした。しかも、このとき俺は「じゃあ、次はシェアハウスの同居人たちも連れていくよ」などと、うっかり無責任な約束をしてしまったのだった。

それからしばらくして、二杯目のコーヒーをパン子がドリップしはじめたとき、風香が頭上の桜を見上げながら言った。

「そういえば、千鶴バアが言ってたよ。シェアハウスの男の子たちは、みんないい子だって」

「え——」

いい子？　俺たち三人が？

「マックと同居してる二人、どんな人たちなんだろう？　わたし、いまから楽しみだなぁ」

「ほんまやな。いい子なうえに、イケメンらしいし」

風香とパン子が顔を見合わせて微笑むのを見た俺は、思わず、ごくり、と唾を飲み込んでいた。つい軽いノリで「連れていくよ」なんて言ってしまったけれど、考えてみれば、俺はまだ風香とパン子に話していなかったのだ。

その同居人たちが、いくらか「変わり者」であるということを。

☕　☕　☕

シェアハウス龍宮城の玄関で、慌《あわ》ただしくスニーカーを履《は》いた俺は、昨日、近くのホームセンターで買った折りたたみ椅子を肩にかけた。一脚、九八〇円のセール品だ。

そのまま外に出ると、すでに準備を終えて待っていたマスターが、やれやれといった顔で言った。

「もう、待ち合わせ時間を過ぎてるよ……」

「えっ、マジで？」俺は腕時計を見た。たしかに、午後一時を三分ほど過ぎていた。「ほんとだ。おーい、ミリオン、急げって」

俺は玄関の奥に向かって呼びかけた。返事はないけれど、これはいつものことだ。

「ミーリーオーン！」

今度は大声で呼んだ。すると、「おおぉ」という間延びした声とともに、ひょろりと背の高いミリオンが玄関に現れた。「マック、お前、朝っぱらから大声を出すな」

色白で、黒縁《くろぶち》メガネをかけたこの男は、俺とマスターと共にシェアハウス龍宮城で暮らす同居人なのだが、とにかく面倒臭がりの出不精で、何をするにも腰が重い。

「どこが朝っぱらなんだよ。とっくに昼だろ」

「いま起きたばかりの俺にとっては早朝だ。ふああ……」

大欠伸《おおあくび》をしながら寝癖頭《ねぐせあたま》をぼりぼり掻《か》いたミリオンは、裸足《はだし》にビーチサンダルをつっかけた。

「ってか、ミリオン、その格好のまま行くわけ？」

あらためてミリオンの全身を見ると、さっきまで寝巻にしていたグレーのスエット上下に、薄手の黒いジャンパーを羽織《はお》っているだけだった。

「ん？　この格好じゃ駄目か？」

「いや、べつに、駄目じゃないけどさ」

俺は思わず腕を組んで嘆息した。

こいつは洒落《しゃれ》た服でも着て綺麗《きれい》にしていれば、どこぞのモデルと見紛《みまが》うくらいのイケメンなのに……。これぞ容姿の無駄遣い。ほんと、もったいないよなぁ、と妬《ねた》ましく思ったとき、俺は気づいた。

「ってか、そのジャンパー、俺のじゃんか」

しっかり不平を込めて言ったのに、ミリオンはどこ吹く風といった顔で折りたたみ椅子をひとつ肩にかけると、両手をジャンパーのポケットに突っ込んでふらふらと外に出てきた。背中のリュックには『商売道具』のノートパソコンとタブレットが入っているに違いない。

「これ、なかなか着心地いいぞ。サイズも俺にぴったりだ」

「いやいや、誰がどう見ても小さいだろ。つーか、なんで俺のジャンパーを着てんだって」

「マックの物は、俺の物。俺の物も、俺の物――、だろ？」

ジャイアンみたいな台詞を口にしたミリオンは、二重のタレ目を細めてニッと笑った。

「だろ？　って……、あのなぁ」

すっかり毒気を抜かれた俺は、「はあ」と肩を落とした。

この男は、本当に色んな意味で「しょーもない奴」なのだけれど、でも、いまみたいに邪気《じゃき》の無い顔でニッと笑いかけられると、なぜか毎回、まあ、しょうがないか、という気にさせられてしまうのだ。

「ねえ、ミリオン、桜の季節にサンダルじゃ、さすがに足が冷えると思うよ」

マスターは心配してそう言ったのだが、ミリオンは「うーん、まあ、平気だろ」とアメリカ人みたいに首をすくめると、ビーチサンダルのかかとをぺたぺた鳴らしながら玄関を出て、こちらに近づいてきた――と思ったら、そのまま俺とマスターの横を素通りしていった。そして、こちらを振り返らずに言ったのだ。

「君たち、遅刻するぞ」

はぁ？

思わず、俺とマスターは目を合わせた。

そして俺は、後ろからミリオンに駆け寄っていき――、

「お前が言うかっ！」

と、寝癖頭に空手チョップを振り下ろしてやった。

「くはっ。痛ってえ……」

叩《たた》かれた寝癖頭をガシガシと掻いたミリオンを見て満足した俺は、横に並んで歩き出した。すぐにマスターも笑いながら追いついてきて、俺たち三人は横並びになった。

右から背の高い順に、ミリオン、俺、マスター。

そのままシェアハウス龍宮城の敷地を出て、長閑《のどか》な田舎の小径《こみち》を海へ向かって歩いていく。

「ねえ、マック。もう五分も過ぎてるよ。ほんと、急がないと」

俺たちを見上げるように言ったマスターの肩には、折りたたみ椅子の他にアウトドア用のトートバッグがぶら下がっている。中身はもちろん極上のコーヒーをドリップするための道具一式だ。細身のジーンズに白いパーカー。うなじの辺りでひとつに結んだ長い黒髪。華奢で小柄なマスターを後ろから見たら、女性だと勘違いする人も多いだろう。

「いま、『もうすぐ着く』って、メッセージを送ったよ」

俺は、手にしていたスマホの画面をマスターに見せた。

「そっか。それにしても、今日はいい天気になって、よかったね」

マスターが穏《おだ》やかな顔で春空を見上げる。

「うん、まさに、春爛漫って感じだよな」

道端で咲き乱れている名も知らぬ雑草たちを見下ろしながら、俺は相槌《あいづち》を打った。すると、黙って歩いていたミリオンの方から、じつに切ない音が響いてきた。

ぐうううぅ。

「すまん。ちょっとコンビニに寄らせてくれ——と、俺の親友が訴えてる」

ミリオンは自分の胃の辺りをさすりながら言った。

「相変わらず、雄弁な親友だね」

とマスターが苦笑して、その台詞に俺が続けた。

「親友の訴えはわかったけど、待ち合わせ場所は『前浜《まえはま》』なんだから、まずは二人に挨拶して、それからコンビニに行けよ」

前浜というのは、シェアハウス龍宮城から歩いて行ける「コンビニの前の浜」を略した俺たちの造語だ。そして、挨拶をする「二人」というのは、パン子と風香のことだった。

俺はいま、数日前に取り交わした彼女たちとの約束を果たすべく、「イケメン」たちを引き連れて、チェアリングの場となる渚に向かっているのだ。

「おい、マック」

ミリオンが前を向いたまま口を開いた。

「ん？」

「お前が紹介したいっていう女たち、大丈夫なのか？」

「大丈夫って、何が？」

「俺がコンビニに立ち寄っただけで機嫌を損ねるような、ヤバい連中なのかってことだ」

「連中って言い方はアレだけど……」

俺は、二人の顔を脳裏に描いた。

のんびりした性格の風香は、まあ、大丈夫だろう。

でも、パン子は——。

「俺も、まだ一度しか会ってないから何とも言えないけど、片方の娘《こ》は『遅いんじゃ、ボケ！』とか言いながらミリオンのノートパソコンを真っ二つ、くらいは平気でやるタイプかもな」

俺が真顔で言ったら、急にミリオンの歩幅が広くなった。

「急ぐぞ、君たち。レディーを待たせるなんて、男として最低だ」

「だから、お前だけは、それを言うなっつーの」

と俺。

「ほんとだよねぇ」

と眉尻《まゆじり》を下げるマスター。

「黙れ、のび太ども。さっさと歩け」

「のび太『ども』って何だよ」

俺たちは、いつものようにじゃれ合いながら、民家と畑に挟まれた小径をせっせと歩いた。

そのまま少し行くと、ふわっと春の海風が吹いてきて、すぐに遠い波音が耳をくすぐりはじめた。

「なんか、今日は、ひときわ青いね」

マスターが、まぶしそうな目で遠くを見た。

「たしかに。いつもより、ブルーが鮮やかな気がする」

答えながら、俺も目を細めた。

小径の先に、春の海が見えてきたのだ。

国道に沿って弓なりに延びる白砂のビーチ。ひらひらとたゆたうコバルトブルーのきらめき。

今日は、あそこが「貸し切りの庭」になるのか——。

悪くないな、と思ったら……、
ぐうううううぅ。

ミリオンの雄弁な親友が、ふたたび不満を訴えた。

俺たちが前浜に着いたとき、パン子と風香はすでに並べた椅子に腰掛けて水平線の方を見ていた。二人の脇には、この間と同じクーラーボックス。そして今回はアウトドア用のテーブルも設置してあった。

やわらかな海風になびくピンク色の髪と、麦わら帽子。

いまこの瞬間、広い白砂のビーチは、彼女たちの貸し切りだ。

ミリオンとマスターを引き連れて近づいていくと、二人の肩が小刻みに揺れていることに気づいた。なにやら愉快《ゆかい》な話でもして笑っているらしい。

俺は背後から声をかけた。

「ごめん、遅くなっちゃって」

弾《はじ》かれたようにこちらを振り向いたパン子と風香は、表情に笑みのかけらを残したまま立ち上がった。

「遅かったやん、マック。それと――」

パン子は、ミリオンとマスターを順番に見た。

「紹介するよ。こいつがミリオンで、こっちが前に話したマスター」俺は、まず同居人たちを紹介した。そして、くるりと向きを変えて続けた。「で、ピンク頭の方がパン子で、麦わら帽子が風香」

「ちーっす」

パン子はおでこに右手を当てて、敬礼の格好をしてみせた。

「こんにちは」

風香は少しはにかんだように目を細める。

「はじめまして。ぼくは奈良京太郎《ならきょうたろう》です」

マスターが女子二人に柔和《にゅうわ》な笑みを向けると、その横でミリオンがホッとしたような声を出した。

「俺は長沢智也《ながさわともや》。つーか、マック、どうやらノートパソコンを出しても大丈夫そうだな」

ミリオンの言葉に、一瞬、パン子と風香はぽかんとした。

「あ、いや、こいつトレーダーでさ、テーブルがあるから、そこにパソコンを出しても大丈夫だよねってこと」

慌てて俺がフォローすると、さっそくパン子が好奇心で目を輝かせた。

「トレーダー？　ってことは、株とかやっとるん？」

「ああ。ＦＸもやってるぞ」

ミリオンは淡々と答えつつ自分の椅子を白砂の上に設置すると、ついでに背負っていたリュックをテーブルの上に置いた。

「じゃあ、俺はコンビニに行くからな」

「コンビニ？」

と風香が小首を傾げた。

「ああ。寝坊して、飯も食わずに来たから、腹が減ってるんだ」

暗に遅刻の理由をほのめかしたミリオンを見て、風香がくすっと笑った。

「よかったら、おにぎりとサンドイッチと、あと、少しだけど、おかずっぽいモノも作ってきたけど――」

「ん？　それ、食っていいのか？」

ミリオンは黒縁メガネの奥の目をキラリと光らせた。

「うん。お口に合えばいいけど」

頷いた風香の肩を、パン子が抱き寄せた。

「最初に言っとくけど、この風香の手料理はプロ級やからね」

「ちょっと、パン子。いきなりハードル上げないでよ」

「あはは。でも、ほんまやし」

言いながらパン子が、足元のクーラーボックスのふたを開けた。中には密閉容器に入った食べ物が並べられていた。

「いつまでも突っ立っとらんで、椅子を置いて、テーブルを囲んでや」

俺たちは言われた通りに、それぞれの椅子をセットした。

パン子と風香は、せっせと手料理をテーブルに並べていく。

「じゃあ、ぼくはコーヒーを淹れようかな」

マスターもトートバッグの中身をテーブルの上に並べはじめた。

「わあ、わたし、それ、楽しみにしてたんだぁ」

「ほんま、それやね」

女子たちが喜びを口にしている目の前で、ミリオンは、さっそくノートパソコンとタブレットを並べて起動させた。いつものように株のチャートをチェックしながら食事をするらしい。

気づけば、俺だけが手持ち無沙汰《ぶさた》になっていた。

「なんか——、俺だけ、やることがないな」

取り残されたような気分で言うと、パン子がこっちを見た。

「暇やったら、なんかオモロい話でもして、パン子がこっちを見た。

「えっ？　そんな、急に振られてもなぁ……」

困り切った俺に向かって、ミリオンが口を開いた。

「こいつの話は、だいたいつまらないぞ。なあ、マスター」

「あはは。ミリオン、それは内緒でしょ」

「お前らなぁ……」

俺たちの掛け合いを見ていたパン子と風香が、なぜか、ちょっと意味ありげな感じでくすくす笑い出した。

「なに、二人の、その笑い」

訊ねた俺に、パン子が悪戯《いたずら》っぽい目を向けた。

「男子チームがくるまで、あたしたちマックの噂話をしててん」

「俺の噂話？」

「せや。マックはまじめやから、オモロい話をしてくれって振ったら、絶対に困っちゃうタイプやねって。そしたら、いま、マック、本当に困ってたやん？　なあ、風香？」

「うん――、ごめんね、マック」

風香が、てへ、と悪意のない顔で笑う。

なるほど。それで、さっき二人は肩を揺らしていたのか。

そういえば、先日のアルバイト先の店長にも同じようなことを言われた気がする。君はまじめだから、また仕事を頼みたいって。

「俺、そんなにまじめかなぁ……」

まじめと言うより、おもしろ味のない人間だと言われたような気がして、なんだか微妙な気分になってきた。すると、そんな俺を見ていたマスターが、みんなに声をかけた。

「今日はさ、パン子と風香に出会えた記念ってことで、ちょっと特別な豆を使うね」

言いながらマスターは手際よくドリッパーにペーパーフィルターをセットし、メジャースプーンで中細挽きの豆をすくった。

「えーっ、特別な豆って、どんなん？」

目をきらきらさせて質問したパン子と風香はもちろん、株価のチャートを見ていたミリオンまでがマスターの手元に注目した。

俺にはわかっていた。マスターは、窮地《きゅうち》に立たされた俺をさりげなく救うために、わざわざ特別な豆を使うだなんて言い出してくれたのだ。

「この豆はね、『コーヒー発祥の地』って言われてるエチオピア産のモカなんだけど、標高が二〇〇〇メートルくらいある『イルガチェフェ地区』の農場で作られてるんだよね。ほんのり柑橘《かんきつ》が混じったようなフルーティーな香りと、爽やかな甘みが風味の特徴かな。なるべく苦味の角を取って、飲みやすくしたいから、八〇度くらいのお湯でドリップするよ」

マスターは、注ぎ口が細いケトルに温度計を差し込んで、お湯の温度を確認すると、丁寧《ていねい》にドリップをしはじめた。

「さすが、仕草《しぐさ》が様になってるね」

マスターの手際を見ていた風香が、つぶやくように言った。

「ほんまやな。プロの風格があるわ」

「いやぁ、そんなことないよ」

べた褒めされたマスターは照れ笑いしたけれど、ドリップしているときの目は、いつもどおり真剣そのものだった。

やがて蒸らしの時間に入ったとき、ミリオンが口を開いた。

「風香」

「は、はい？」

はじめてミリオンに名前を呼ばれた風香は、ちょっとびっくりしたようにタレ目を開いて背筋を伸ばした。

「おにぎりをもらっていいか？」

「え——、あ、うん。なんでもお好きなモノをどうぞ」

「よし。じゃあ、まずは、これをもらうか」

ずっと空腹に耐《た》えていたミリオンは、手近なところにあったおにぎりを摑み上げると、勢いよくかぶりついた。

「お――、こりゃ、マジで美味いな」

「ほんと？　よかった」

風香の頰がゆるんだとき、今度はパン子が声を上げた。

「うわ、めっちゃいい匂いがしてきた」

馥郁《ふくいく》としたコーヒーの香りが潮風に漂いはじめたのだ。

「香りがいいでしょ。この豆はね、少し浅めに焙煎《ばいせん》してから五日間くらい寝かせておくの。で、中細挽きにして、ペーパードリップでゆっくり落とすのがベストだと思うんだよね」

パン子と風香は、すっかりマスターの蘊蓄《うんちく》と妙技《みょうぎ》に心を奪《うば》われているようだった。ミリオンはおにぎりを口に押し込みながら、タブレットとノートパソコンを操作しはじめた。そして、また、俺ひとりだけが手持ち無沙汰になったので、風香が作ったというサンドイッチを手にした。

「風香、俺もいただくね」

「あ、どうぞ。おかずも食べてね。箸はここにあるから」

「うん、サンキュー」

俺は適当にサンドイッチを見つくろって頰張った。そして、次の瞬間、思わず目を丸くしていた。

「うわ、なにこれ。めっちゃ美味いんだけど」

「よかった」風香はにこにこしながら、サンドイッチの中身について教えてくれた。「それね、卵サンドに照り焼きチキンの細切りを混ぜ込んであるの。わたしは『親子サンド』って呼んでるんだけど」

「なるほど。たしかに『親子サンド』だ。にしても、卵と照り焼きの甘辛い味がマッチして、後を引くなぁ」

「せやろ？　風香の手料理は、いちいち美味いからな」

と、なぜかパン子が胸を張ったところで、マスターが「うん、いい感じに落とせたと思うよ」と顔を上げた。「最初は、パン子と風香の二人前ね。男性陣のコーヒーも、すぐに淹れるから」

「わーい。すごい、愉しみ」

と、満面に笑みを浮かべた風香を見て、パン子が「オマエの喜び方は、小学生か」とツッコミを入れた。すると、負けじと風香も「誰が小学生やねーん」と関西弁でパン子に言い返す。

そんな二人を横目に、ゆったり微笑みながら、マスターは温めておいた二つのカップにコーヒーを注ぎはじめた。

「うっし。来たな。ここで買っとくか」

ひとりごとを口にしたミリオンは、おにぎりを手にしたままパソコン画面に向かって前のめりになっている。

ほんと、つくづく自由な奴らだよなぁ――。

そう思ったら、なんだか急におかしくなってきて、俺は『親子サンド』を頬張りながら一人でにんまりしてしまった。そして、視線を遠くに移した。

空と海のブルーが、ぴったり寄り添った水平線。

さらさらと頬を撫でる海風。

クリーミーな波音と、白砂のまばゆさ。

俺は、青い風を肺に吸い込んだ。そして、それを吐き出しながら、みんなに向かって言った。

「とりあえず、自己紹介でもしようか」

「ええやん。ミリオンとマスターとは初対面やし」

そう言ってパン子は、マスターから「サンキュー」と受け取った白いカップに口をつけた。するとと、次の瞬間「！」という顔で固まった。そして、風香を見た。

「え、なに？　そんなに美味しいの？」

風香も、マスターの淹れたコーヒーを口に含んだ。

「んーっ！」

と目を見開いた風香の反応は、はじめて俺がマスターのコーヒーを飲んだときとそっくりだった。

「な、ヤバいやろ？　美味しすぎやんな？」

「うん。こんなコーヒー、わたし飲んだことないよ」

「だろ？」

と俺が腕を組んだら、パン子が幸せそうな顔で頷いた。

「うん。ほんま、あたし、マックのこと見直したわ。おもろいことは言えんでも、レベルの高い友達は持っとるもんな」

するとミリオンが横から「そのとおりだ」と言ったから、女子二人は吹き出して、マスターまで苦笑するのだった。

それから俺たちは、マスターのコーヒーと風香の手料理に舌鼓《したつづみ》を打ちながら自己紹介をしはじめた。

トップバッターに名乗りを上げたパン子は、パンクロックが好きなことや、関西の超ど田舎での奔放《ほんぽう》な日々を話して一同を笑わせた。

風香は、地元の農家の娘であることや、幼い頃は親戚の千鶴バアが『野遊びの師匠』だったことなどを話してくれた。

マスターは、コーヒーに興味を持った高校時代の話や、忠司さんが営む喫茶店『崖の上のヘブン』で、アルバイトとしてコーヒーを淹れていることなどを話した。

「あ、ヘブンってアレやろ、海を見晴らせる崖の上にあって、店内にいろんな雑貨が置いてある――」

パン子が言うと、マスターは「そう、そこ」と頷いた。

「パン子、うちの店に来てくれたの？」

「だいぶ前やけど、風香と一緒に軽トラで行ったわ」

「うん、行ったね。でも、あのときはマスターじゃなくて、ぼさぼさロン毛頭のおじさんがコーヒーを淹れてくれた気がするけど」

「そっか。じゃあ、きっとその日、ぼくは非番だったんだね。次に店に来てくれるときは、あらかじめ連絡してよ」

「うん、そうする」

「せやな。あの怪《あや》しいロン毛のおっちゃんのコーヒー、いまいちやったし」

「ちょっと、パン子」

風香がパン子をたしなめたら、マスターがくすっと笑った。

「大丈夫だよ風香。そのロン毛の人、忠司さんっていうんだけどさ、喫茶店のオーナーなのに、コーヒーを美味しく淹れることに、ちっとも興味がないんだよ」

「じゃあ、忠司さんって、何に興味があるわけ？」

俺が口を挟んだら、マスターは少し眉をハの字にして答えた。

「酒を飲むこと。遊ぶこと。あとは金儲《かねもう》けだって言ってるよ」

返答の内容があまりにも忠司さんらしくて、俺は軽く吹き出してしまった。そして、話題をミリオンに振った。

「金儲けと言えば、ミリオンだよな」

みんなの視線が集まると、ミリオンはノートパソコンの画面からちらりと視線を上げた。

「俺か？　まあ、俺も、金儲けがおもしろくて仕方がないタイプだからな」

あけすけに言ったミリオンは、中学生の頃にはすでにお年玉を元手に投資をはじめていたことや、そもそもクラスでは「智也」と呼ばれていたのに、投資をやっていることをからかわれて「ミリオンダラー」と呼ばれ、それが短縮されて「ミリオン」というあだ名が定着したことなどを話した。

「本当に中学生の頃から資産運用をしてたの？」

風香が大きな目をいっそう丸くした。

「ああ。うちは貧乏だったからな。このままじゃヤバいと思って、中一の頃には投資関連の勉強をはじめてたんだ」

「すごっ。天才少年やん」と、パン子。

「まあ、そうかも知れんな」と、頷くミリオン。

「お前、少しは謙遜《けんそん》しろ」

思わず俺は突っ込んだけれど、ミリオンは、どこ吹く風だ。

「投資って、子供でもできるの？」

風香が素朴《そぼく》な疑問を口にした。

「おう。親権者の同意があれば、未成年でも開設できる口座があるんだ。信用取引はできないけどな」

「信用取引？」

と、パン子は鸚鵡《おうむ》返しにした。

「まあ、ひとことで言えば、現金を後払いにする取引だな。で、その逆が現物取引と言って
――」

ミリオンがあれこれ説明をしていると、ピロン、と電子音が鳴った。するとミリオンは「すまん、ちょっと待ってくれ」と言って、タブレットの画面を凝視しはじめた。

「なに？　急に、どうしたん？」

パン子が怪訝《けげん》そうな顔で俺を見たから、ミリオンの代わりに答えた。

「いまの電子音は、投資に使うアプリの『株アラート』ってやつらしいよ」

「株アラート？」

風香が訊き返してきた。

「うん。あらかじめミリオンが設定しておいた株価に到達したとき、お知らせしてくれる機能なんだって。ようするに、いま、ミリオンにとっては、株を動かすタイミングが来たってことだと思う」

「へえ、詳しいやん。マックも投資とかやるん？」

「いやぁ、俺とマスターはやってないよ」

首を振ってコーヒーをひとくち飲んだら、ミリオンが顔を上げた。そして、キョトンとした顔でみんなを見た。

「ええと、で、なんだっけ？」

「あはは。みんなミリオンの自己紹介の続きを待ってるんだよ」

マスターが言うと、ミリオンは「おお、そうだった」とひとりごちて、続きをしゃべりはじめた。

「自慢じゃないけどな、俺、中学生の頃から資産運用の勉強ばかりしてたせいで、高校時代にうっかり留年してな――、おかげで、修学旅行に二度も行けたんだ」

「なんか、すごい。留年がポジティブな出来事になってる」

言いながら風香は笑ったけれど、パン子は真顔で「修学旅行に二回も行けたって、ちょっとうらやましいわぁ」と言った。

「だろ?」

「うん。思い出が二倍やもんね」

「その通りだ」

意外なところで共鳴する二人――、それを見ていたマスターが、ミリオンの留年に関する情報を補足した。

「ちなみにミリオンが留年した高校ってね、全国的にも有名な超進学校で、しかも特待生だったんだよ」

「えっ、なんて高校なん?」

パン子のストレートな質問に、ミリオンがさらりと出身校を口にした。すると女子たちは「えーっ!」と声を揃《そろ》えて、そのまま絶句。つまり、それくらい有名な高校なのだ。

「そんな秀才が、どうしてうちみたいな大学に来たの？」

風香が疑問を持つのはもっともだ。ちょっと頑張れば東大に入れるような高校を卒業して、わざわざ地方の二流大学に来るなんて、ふつうでは考えられない。

「新国には倉持《くらもち》教授がいるからな」

ミリオンは、やたら誇らしげに言ったけれど、女子二人はぽかんとした顔で固まった。

「お……、お前ら、倉持満《みつる》教授を知らないのか？『倉』を『持』って『満』たすと書いて、倉持満だぞ」

「知らんけど、めっちゃ『金満』まる出しな名前やな」

とパン子が笑い、風香も続いた。

「ごめん。わたしも知らないや」

「お前ら、マジか……」

悲しげに嘆息したミリオンは、まるで出来の悪い生徒でも見るような目で女子たちを見ながら、説明をはじめるのだった。

「いいか、あの先生はな、投資の世界じゃ有名なレジェンドで、俺は、そのレジェンドから直接教えを請《こ》うためだけに、わざわざこの大学の経済学部に入ったんだ」

「ミリオンは、放課後、教授室に入り浸っちゃうくらいのファンだもんな」

と俺が補足したら、ミリオンはなぜか首を振った。

「いや。ファンというのはおこがましい。あの人は俺にとっての『神』だから、『信者』が正解かも知れん」

「まさかの神と信者――」

と俺は苦笑した。

「おう。俺は、あの神の持つ知識とスキルの習得に人生を懸《か》けてる」

「えっ、そこまでだったの？」

とマスターも苦笑した。

「もちろんだ。マックもマスターも、倉持教授の投資術に懸けてみたいって言ってただろ？」

そんなこと言ったっけ？　俺とマスターは顔を見合わせた。

「ほら、入学してすぐの頃に。なんだ、お前ら、忘れたのか？」

不満げなミリオンの顔を見ていたマスターが、ふいに手を叩いた。

「あっ、そういえば、言った。こたつでゴロゴロしながら」

それを聞いて、俺も思い出した。たしかに、そんな会話をしたことがあった。

「たしかに言ってたけど、俺とマスターは素人だからなぁ」

「…………」

ミリオンは少しのあいだ黙って俺とマスターの顔を見ていたけれど――、ピロン、また株アラートが鳴ったので、さっとタブレットの画面に視線を落としてしまった。

ミリオンが『仕事』をしているあいだは、マスターと俺が勝手にミリオンを紹介した。

例えば、シェアハウス龍宮城では、三人の生活費を『共同財布』から出していて、その財布の管理はお金の計算が得意なミリオンに任せているとか、ミリオンは冬でもビーチサンダルを履いているとか、ミリオンの部屋がいちばん寒くて、暗くて、狭い、北側の四畳半だとか。しかも、その部屋をミリオンが選んだ理由は、狭い場所の方が株の売買に集中できると言ったからだとか――。

とにかく、紹介すればするほどミリオンの変人っぷりが露呈《ろてい》していくのには、話している俺があらためて驚くくらいだった。しかし、このままだと単なる悪口になりそうだと心配したのだろう、マスターが上手にフォローをしてくれた。

「そうは言っても、ミリオンはいい奴でね、『金はエネルギー。自分と誰かの願いを叶えるためにある』がモットーなんだよね」

「ふうん。自分だけじゃなくて『誰かの』って言葉が入っているところが、いいね」

風香が褒めると、マスターが「でしょ？」と微笑んだ。

そうこうしていると、ミリオンがふたたび顔を上げた。すると、そのタイミングを見計らっていたのか、すかさずパン子がミリオンに訊ねた。

「ねえ、株とかって、素人でも勝てる裏技みたいなのはあるん？」

「裏技？　そんなもん、あるわけがない……ことも、ないか」

「えっ、あるん？　どんな？」

パン子が少し前のめりになった。

「まあ、いわゆる『コピートレード』とか『ミラートレード』なんて言われる手法だな。ようするに、専用ソフトを使ってプロの投資家の売買の動きと自分の売買をシンクロさせるわけだ」

「え、すごい。それをやれば絶対プロ並みに儲かっちゃうってことだよね？」

おにぎりを手にしたまま、風香が声をあげた。

「いや、投資の世界に『絶対』はないんだ。しかも、この手法を使うと、コピーさせてもらった相手に成功報酬《ほうしゅう》を払わなくちゃいけないし、そもそもプロのトレーダーもふつうに大コケするからな」

「なんだ、そっかぁ」

風香は、残念そうな顔でおにぎりを口にした。

「ミリオンは、そのコピートレード、やってへんの？」

パン子が訊いた。

「一応、たくさん動かしている案件のなかのひとつとして、後学のためにやってはいるけどな。ちなみに、日本には、このサービスはないんだ」

「え？　そしたら、どこにあるん？」

「ケイマン諸島とニュージーランド、あとはベリーズだったかな」

「マニアックやなぁ」

「だろ？」

「そうだ。じゃあ、あたし、ミリオンをコピーするから、あたしのお金も増やしてくれん？」

パン子が両手を胸の前でにぎり合わせて言った。しかし、ミリオンは、あまりにもあっさりと断るのだった。

「駄目だ」

「なんでよ?」

「儲けさせる自信がない」

「え?」

「そもそも俺はプロじゃないし、他人の責任までは負えない」

「じゃあ、倉持教授だったら?」

「俺よりも勝率は高いだろうな」

「えー、あたし、教授のコピーやりたいわぁ」

「わたしもぉ」

女子たちは、笑いながら顔を見合わせて——、

「お金、欲しい!」

と声をそろえたので、俺とマスターは笑ってしまった。

「二人とも、欲望にたいしてストレートだよね」

マスターの言葉に、パン子が頷いた。

「せやで。なんでも正直なのがいちばんや」

「そう。自分に嘘をつかないのが、わたしとパン子のいいところだもんね」

風香はそう言って、おにぎりを持っていない右手をパン子に向かって掲げて見せた。すると、その手に、パン子の右手が勢いよく合わさった。

ハイタッチ。

パチン、と乾いた音が、青い海風のなかに響いた。

なんだろう、この二人の自由な感じ――ちょっとまぶしい気がする。

俺がそう思ったとき、ふいにマスターが「だよね。正直って格好いいよね。憧《あこが》れるよ。イエーイ！」と楽しそうに笑って右手を掲げた。そして、その手に、パン子と風香が立て続けにハイタッチ。

直後に三人は俺を見た。

「え、俺も？　イエーイ！」

流れで俺も三人とハイタッチを交わした。

全員の視線が残されたミリオンに集まった。

「さっきから思ってたけど、お前ら、ほんと変わりモンだなぁ」

いちばんの変わり者がそう言って右手を掲げた。

パシ、パシ、パシ、パシ。

四つの音を渚に響かせたあと、俺たちはしばらくのあいだ、どうでもいいような会話で笑い合った。

パン子と風香はチェアリングの魅力について語ってくれた。椅子ひとつあれば、海でも川でも山でも、どこでも手軽に自分だけの「庭」にできること。誰かと一緒でも楽しいし、一人で読書するのも静かないい時間になること。夏は川の浅瀬に椅子を置いて、流れに足を浸しながらチェアリングをすると涼しくて気持ちがいいこと。

「でも、やっぱり、誰かと一緒に景色を眺めながら会話ができるのがいいんだよね。向かい合うんじゃなくて、同じ方を向いて、同じ景色を見てると、普段は言えないようなことも言えたりしてさ」

風香が言うと、続きをパン子が引き受けた。

「ほんまやな。なんか、こう『仲間』って感じがして、心が寄り添う気がすんねんな」

「うんうん。ほんと、そんな感じ。なんか不思議だよね」

幸せそうに話している二人を見ていたら、俺とマスターまでほっこり微笑んでしまった。

「そっか。二人は、そうやって仲良くなったんだね？」

マスターが、俺の心を代弁してくれた。

「うん、そうだね」

「せやな」

白砂のビーチにさらりとした木綿の春風が吹いて、風香の黒髪とパン子のピンク色の髪をなびかせた。

なんか、平和な時間だなぁ――。

俺がそう思っていると、少し離れたところから複数の男の声が聞こえてきた。それは、やけに下卑《げび》た感じの耳障りな大声だった。声の方を振り向くと、さっき俺たちが国道からビーチへと降りてきた石段を、四人組の男たちが降りてくるところだった。年齢は俺たちより少し上くらいだろうか。一見しただけでガラの悪さが伝わるような連中だった。

俺たちの横を通り過ぎるとき、彼らはまるで品定めでもするような不躾《ぶしつけ》な目でこちらを見た。そして、そのまま五〇メートルほど離れたところまで歩いて行き、じゃれ合いはじめた。奇声を上げつつビーチに落ちていた流木を振り回してみたり、缶ビールを振ってから開栓して噴水みたいにしたり、プロレスまがいの取っ組み合いをしたり……。

「なんか、元気な人たちだね」

マスターが、ポジティブな言葉に変換してくれたおかげで、俺たちの周りに漂っていた不穏な空気が少しだけ緩んだ気がした。ずっとノートパソコンの画面に釘付《くぎづ》けになっていたミリオンだけは、そもそも彼らの存在にすら気づいていないようだけれど。

「ねえ、マスター、また美味しいコーヒー淹れて欲しい」

パン子が言って、「わたしも」と風香が続いた。

「じゃ、俺も頼むよ。ミリオンのカップも空っぽだし」

「オッケー。じゃあ、今度は、さっきとは違う豆で淹れるね」

椅子から立ち上がったマスターは、さっそくお湯を沸かしはじめた。

「マスターってさ、喫茶店のマスターになるんやろ？　ってことは、就活はせんの？」

パン子が訊ねた。

「うん。就活はしないつもり。一応、いくつか本を読んで喫茶店の経営の勉強とかはしてるし。パン子は？」

「あたしも、まあ、ミュージシャンになるのが夢やし」

「っていうか、パン子ってすごいんだよ。ユーチューブでファンがたくさんついてて、すでにお金も稼いでるし」

風香の言葉に、思わず俺は「えっ、マジで？」と言ってしまった。「どんな動画をやってんの？」

「どんなって――、まあ、アレやな、一人でパンクロックってのも難しいやん？　せやから、ふつうにアコギで弾《ひ》き語りやけど」

「ふつうじゃないじゃん。パン子の声って本当に素敵なの。あ、そうだ、いま、ちょっと動画を観てみようよ」

言いながら風香がスマホを手にしたら、急にパン子が照れはじめた。

「ちょっ、風香、いまはええって」

「なんで？　いいじゃん。みんな感動すると思うよ」

「いや、でも、急すぎて、アレやんか」

「大丈夫。パン子は天才なんだから」

にっこり笑った風香が、スマホを操作しはじめた。そして、端末をテーブルの真ん中に置いた。俺とマスターはもちろん、いつの間にかミリオンまで身を乗り出してスマホの画面を見下ろした。

「じゃあ、行くよ。再生、スタート」

言いながら風香は画面をタップした。

小さな画面のなかで、モノクロの粗《あら》い映像が動き出した。アコースティックギターを爪弾《つまび》く
パン子は、白っぽいTシャツを着ていた。ピンク色の髪は、モノクロ画面のせいで銀髪っぽく
見える。

短い前奏が終わり、パン子の歌声が流れはじめた。

と、その瞬間――、すうっと周囲の音が消えた。

国道を往来する車の音も、波音も、ガラの悪い連中の馬鹿騒ぎさえも、俺の耳には入ってこ
なくなったのだ。

「なんか、想像してたのと、違う……」

呆然《ぼうぜん》としながら俺が言うと、マスターが頷いた。

「うん。すごい。天使の歌声ってやつだね」

「でしょ？　あ、そうだ、今度、みんなでチェアリングやるときは、パン子にギターかウクレ
レを持ってきてもらって、生で――」

風香の台詞に、思わず俺はかぶせていた。

「いいね、それ。マジでいいと思う」

「うん、最高だね」

マスターも笑顔で賛同してくれた。

ところが、当のパン子はというと、ピンク色の髪をつまんでクリクリひねったりしながら、

「いや、でも、そういうのは……」と蚊の鳴くような声を出したので、俺とマスターは視線を合わせてニンマリしてしまうのだった。

パン子を黙らせるには、ほめ殺しが効くらしい――。

曲を聴きながら、マスターは二杯目のコーヒーを落とす準備をしはじめた。そして、パン子に訊いた。

「じゃあ、パン子も、ぼくと一緒で、就活はしないんだね？」

「せやね」短く答えたパン子は、話題をミリオンに振った。「ミリオンは、そのまま投資家になるんやろ？」

「俺は、まあ、そうだな。いったん倉持教授の助手になるっていう選択肢もあるけどな」

「風香は、就活すんの？」

俺は、この五人のなかで、いちばん俺と近そうな存在に声をかけてみた。すると風香は、

「わたしは……」と言って、次の言葉を探しはじめた――と思ったら、あっさりパン子が答えてしまった。

「風香は農家の娘やん？　しかも、料理の天才やん？　ってことで、将来は農家レストランをやるんや。な、風香？」

「まあ……うん。いつか、できたらいいなって思ってるけど」

面映《おもは》ゆそうな風香を見て、マスターがやさしく声をかけた。

「できるよ、風香なら。だって、こんなに料理が上手いんだもん」

「そう、かな……」

「絶対にできる。あたしが保証する！」

パン子は、風香の肩を抱き寄せながら言った。

「卒業後は？」

俺が訊ねると、パン子に抱かれたまま風香は「うーん」と小首を傾げて言った。「とりあえずは、実家の農業を手伝いながら、少しずつ準備を出来たらいいかなって」

「そっか。いいね」

俺は笑みを浮かべて答えたけれど、本音をいえば、胸の奥がざわついていた。ミリオンは投資家。マスターは喫茶店のオーナー。パン子はミュージシャン。風香は農家レストランの経営。まもなく大学三年生になろうという五人のなかで、まったく進路が見えていないのは俺だけだったのだ。しかも、人には言えない――言いたくない「ある問題」を抱えてもいる。

「マックは？　将来どうするとか考えてるん？」

パン子の問いかけに釣られて、風香も俺を見た。まだ何も決まっていないことを知っているミリオンとマスターは、それぞれタブレットとコーヒードリッパーに視線を向けて無関心を装ってくれた。

「いや、俺は……まだ、とくには」

「そっか。ほな、これから考えるって感じやね?」

パン子が他意のない台詞を口にした。すると、ドリップをはじめたマスターが、さらりと話題を変えてくれた。

「あ、そういえば、マックの実家って、『かもめ亭』っていう洋食屋さんなんだよ」

「えー、そうなんや?」

「でね、マックのお母さんが作ってくれたロールキャベツが、めっちゃくちゃ美味しかったの」

マスターが言うと、めずらしくミリオンが同調した。

「おお。たしかに、あれは絶品だったたな」

「えーっ、いいな。わたしも食べてみたい」

料理に興味がある風香が、懇願《こんがん》するような目で俺を見た。

「え? えっと……」

「じゃあさ、いつか、この五人で食べに行こうよ」

ドリップする手元を見たまま、マスターが言った。

五人でって——。全員でうちに泊まるってことか? 前回は俺を含めた三人だったから何とかなったけど……。

「いや、でも、俺の実家、けっこう遠いよ」

とりあえず、そう言ってみた。

「えっ、ほんまに？　どんくらい遠いん？」

「まあ、ここからだと、バイクで二時間半はかかるかな」

するとと、女子たちが笑いはじめた。

「それ、ぜんぜん遠いって言わないよね」

風香が言って、パン子が何度も頷いた。

「ほな、五人で行くロールキャベツ・ツアー、決定やな」

「そうだね」

「決まりだな」

マスターとミリオンも賛同してしまった。

決まり……って、と俺が軽くため息をついたとき、さっきまで遠くではしゃいでいたガラの悪い連中が、こちらに近づいてきた。いい加減、砂浜で馬鹿騒ぎをするのにも飽きたのだろう。

とりあえず、視線を合わせずにやり過ごそう――、と思っていたら、ふいにパン子がボソッとつぶやいた。

「あいつら、ゴミ……」

パン子の視線の先を見ると、白い砂浜の上に、空き缶とコンビニの袋が捨て置かれていた。

しょうがない連中だ。後で拾っておくか。

俺がそう思った刹那、何を思ったのか、近づいてきた連中の前に、パン子がひょいと立ちはだかったのだ。

は？　嘘だろ——。

ぽかんとしている俺の目の前で、パン子が淡々といつもの陽気な声を出した。

「お兄さんら、ちょぃ待ちぃや」

「ん？　なんだ、お前」

いちばん前を歩いていた金髪で坊主頭の男が、眉間にシワを寄せてパン子を見た。そして、俺たちのことも見た——いや、睨《にら》んだ。

「ちょ、ちょっと、パン子」

風香が止めようとしても、パン子は気にも留めずに顎でゴミの方を指し示した。

「あれ、あんたらの忘れもんやろ。ちゃんと持って帰りいや」

「はあ？　なんだ、このピンク頭ちゃん」

金髪坊主は、そう言って苦々しく笑った。そして、パン子に向かって一歩足を踏み出した。

うわ。マジか。ヤバいな、これは。かなり。

「あ、えっと……」

完全にノープランのまま、俺は小声を出していた。

連中の物騒な視線が、パン子から俺に移った。

うわ、怖わっ……と思ったその刹那——、

「チッ！」

あからさまな舌打ちがビーチに響いた。しかも、舌を打ち鳴らしたのは、まさかのミリオンだった。連中の視線が一気にミリオンへと移った。

ミリオンは手にしていたタブレットをゆっくりテーブルに置くと、すっくと立ち上がった。そして、一八八センチの長身を生かして、上から言葉を放った。

「お前ら、クッソうるせえなぁ。さっさとどっかに消えろ」

吐いた言葉は汚いけれど、でも、その口調はいつものミリオンらしい、のんきでかったるそうな声色だった。

ガラの悪い連中はミリオンの上背と妙な口調に思考が追いつかなかったようで、一瞬、きょとんとした顔で固まった。でも、そのとき、彼ら以上に驚いていたのは俺とマスターだったと思う。なにしろミリオンが自ら他人の行動に関わろうとするのは、とても、とても、とても、珍しいことなのだ。

「なんだよ、ノッポの兄ちゃんも威勢がいいじゃねえか」

パン子の目の前に立っている金髪坊主が吐き捨てるように言った。目つきがやたらと剣呑《けんのん》な感じになっていた。でも、ミリオンは、その視線の圧をそよ風ほどにも感じていないようで、相変わらずかったるそうに答えたのだ。

「威勢がいいのはお前らだろ？　つーか、俺はいま、損切りするかどうかのギリギリの判断をし損なったんだ。この大事な局面で、俺の集中力をぶち壊しやがって」

「…………」

ミリオンの言葉の意味がわからなかったのだろう、連中は四人そろって「ん？」という顔だ。

「おお、そうだ。お前ら、四人合わせていくら持ってる?」

ミリオンが淡々と訊いた。

「…………?」

ミリオンの言葉の意味を測《はか》りかねている四人は、完全にフリーズしていた。

「おい、聞いてんのか? 俺は、いま、大損したかも知れねえんだ。少しは責任を取って、全員、財布を置いて帰れ」

「え――?」

と、思わず声に出したのは、俺だった。

まさかの、逆カツアゲ?

いろいろな意味で想定外なミリオンの台詞に、連中はもちろん、こちらの仲間までが言葉を失っていた。

次に口を開いたのは、パン子だった。目の前に立ちはだかっている金髪坊主に向かって「つーか、ゴミ」と言ったのだ。しかし、金髪坊主は、もはやパン子のことなど眼中には無かった。

「てめえ、いま、俺らに財布を置いていけとか言ったよな? ブチ殺されてえのか、コラ」

金髪坊主は、目の前にいたパン子の肩を乱暴に押しのけてミリオンの方へと歩き出した。バランスを崩したパン子は、そのまま白砂の上に尻餅をついた。

「パン子」

反射的に俺は立ち上がり、パン子の傍で片膝をついた。

「大丈夫か？」

「う、うん」

パン子は頬をこわばらせて頷いた。そして、転んだ勢いで少しめくれ上がったジーンズの裾《すそ》を直した。その様子を見た俺は、一瞬、呼吸を止めていた。パン子のジーンズの裾から、アルミのような金属の棒が伸びていることに気づいたからだ。

パン子の左脚は――。

いや、いまは、それどころじゃない。

「パン子。とりあえず、もう、なんも言うなよ」

俺はパン子にだけ聞こえるように小声で言うと、ミリオンの方に向き直りながら立ち上がった。

と、その刹那――、
ぺちん。

いきなり金髪坊主がミリオンに平手打ちをくらわせた――のだけれど、頬で鳴った「音」にはまるで迫力がなかった。

もしかして、ミリオンとの身長差で力が入らなかったのかな、と思っていたら、タワーを思わせるミリオンの長軀がぐらりと揺れ、そのままスローモーションのように後ろへと傾きはじめた。

え？　なんで？　どういうこと？

俺の思考が追いつかないうちに――、
どさ。

白砂の上に、鈍い音が響いた。

ミリオンが大の字になって倒れたのだ。

嘘……だろ？

その場に居た誰もが声を失い、固まっていた。

やわらかだった潮騒《しおさい》が音量を上げ、びょうと海風が吹き抜けた。

仰向けのミリオンは、ぴくりとも動かない。

「ちょっ――、いま、頭を打ったかも」

言いながら俺は、なかば無意識にミリオンの傍に駆け寄った。

ミリオンは目を閉じていた。寝ているようにも、死んでいるようにも見える。

俺は、白砂に両膝を突いたまま、ミリオンに平手打ちした金髪坊主の顔を見上げた。そして、救急車を呼べと言おうとしたとき、背後から冷静な声がかぶさってきた。

「いまのやりとり、最初からぜんぶ動画に撮って、知り合いたちに送ったから。全員の顔もバッチリ映ってるよ」

マスターの声だった。マスターは、スマートフォンの画面を連中に見せつけるようにしていた。つまり、お前らの悪事の証拠は押さえたうえに、もう消せないからな、というわけだ。

「はぁ？」

今度は金髪坊主ではなく、大柄でロン毛の男が剣呑な目をした。しかし、マスターは臆することなく、さらにかぶせるように続けた。

「いますぐここから消えてくれたら、ぼくらは何もしないよ。でも、これ以上、絡《から》んでくるなら、この動画を警察に持って行くけど」

そこまで言って、マスターが「ね？」と俺に同意を求めた。

「えっ？　あ、うん。持ってく」

そこで勝負はついた。

さすがの連中も警察沙汰になるのは嫌だったようで、ぶつくさ言いながらも立ち去ってくれたのだ。金髪坊主が倒れたままのミリオンに放った最後っ屁のような捨て台詞は、「触っただけで勝手にブッ倒れんなよ、ボケ」だった。

四人の姿が完全に消えると、俺たちは揃って「はあ」と嘆息した。そして、俺はマスターに向かって言った。

「ミリオン、頭を打ったかも。このまま動かさないで、すぐに救急車を呼ばないと」

マスターは真顔で「うん」と頷いて、手にしていたスマートフォンを操作しはじめた。パン子も、風香も、ミリオンの傍で両膝を突いて、不安げにミリオンの顔を覗き込んでいた。もしも、いま、二人の背中をそっと撫でたら、それだけで揃って泣き出してしまいそうに見えた。

俺も、ミリオンを見下ろした。そして、ごくりと唾を飲み込んだ。

パン子が連中の前に立ちはだかったとき――、最初に動くべきは俺だった。少なくとも男三人のなかで、いちばん運動神経がいいのは俺なのだから。小柄で華奢なマスターでは勝ち目がないし、そもそも空気を読まないミリオンに対応させたら、ろくでもない結果になるに決まっている。そんなこと、少し考えればわかるはずなのに。

俺は周囲に気づかれないよう、湿ったため息をこぼした。

膝が震えて何もできなかった自分がつくづく情けない。

「あ、すみません。救急車を一台お願いしたいんですが」

マスターの声がした。俺たちは、そろってマスターの方を見た——と、そのとき、足元から低い声が聞こえてきた。

「電話を切れ」

えっ？

俺も、パン子も、風香も、通話中だったマスターも、弾かれたようにミリオンの顔を見た。

「救急車はいらん」

大の字に倒れたままのミリオンが目を開け、空を眺めながらそう言っていたのだ。

「え？　あっ、す、すみません。ええと、こちらの間違いでした。はい、救急車は大丈夫です。本当にすみません」

あたふたと電話の向こうの人に謝って、マスターが通話を切った。

「ミリオン……、大丈夫なの？」

と、声を震わせたのはパン子だった。

「もちろんだ」ぎょろりと眼球だけ動かして、ミリオンはパン子を見た。「死んだフリだからな」

え――？

四人が呆気《あっけ》にとられていると、ミリオンは大の字のまま、ふたたび空を見た。そして何事も無かったかのような口調でしゃべりはじめた。

「あいつの言うとおり、触られただけだしな。それにしても――」

このとき、すでに俺は笑い出しそうになっていた。

残りの三人は、ホッとしたような、泣き出しそうな、それでいて笑い出しそうな――、なんとも複雑な顔をしながら、白砂に寝そべっている大男を見下ろしていた。そしてミリオンは明るい春空に向かって、とてものんきな言葉を放ったのだ。

「今日は、いい天気だ」

第二章　若草色のテーブルクロス

【夏川　誠】

新学期がはじまり、俺たちは大学三年生になった。

春休みの後半に起きた「ミリオンの死んだフリ事件」のあと、シェアハウス龍宮城の面々とパン子と風香の五人は、すっかり打ち解けて気軽に遊ぶようになり、ゆるい仲間意識でつながるようになっていた。

ところが、パン子が口にした、あるひとことがきっかけで、俺たちはその「ゆるい」を取っ払うことになったのだった。

春雨《はるさめ》がキャンパスを濡らす午後――。

たまたま五人が学食に集まったとき、パン子はまるで大発明でもしたかのように「せやっ！」と膝を打ったのだ。

「ねえねえ、あたしたち五人で、チェアリング部を結成しよ！」

チェアリング部？　タブレットを操作していたミリオン以外の三人は、頭の上に透明な「？」を浮かべたような顔でパン子を見た。

「部活を、立ち上げるってこと？」

最初に口を開いたのはマスターだった。

「ううん。大学から認可をもらうのは面倒やから、『部』っていうのは名前だけやけど。とにかく、このメンバーでサークル的にわいわいやれたら、めっちゃ面白そうやん？」

パン子は自信ありげな笑みを浮かべて、ぐるりとみんなを見た。

「うん。それ、なんか楽しそうでいいかも」と、ひまわりみたいに微笑んだ風香は、さっそく「お揃いで、かわいいTシャツとか作ったりしたいなぁ」と妄想をしはじめた。

「たしかにテンションが上がるね。みんなでいろんなところに行って、絶景を片っ端から『ぼくらの庭』として登録していくの」

マスターも乗った。そして、少し細めた目で俺を見た。

俺は、これまでの二度のチェアリングを思い返した。

龍宮岬公園と前浜で堪能した、青くきらめく風景。美味しいコーヒー、みんなの笑い声、清々《すがすが》しい風で肺を洗う爽快感。

チェアリング部、か──。

未来をイメージしたら、胸のなかをすうっと心地いい風が吹き抜けた気がした。

うん、悪くないかも知れない。

思えば、この二年間、アルバイトの他は、とくにやるべきことも、やりたいこともなくて、いつも日々の根底に「灰色の空っぽ」を薄く積もらせたような大学生活だった気がする。そして、そんな日常に差し込んだ小さな光彩《こうさい》が、パン子と風香とチェアリングなのではないか？

俺は、ゆっくり息を吸うと、吐く息を決意の言葉に変えた。

「うん、じゃあ、一丁やりますか」

みんなの笑みがさらに広がった。残すはミリオンだ。

さすがのミリオンも四人の視線の圧を感じたのだろう、タブレットからゆっくり顔を上げた。

すると、すかさずパン子が口を開いた。

「ミリオンはやっぱり部費をやりくりする会計係やな」

パン子は、いきなり「決定事項」のように言ったけれど、正直、このときの俺は、内心でこう思っていた。

漬物石より腰の重いミリオンが、サークル活動なんかに参加するわけがないぞ、と。

でも、次の瞬間、俺の耳は意外な台詞を聞くことになったのだ。

「会計係ならやってやる。でも、それ以外は期待すんなよ」

まさかの参加宣言。しかも、面倒な役職まで引き受けて。

ミリオンの性格を知り尽くしている俺とマスターは、思わず顔を見合わせてしまった。一方、全員から賛成を取り付けてご満悦なパン子は、奥歯が見えるほどの笑みを浮かべて、さらに続けた。

「ほな、ミリオンは史上最強の会計係ってことで決まりやね。で、肝心《かんじん》の部長やけど——」

そこでパン子は、なぜか俺を見た。しかも、その視線に釣られたのか、マスターも風香もこちらを向いたのだ。

「あたしは、マックがええと思うんやけど？　まじめやし」

「ちょっ、なんで俺が？　言い出しっぺのパン子じゃないの？」

「あたしは、ほら、こういう人やし。昔から『長』が付くようなのは苦手なタイプやもん」

「わたしも、この四人のなかだったらマックがいい気がする」

風香が屈託《くったく》ない瞳で俺を見た。

「マジかよ……」

俺は椅子の背もたれに上体をあずけて、不平をそのまま顔に出した。しかし、そこでマスターが駄目押しをしてきたのだ。

「いいじゃん、マック。引き受けなよ。べつに大学公認の『部活』ってワケじゃないから顧問もいないんだしさ。なにか面倒なことがあったら、ぼくとパン子と風香でサポートするし。ね？」

最後の「ね？」は、女子二人に向けられていた。

「うん」と風香。

「もちろん」とパン子。

そこまで言われて首を横に振るのは、さすがに難しい。

俺は「はあ」と、大きなため息をついた。そして、それが「渋々ながらも承諾」のサインとなってしまうのだった。

「じゃあ、まあ、やるよ。でも、俺、パン子が思ってるほどまじめじゃないと思うから、あんまり期待すんなよ」

「自分のことを『まじめじゃない』って言う奴ほど、じつはクソまじめな件な」

タブレットを操作しながら、ミリオンがひとりごとみたいにつぶやいた。すると、女子たちが「たしかに」「だよね」と笑い出した。

「うっさいわ。ほっとけ」

俺は、やれやれ、という顔でボヤいてみせた。

それから、しばらくの間、俺たちは今後の「チェアリング部」の活動や運営についてあれこれしゃべっていたのだが、ふとした会話の流れから、あの日、マスターが撮影していた「ミリオンの死んだフリ事件」の動画をみんなで観てみよう、ということになった。

せっかくなら、スマホより大きな画面で観たいよね——、ということで、ミリオンのタブレットをテーブルの真ん中に置き、それを全員で覗き込みながらの再生となった。

はじめて観るその動画は、想像以上に笑える代物だった。なにしろ、ミリオンが損切り云々《うんぬん》と専門的な言葉を並べ立てたときの、ポカンとした連中の顔がまぬけだし、さらにミリオンが続けて「お前ら全員、財布を置いて帰れ」などとカツアゲ的な台詞を吐いた瞬間の、連中の凍りついた表情ときたら。極め付きは、平手打ちをされたミリオンが、ゆっくり後ろに倒れていくシーンだった。スロー再生でよく見ると、なぜかミリオンは白目になっていたのだ。

「なんで、白目に……、あ、あかん、腹筋が、つるぅ」

と、涙を流しているパン子の笑いが伝染して、俺とマスターと風香も腹を抱えて笑った。当のミリオンは、ひとり憮然《ぶぜん》とした顔をしていたけれど、その様子がまた面白くて、余計に笑えてくる。

ほんの一瞬だけ、尻もちをついたパン子の義足が映り込んでいるシーンがあったけれど、それに気づいているのは俺だけのようだった。だから俺は、「いやぁ、笑えた。こりゃ永久保存版で決まりだな」と、あえて過去形で言いながら、タブレットをミリオンの方に押しやった。

そして、さくっと話題を変えた。

「そういえばさ、さっき風香が言ってたチェアリング部のTシャツだけど、デザインは風香とパン子に任せていい？」

俺が言うと、女子二人は顔を見合わせてから、「うん」「ええよ」と頷いてくれた。

「ミリオンも、それでいいよな？」

念のため声をかけたけれど、反応は予想どおりだった。

「あ？　なにが？」

すでに株のチャートに集中しはじめていて、まったく聞いていなかったのだ。

■　■　■

そんなこんなでチェアリング部を結成した俺たちは、さっそく活動をスタートさせた。

記念すべき第一回の「俺たちだけの庭」は、高台にある大学の校舎の屋上からのパノラマだった。そこはパン子と風香のお気に入りポイントで、南を見れば紺碧《こんぺき》の太平洋、北を見れば翠《すい》緑《りょく》の山々、そして眼下には、俺たちが住む海辺の町並みが展開していた。

五人で椅子を横一列にならべ、広々した風景を堪能していると、隣にいた風香が鉄柵の向こうを指さした。

「ほら、あそこがマックと出会った龍宮岬だよ」

「おっ、ほんとだ。展望台がちょっとだけ見えてる」

「でしょ？　でね、あの龍宮岬から左に連なる山の向こう側に『崖の上のヘブン』があって——、シェアハウス龍宮城があるのは、あの畑の少し先だよ」

ミリオン以外のメンバーは、椅子から身を乗り出して景色を見下ろしていた。風香はさらに続ける。

「わたしんちは駅の向こうに見えてる森の右手で、パン子のアパートは……あの坂道の左奥あたり。あそこに見えてる鎮守《ちんじゅ》の森の少し手前に、わたしが子供の頃から大好きなソフトクリーム屋さんがあるんだよね。あと、今度、みんなを連れていきたいなあって思ってる絶品のわらび餅屋さんはね——」

自分の生まれ育った漁師町の地理を、風香は嬉しそうに教えてくれた。そして、その横顔を眺めているだけで、俺はなんだかほっこりしてしまうのだった。

チェアリング部、第二回の「庭」は、忠司さんの喫茶店「崖の上のヘブン」の隣の空き地だった。

切り立った崖の上に椅子を並べた俺たちが、青い水平線を眺めていると、銀のトレーを手にした忠司さんが「おーっす」と言いながら現れて、全員にコーラ・フロートを差し入れてくれた——と思ったら、そのままちゃっかり忠司さんも店を閉めて「俺も仲間に入れてくれよ」と、店の椅子を持ってきたのには笑った。この人、つくづく仕事をサボるのが好きなのだ。

その後も、俺たちは時間の許す限り、新たな「庭」の数を増やしていった。それぞれに大学の課題やアルバイトがあるから、五人そろわないこともあったけれど、そこは割り切って、そのとき参加できる者だけでチェアリングを愉しんだ。

ある日の「庭」は、高台に広がる草原で、またある日は、色彩の海のようなポピー畑だった。さらに、静謐の竹林、夕空を水面に映した田植え前の田んぼ、炭酸水のように澄んだ清流の河原、そして、深い森に囲まれた神秘的な野池のほとり……。

チェアリングをはじめて、あらためて気付かされたのは、海と山と森と田畑に彩られた、この町の懐《ふところ》の深さだった。しかも俺たちは、ある特権を手にしていた。地元の農家で生まれ育った風香が、あちこちの地主に顔が利くので、ふつうでは立ち入れないような私有地までも借景《しゃっけい》として「庭」にすることができたのだ。

市外に遠征するときは、風香の家の軽トラと、俺のオートバイと、マスターの原付きスクーターの出番だった。パン子と荷物は軽トラに、ミリオンは俺のバイクの後ろに乗せて移動した。

酒を飲みたいときは、手近な徒歩圏内の「庭」をチョイスするのだが、意外だったのは、いかにも酒好きに見えるパン子が下戸《げこ》で、一滴も飲めなさそうな風香が酒豪《しゅごう》だったことだ。

シェアハウス龍宮城の庭には、枝垂《しだ》れ桜の老木がある。

その樹が満開となったある日、俺たちは、同じ敷地の母屋に住んでいる千鶴バアを招待して（というか、ここは千鶴バアの土地だけど）、一緒にバーベキューを愉しむことにした。

千鶴バアは、お茶目さと知性を兼ね備えた可愛らしいおばあさんで、チェアリング部のメンバーはもちろん、地域の誰からも愛されるような人だ。

ランチタイムに合わせて、俺たちはバーベキューグリルに火を入れた。その日は珍しくミリオンが張り切っていて、スーパーで買ってきた肉や、風香の家の畑で採れた野菜などをじゃんじゃん焼きはじめた。

それぞれの皿に焼肉のたれを注いだところで、マスターがクーラーボックスに入っていた飲み物を配ってくれた。

千鶴バアを含めた五人は缶ビール。下戸のパン子はペプシコーラを手にした。そして、一応、部長である俺が言った。

「それでは、本日のゲストである千鶴バアに、乾杯の挨拶と音頭《おんど》をお願いします」

いきなり振ったのに、千鶴バアは少しも慌てることなく「うふふ」と笑うと、落ち着いた声でしゃべりはじめた。

「わたしね、この離れをシェアハウスにして、最初に入ってくれたのがあなたたち三人で本当によかったと思ってるのよ。今日もお招《まね》き頂いて幸せです。どうもありがとうございます」

シワに埋もれた小さな目を細めて、千鶴バアは俺たちを見た。そして、可愛らしいしゃがれ声で「では、乾杯」と言った。

四月なかばのまあるい風が吹き抜けて、枝垂れ桜の花びらが、ひらり、ひらり、と舞い散る。

「乾杯！」

俺たちは、それぞれが手にしていた缶をぶつけ合い、喉を鳴らした。

「ぼくらも、千鶴バアが大家さんで本当によかったねって、いつも話してるんですよ」

マスターがそう言うと、

「家賃も破格の月一万だしな」

と、ミリオンが頷く。

「うふふ。ありがとね。でも、なんだか不思議。あなたたちが来てくれて、もう二年も経《た》つのね」

千鶴バアが、感慨《かんがい》深げに言うので、俺も入居当時のことを追想して「あれから、もう二年かぁ」とつぶやいた。そして、はじめてこのシェアハウスの敷居をまたいだ日のことを口にした。

「俺がここに来たとき、先にマスターが入居しててさ、その日の夜、さっそくコーヒーを淹れてもらって、めっちゃ感動して、すぐに打ち解けたんだけど、三人目が来たときは不安になったよなぁ」

「おい、それ、どういう意味だ?」

ミリオンが怪訝そうに眉根を寄せた。

「お前がここの入居条件をクリアしてないんじゃないかと思って、心配したんだよ」

「マック、お前は、つくづく人を見る目がないんだな」

ミリオンは、せっせと肉を焼きながら、これみよがしのため息をついた。

じつは、当時、千鶴バアが設定していた入居条件は『素直で、年寄りに親切な若者』だったのだ。

そのことをパン子と風香に話したら、「条件が千鶴バアらしい!」と声をそろえて笑った。

「でしょ?」

茶目っ気たっぷりに千鶴バアも目を細める。

千鶴バアは、俺たちが入居する二年ほど前にご主人を亡くし、それ以来、一人暮らしをしている。二人いる息子さんたちは、どちらもすでに結婚して都会に住んでいるらしい。

「年寄りの一人暮らしは気ままでいいんだけど、たまに不便なこともあるのよ。だから、素直で年寄りに親切な若者を近くに置いて、いろいろとこき使っちゃおうかなって思って」

そう言って千鶴バアは、女子二人にウインクをして見せた。

するとパン子は「なるほどね」と頷き、俺たちを一人ずつ眺めた。

「で、千鶴バアの狙いどおり、うってつけの鴨《かも》が三羽、葱《ねぎ》を背負《しょ》ってひょこひょこ集まってきたんやね」

「パン子ちゃん、正解。この鴨さんたち、とってもやさしくて、わたしが困っているときは、いつでも気持ちよく助けてくれるから、あと二年でいなくなっちゃうと思うと、いまから淋しくなっちゃう」

そのあまりにも直球な言葉に、俺は照れたうえに胸が熱くなってしまい、気の利いた台詞を返せなかった。マスターもミリオンも同じだったようで、「いやぁ」とか「俺らは、別に」などと煮え切らない言葉をこぼしている。

「よかったね、千鶴バア」

いつもの麦わら帽子をかぶった風香が、なぜか瞳を潤《うる》ませながら「はあ」と感嘆のため息をこぼした。

「ほんと、この三人でよかったわ」千鶴バアは、ゆっくり頷くと、そのまま俺たちの方に視線を向けた。「じつはね、最初は、広い母屋の方をシェアハウスにして、わたしが離れに住もうかなって考えてたの。でも、ほら、母屋は築一五〇年も経ってる古民家だから、若い人たちには向いてないよってみんなに言われて」

古民家暮らし――。そういうのも悪くないな、と思ったら、目を潤ませていた風香が「えーっ！」と声をあげた。「なんで？ 古民家の雰囲気って素敵じゃん。わたし千鶴バアの家、むしろ味があって大好きだよ」

「うふふ。ありがと。風香ちゃん」

と、千鶴バアが小さな目を細めたとき、うっすら甘い花の香りのする春の風が吹いて、枝垂れ桜の花びらがはらはらと舞った。

俺は、少しぬるくなった缶ビールに口をつけ、あらためて小柄でにこやかな老女を眺めた。長年の畑仕事で日焼けした顔には、たくさんのシワが刻まれていた。でも、そのシワこそが、笑っていなくても笑っているように見えるチャーミングな「恵比寿顔《えびすがお》」を形づくっているのだ。

と、ふいに、千鶴バアが、何かを思い出したようにしゃべりだした。

「あ、そういえばね、わたし、ウクレレ教室に通いはじめたの」

えっ、ウクレレ？

と驚く五人をよそに、千鶴バアは続けた。

「じつは、昔からハワイに憧れてたんだけど、なかなか行けるチャンスが来なくて。だから、せめてウクレレを弾けたら、いつでもアロハな気分になれるかなって」

そこまで言うと、千鶴バアは両手でウクレレを弾くふりをして見せた。すると、パン子もウクレレを弾く仕草をしはじめた。

「あたしもウクレレ弾くから、いつかセッションしようよ」

「わあ、それ、めっちゃ素敵。聴きたい！」

風香が手を叩いて喜んだ。

「あらあら。じゃあ、いつかパン子ちゃんとセッションできるように練習がんばらないと」

そんな女三人のやり取りをまぶしそうに眺めていたマスターが、どこか感慨深げに口を開いた。

「千鶴バアって、今年で七三歳ですよね？」

「そうよ」

「その行動力、本当に凄《すご》いと思います」

まっすぐに褒められた千鶴バアは、しかし、とぼけた風に「そうかしら？」と言って目尻の笑い皺《じわ》を深めた。

「そうですよ。俺も、凄いと思います」

マスターに追随《ついずい》して、俺も頷いた。

すると千鶴バアは、ちょっと不思議なことを言いはじめたのだ。

「言っとくけど、いまのわたしは人生で最強なのよ」

最強——？　と、言葉の意味を測りかねている俺たちを、千鶴バアはゆっくり見回しながら続けた。

「だって、ほら、いまのわたしは、過去から見たらいちばん人生経験豊富で、未来から見たらいちばん若々しいでしょ？　何でもできちゃう気がしない？」

そう語る千鶴バアに、俺たちは一瞬、言葉を失った。

いまの自分こそが、過去から見たらいちばん人生経験豊富で、未来から見たらいちばん若々しい——。

考えてみれば、その理屈は、人生のいかなる瞬間にもあてはまる。つまり人は、いつだって自分史上最強なのだ。だから、何にだって挑戦していいし、楽しんでいい。いや、そうするべきだと千鶴バアは言いたいのだろう。

俺は、花吹雪のなかで微笑むシワシワの顔を見た。

もしも俺が、この人みたいな思考回路を持つ人間だったら、まもなく訪れる「あの問題」と対峙《たいじ》したときにも、心を乱さず、鬱々ともせず、さらりと乗り越えたりできるのだろうか……。

ぼんやりとそんなことを考えていたら、パン子が両手でガッツポーズをしながら言った。

「いまの自分が最強って、ほんまやね。なんか、あたし、何でもできる気がしてきたわ」

「うん、ぼくもだよ」

と、マスターも頷く。そして、なんとなく視線が合った俺と風香が小さく頷き合ったとき、バーベキューグリルの方から素《す》っ頓狂《とんきょう》な台詞が飛んできた。

「おい、お前ら、さっさと食え。肉が焦げてるぞ」

さすがミリオン。この大事なシーンですら、ひとり自分の世界に入っていたらしい。でも、もしかすると、達観した千鶴バアの域にもっとも近いのは、常に自分の心に正直に生きているミリオンなのかも知れない。

俺は目の前に置いてある皿を見た。皿の上には、冷めてしまった肉とソーセージとピーマンが転がっていた。とりあえず、それらを口に押し込んで、俺はなるべく元気な声を出してみた。

「よっしゃ。ミリオン、肉、じゃんじゃん喰うぞ」

ゴールデンウイーク直前の、日曜日の朝――。

チェアリング部の五人は、山あいの空き地に集合していた。

眼前には、段々になった田んぼが谷の奥へと連なっていて、青空を映した水面がひらひらと揺れている。

今日、俺たちは、ここで田植えをするという農家に「出張・青空ランチ」的なチェアリングを頼まれていた。つまり、お昼と三時の休憩時に、のんびりランチとコーヒーを楽しみたいから、その準備をしてくれないか、というわけだ。

農家から依頼を受けたのは、もちろん風香だった。

「必要経費の他に、お小遣いをくれるって言ってるんだけど、どうかな？」

学食のいつものテーブルで風香がそう言ったとき、真っ先に「よし、稼ぐぞ」と答えたのはミリオンで、一瞬、遅れて「おもろいやん！」と声をあげたのはパン子だった。

「じゃあ、やってみようか」

一応、部長の俺がそう言って、マスターが「オーケー」と頷き、そして風香がひまわりみたいに微笑んで、決まりだった。

やると決めたその日、俺たちは近くのホームセンターへと繰り出して、手頃な値段のアウトドア用チェアを五脚とテーブルを一つ、さらに食器類を購入した。元手は、ミリオンに預けていた「部費」だ。そして、いま、俺たちは、新品のそれらを山あいの空き地に並べ終えたところだった。

風香とパン子は、気を利かせて若草色のテーブルクロスを持ってきてくれた。昨夜、二人は、風香の家で、いらなくなった生地《きじ》を使って三枚のテーブルクロスを縫《ぬ》ってくれたのだ。

ランチ用の弁当は、今朝、シェアハウス龍宮城のキッチンを使って五人で作った——というか、風香の指導のもと、残りの四人が言われた通りにせっせと働いたのだった。

正午になると、農家さんたちは田んぼから上がってきた。

この田んぼのオーナーは六十歳くらいの小太りな男性で、名前を武藤《むとう》さんという。そして今日は、その武藤さんの奥さん、息子さん、娘さん、同級生で幼馴染の畑中《はたなか》さんが手伝いに来ていた。

武藤さんの息子さんと娘さんは、すでに結婚して都会で暮らしているけれど、毎年、田植えと収穫のときは手伝いに戻ってくるのだそうだ。

「年に二回は、こうやって家族がそろうから、なんだか嬉しくてね」

奥さんがそう言うと、「それが米農家の特権だよな」と武藤さんが微笑む。

「じゃあ、さっそくランチの準備をしますね」

風香の言葉を合図に、俺たちはクーラーボックスから今朝つくったランチを取り出し、てきぱきとテーブルの上に並べた。

若草色のテーブルクロスには、白い食器と料理がよく映えた。

「おお、思っていたより本格的だなぁ。じゃあ、頂こうか」

五人そろって両手を合わせ、「いただきます」をした武藤さんたちは、美味い、美味い、と言いながら食べてくれた。俺は、その様子をスマートフォンで撮影した。あとで記念に送ってあげるのだ。

食後は、マスターが淹れた極上のコーヒーでおもてなし。

「いやぁ、やっぱり風香ちゃんに頼んでよかったわ」

武藤さんたちは、俺たちが想像していた以上に喜んでくれたので、なんだか、くすぐったいような気持ちになってしまった。

そして午後一時、武藤さんたちがふたたび田んぼに入っていこうというときに、ふと娘さんが俺たちの方を振り向いた。

「ねえ、よかったらさ、みんなも田植え、やってみない？　風香ちゃんは知ってると思うけど、田んぼの泥に素足をつけるのって、けっこう気持ちいいんだよ」

突然の申し出に、俺たちは顔を見合わせた。

そんな俺たちを見て、武藤さんが陽気に微笑んだ。

「見ての通り、うちの田んぼは一枚一枚が小さな棚田だから、田植機を入れられない田んぼがあってさ。そういうところは、ぜんぶ手で植えるから、人手があると助かるんだよね」

「どうする？　やってみる？」

マスターが言うと、武藤さんが駄目押しをしてきた。

「ランチ代に少し色を付けるから、暇なら手伝ってよ」

その台詞に反応したのは、もちろんミリオンだ。

「よし、お前ら、稼ぐぞ」

現金なミリオンに、パン子も賛同する。

「せやせや。みんな、やった方がええよ。田んぼは、ほんまに気持ちええし。あたしも子供の頃、地元でよく手伝ってたんよ」

パン子の言葉に、俺はハッとして風香を見た。風香は少し不安そうな目でパン子を見ていた。するとパン子は、そんな風香を見返して、いつもの愛嬌《あいきょう》のある笑みを浮かべたのだった。

「風香、みんなに手植えのやり方を教えてやりい」

「じゃあ……、うん、わかった」

小さく頷いた風香は、麦わら帽子のあごひもを締め直した。

「おお、よかった。助かるよ。んじゃ、とりあえず、いちばん上と、その下の小さな田んぼから頼むね」

武藤さんは風香の肩をポンと叩くと、田植機の方へと歩いていった。

「じゃあ、みんな、靴と靴下を脱いで、ズボンの裾をできるだけ上までめくってね」

風香が言うと、その続きのような感じでパン子が明るい声を出した。

「みんな、ごめんやけど——、あたしは見学しとくわ」

全員の視線がパン子に集まったとき、パン子は穿《は》いていたジーンズの裾をめくり上げた。

「内緒にしてたわけやないんやけど、あたしの脚、これやから」

露《あら》わになった金属の棒が、初夏の日差しを受けてツルリと光る。

俺はパン子の顔を見た。パン子は笑っていた。とても、あっけらかんとした感じで。それなのに、なぜだろう、俺の胸のなかには不安とよく似たこわばりが生じていた。

ところが、マスターは違った。靴を脱ぎながら、さらりと言ったのだ。

「あ、それは知ってたよ。だいぶ前から」

「マスター、知ってたの？」

思わず俺は、そう訊いていた。

「ふつう気づくでしょ。あんだけ一緒にいたんだから」

「マジか。俺は、まったく気づかなかったぞ」

ミリオンが、ミリオンらしい言葉を吐いて眉をハの字にしたとき、弾けるような笑い声が空に向かって放たれた。

「あははは。ほんまに、あんたらってオモロいわぁ」

笑ったのは、パン子だった。

「ん？　なにがオモロいんだ？」

ミリオンの問いかけをパン子は軽くスルーして、近くにいた風香の肩を抱き寄せた。そして、ふたたび愉快そうにニッと笑ってみせた。

「みんな、この風香先生の言うことをよーく聞いて、しっかり働くんやで」

「オッケー」

俺は親指を立てて答えると、胸のこわばりを押さえ込みながら、靴と靴下を脱ぎはじめた。

「おい、パン子。その脚、あとでゆっくり見せてくれ。どういう仕組みになってるのか知りたい」

一ミリも遠慮なくミリオンが言うと、パン子もあっさり「ええよ。けど、その前に、しっかり稼いでな」と返した。

そんな二人の淡々としたやりとりが変にまぶしく見えて、俺はズボンの裾をめくりながら、そっとため息をついた。

初夏らしい薫風《くんぷう》が山の斜面を撫でて、サアッと音を奏でた。

草木もざわめき、田んぼの水面に細かな漣《さざなみ》が立つ。

そして漣は、水面に映っていた青い空と白い雲を掻き消した。

　　　〜　〜　〜

水曜日の夕方——、マスターが「崖の上のヘブン」のアルバイトに入っていたので、俺たちチェアリング部の残りのメンバー四人も「客」として店を訪れていた。
俺たちが座った窓際のテーブル席からは、ちょうど海と空がパイナップル色に染まりゆく様子を眺められた。その絶景をパン子がスマホで撮影していると、コロン、と店のドアベルが甘い音を響かせた。

店に入ってきたのは、オーナーの忠司さんだった。

さっそく俺たちを見つけた忠司さんは、「おっ？」と眉を上げると、上着を脱ぎながらすたすた大股《おおまた》で近づいてきた。

「お前ら、武藤さんとこの田植えを手伝ったんだって？」

手近な椅子を俺たちのテーブルの「お誕生日席」に置いた忠司さんは、それに腰を下ろして続けた。

「一昨日だったかな、武藤さん夫妻がここに来てさ、学生たちと田植えができて楽しかったって、えらく喜んでたぞ」

するとミリオンがタブレットから顔を上げた。

「田植えの手伝いってのはオマケみたいなもんで、メインはビジネスだったんですけどね」

「ビジネス？」

と、忠司さんが小首を傾げる。

「せやね。出張サービスってやつ」

パン子の台詞を、今度は風香が引き取る。

「田んぼの前の空き地に椅子とテーブルを並べて、そこで手作りのお弁当とコーヒーを愉しんでもらったんです」

「へえ。お前ら、面白いことを考えつくなぁ」

「武藤さんの方から、こういうサービスをしてくれないかって依頼されたんですよ」

と俺が答えているとき、マスターが四つのアイスコーヒーを銀色のトレーに載せてやってきた。

「はい、みんな、おまたせ」

テーブルの上にアイスコーヒーを並べると、マスターは、ちょっとあらたまったようにしゃべり出した。

「あのさ、いま、みんなの話を聞きながら思ったんだけど、この間みたいな出張サービス、本当にビジネスにしたら面白そうじゃない？」

「スタートアップか？」

と、ミリオン。

「まあ、そんなに大袈裟《おおげさ》に考えなくてもいいんだけど。とにかく、地元の大学生が景色のいいところに椅子とテーブルを並べて、そこでこだわりの料理とコーヒーを味わってもらってさ、なんならパン子の歌も愉しめるっていうサービス」

「えっ、あたしの歌も？」

パン子が、自分の鼻を指差しながら目を丸くした。

「もちろん、パン子が嫌ならいいんだけどさ。でも、お客さん、きっと感動すると思うんだよね」

お腹の前でトレーを抱えたマスターが、にっこりと笑う。

「うーん……」

珍しくパン子が難しい顔をしたと思ったら、忠司さんが無精髭を撫でながら「なるほど」と頷いた。

「悪くねえかもな。お前ら、それ、やってみろよ」

え——？　俺は忠司さんの顔を見た。

みんなも、忠司さんの次の台詞を待っていた。

すると耳目を集めた忠司さんは、満足そうに目を細めて続きを話しはじめた。

「とは言ってもな、実際、ビジネスにすんなら食品衛生責任者の資格を持ってる人間が一人は必要だし、保健所からの営業許可ってやつも必要になってくるわけよ。でも、お前らみたいな大学生には、そういうのってハードルが高《たけ》えだろ？」

「まあ、せやなぁ……」

と頷くパン子。

たしかに、俺たちには知識も経験もないのだから当然だ。そう思って黙っていると、ふいにミリオンが口を開いた。

「で、忠司さんは、何パーセントをイメージしてるんですか？」

何パーセントって？

ミリオンの言葉の意味するところがわからない俺たちがポカンとしていると、忠司さんはミリオンを見てニヤリと笑った。

「ミリオン、お前、さすがだな。まあ、仲良く半々でどうよ？」

「ないですね。それ、完全に、ぼったくりです」

眉根を寄せたミリオンが腕を組んだ。

「ねえ、ちょっと、何の話をしてるの？」

風香が二人の会話に割って入った。

「まあ、アレだ。お前ら大学生と経験豊富な俺がタッグを組んだらいいんじゃねえかって話だよ。いいか、よく聞けよ。俺は、この店をやってるから食品衛生責任者の資格を持ってるし、保健所からの営業許可ももらってるだろ？　ってことはだな――」

じわりと前のめりになった忠司さんの台詞に、ミリオンがかぶせた。

「ようするに『忠司さんの店の仕事』として依頼を請《う》けて、実際は、俺たちがアルバイトとして稼働するってことだ」

なるほど、それで合点がいった。その「仕事」で得た収益を、俺たちチェアリング部と忠司さんが分け合う際の分配率をどうするか、という話を、ミリオンと忠司さんはしていたのだ。

「それって、忠司さんからしたら、ただの名前貸しやんな？」

パン子がいぶかしげな顔で忠司さんを見た。

「名前貸し？　まあ、言葉は悪いけど、ざっくり言えば、そういう感じの部分もあるかな」

少しバツが悪そうな忠司さんは、蓬髪《ほうはつ》をガシガシと掻いた。

「だったらあかん。名前貸すだけで半々はないわ。それじゃ、忠司さん、金の亡者やん」

「おいおい、パン子ちゃん、金の亡者はひでえな。オジサン、傷ついちゃうよ。じゃあ、仕方ねえ。ロク・ヨンでどうよ？」

「キュウ・イチが妥当ですね」

我が方の金の亡者（＝ミリオン）も負けてはいない。

「ちょっと待て。それじゃ、俺が噛《か》む意味がほとんどねえだろ」

「いや、ありますよ。何もしないで金が入るんですから、得でしかありません。しかも、そのあぶく銭をこつこつインデックスなどの投資に回して、うまく複利で育てていけたら――」

投資関連のグラフが表示されたタブレットの画面を忠司さんに見せながら、ミリオンが小難しい話をしはじめると――、

「ああ、もう、面倒くせえ奴だな。わかった、わかったよ」忠司さんは、大袈裟に首を振ってミリオンの話を遮った。「じゃあ、ナナ・サンでどうよ？　しかも、この店のキッチンも備品も使わせてやっから。それなら文句ねえだろ？」

するとミリオンは、忠司さんに向かって右手を差し出した。

無言のまま、握手《あくしゅ》を求めたのだ。

「んじゃ、決まりだな」

忠司さんがミリオンの手をがっちりと握った。そして、俺たち一人ひとりを見てニヤリと笑った。

「学生ども、一緒に儲けようぜ」

「もちろんです」

一応、部長である俺を差し置いて、ミリオンが返事をした。

「ええと、ちょっと待って」俺は、この急すぎる流れをいったん遮ることにした。「ようするにさ、今後は『チェアリング部』の活動を『仕事』にするってことだけど、みんなはＯＫなわけ？」

トレーを抱えたマスターは言い出しっぺだから、もちろん、という顔をしていた。ミリオンはむしろ、何か不満でもあるのか？　という不思議そうな目で俺を見ていた。風香は、みんながいいならいいいんじゃない？　という顔で、最後にパン子と目が合った。

「マックは、反対なん？」

「えっ？　いや、俺は別に、反対じゃないけど」

「けど？」

とパン子が、俺の目を覗き込んでくる。

「何ていうか――、俺、いままでの『チェアリング部』の活動も楽しかったから、あれが無くなっちゃうと思うと……」

「やめへんよ」

「え？」

「いままで通りの活動も楽しみつつ、仕事の依頼が入ったら、そっちもやって部費を稼ぐ。それでええやん？」

なるほど。別に「チェアリング部」が無くなるワケじゃないし、むしろ活動内容が濃くなるうえに、部費を稼ぐチャンスにもなるわけか……。

「そっか。うん。なら、俺も賛成するよ」

俺は、みんなに頷いて見せた。

すると、さっそく忠司さんが右手を掲げた。

「うっし。お前ら、新しいビジネスのはじまりだ。ってことで、よろしくな。イエーイ！」

学生よりも学生みたいなノリの忠司さんは、俺たち全員と順番にハイタッチを交わした。

それから俺たちは、ガラス越しに差し込むパイナップル色の夕照を浴びながら、なんだか変にハイテンションになって、それぞれが夢想する「チェアリング部」の未来を口にしては、いいね、いいね、と話を盛り上げていった。そして、そんな俺たちを愉快そうな目で眺めながら、忠司さんはシャツのポケットからスマホを取り出し、どこかに電話をかけた。

「ああ、もしもし。どうも、ヘブンの忠司です。おやっさん、いま電話オッケーっすか？　あのね、このあいだ、おやっさん、銀色のハイエース・ワゴンを廃車にするって言ってたでしょ？　あれ、譲ってもらえないかな。うん。もちろんタダで。そりゃ、そうだよ。中古車屋で値段が付かないって言われたんでしょ？　じゃあ、タダでいいじゃん。え？　違うよ。未来ある学生たちのためだよ。値段の付かないポンコツ車を学生たちに売りつけるなんて、大人として恥ずかしいでしょ？　逆に廃車代が浮いた分、学生たちに小遣いをやって欲しいくらいだって――」

気づけば、みんな、夢物語から覚めて、じっと忠司さんの言葉に耳を傾けていた。

その通話は、三分と経たずに終わった。

忠司さんはスマホをテーブルの上に置くと、俺たちに向かってビシッと親指を立てて見せた。

「お前らのビジネスには、自由に使える車が必要だろ？」

「え、もしかして……、車をタダでもらえるんですか？」

思わず俺が訊いたら、忠司さんはムフフと笑ってみせた。

「そりゃ、タダに決まってんだろ。いい大人が大学生から金を取るなんて恥ずかしいわ」

一瞬、しんとしたあと、パッとひまわりの笑顔を咲かせた風香が「その台詞、どの口が言うかぁ」と言ったので、みんなで爆笑した。

「ああ、そうそう。言っとくけど、タダなのは車体だけだからな。名義変更やら保険やらの手続きはお前らでやれよ。駐車場はシェアハウスの庭を使わせてもらえばいいだろ。車検は、まだ一年近く残ってるみたいだから、一年以内に車検代くらいは稼げよな」

そこまで一気に言った忠司さんは、ひと仕事を終えた、という顔でタバコに火をつけ、天井に向かって紫煙《しえん》を吐き出した。

「ハイエース・ワゴンってことは、七人乗りですかね？」

俺の問いかけに忠司さんは首を横に振った。

「いや。前列が二人で、二列目と三列目はそれぞれ三人がけのベンチシートだから、八人乗りだな」

「えっ、八人乗り？」くりっとした大きな目をいっそう見開いた風香が、胸の前で両手を合わせた。「じゃあ、わたしたち全員が乗っても、荷物がたっぷり積めるね」

「ほんまやな。もう風香の家の軽トラを借りんでもオッケーやん」

「あ、でも、お客さんを乗せるときは、わたしたちが乗れなくなるかも」

「そういうときは、また軽トラの出番やね」

「二列目と三列目のシートの背もたれを倒してつなげれば、キャンピングカーみたいに寝られちゃうんだよね？」

「たしかに！　めっちゃ楽しそうやん！」

はしゃぐ女子たちを横目に、ミリオンが冷静に言う。

「その車を誰の名義で登録するか──だけど、このなかで運転免許を持ってるのはマックと風香で、千鶴バアの庭に車を置かせてもらうってことは……」

みんなの視線が俺に集まった。

すると、マスターがみんなを代表して言った。

「マックで決まりだね」

「えっ、俺の名義にすんの？」

「他に選択肢はないだろ？　それこそ、ただの名前貸しだし、維持費は経費として部費から出すから心配すんな」

そう言ってミリオンは頷いてみせた。

「そっか。まあ、うん。わかった」

俺もすんなり頷いてみせたけれど、正直いえば、鼓動《こどう》が少し速くなっていた。ただの名前貸しとはいえ、まさか自分が大学生のあいだに車を持つことになるなんて思いもしなかったのだ。

「それにしても、いきなり車まで用意できちゃうなんて、忠司さん、やる時はやる男やん」

パン子が褒めると、忠司さんは「だろ?」と、不器用なウインクをしてみせた。

「本当に、さすがですよ」

珍しくミリオンが他人を褒めたと思ったら、忠司さんの瞳にいつもの悪戯っぽさが滲んだ。

「そんなに感謝してくれるなら、やっぱり利益は半々にしとく?」

「だから、その台詞、どの口が言うかぁ!」

笑いながら言った風香に釣られて、今度は忠司さんを含めたみんなで吹き出した。


それから約半月後——。

大学の一限の授業を終えた俺は、ひとり閑散とした学食に行き、いつものテーブルに着いた。

「さてと……」

と、ひとりごちた俺は、自分のあだ名の由来となったアップル社のノートパソコンを開いて電源を入れた。次の授業は四限だから、それまでの空き時間を出張チェアリング・サービスのホームページ制作に当てようと思ったのだ。

傍にマウスを置き、ソフトを立ち上げる。そして、ホームページに使用する写真や動画のデータを一つ一つチェックしていった。

じつは、昨日の朝、俺たちは忠司さんの知人から譲り受けた銀色のハイエースに乗り込んで、はじめてのドライブに出かけていた。とっておきの絶景スポットを巡《めぐ》りながら、ホームページに使うための写真と動画を撮影することが、そのドライブの目的だった。

いざ撮りはじめてみると、被写体は予想以上に多岐《たき》にわたった。美しい風景はもちろん、マスターがコーヒーをドリップする様子や、風香の家の畑、新鮮な素材で作られたランチ、クロスを敷いたテーブルと、そこに生けた野草の一輪挿し、陽光をきらりとはじくカトラリー類、クーラーボックスのなかの冷えたビール、青空、砂浜、打ち寄せる波、四つ葉のクローバー、白亜の灯台、竹林、野池、花畑……。

最終目的地となったのは、「崖の上のヘブン」の隣の空き地だった。俺たちはそこで、オレンジ色の水平線を見晴らす崖の上に五つの椅子を等間隔に並べて、その椅子に座ったメンバー五人の後ろ姿を撮影したのだった。

そして、いま、その写真を眺めながら、俺は「はあ」とため息をこぼしていた。なにしろ、それは「ザ・青春！」とでも題したくなるような、くすぐったいほどのいい写真だったのだ。

写真のなかの俺たちは、それぞれが右手に持った缶ビールを夕空に向かって掲げていた。逆光だから人物と椅子はほぼシルエットだけれど、耳を澄ませば画面のなかから歓声が聞こえてきそうなくらいに躍動感《やくどうかん》がある。

よし。この写真は、俺たちのプロフィール用に使おう。

俺がそう決めたとき――、

「うっす！」

ふいに背後で声がして、肩に手を置かれた。

驚いた俺は、椅子から五センチくらいお尻を浮かせていた。

「うわ、びっくりしたぁ」

慌てて振り向くと、色白でひょろっと背の高い男が俺を見下ろしていた。昨年度まで語学の授業でクラスメイトだった笹本《ささもと》だ。

「なんだ、笹本か」

「なんだって、なんだよ。失礼だな」笹本は苦笑しながら俺の隣に座った。「つーか、夏川、何やってんの？」

「ああ、ちょっと、ホームページを作ろうと思って」

「ホームページ？　何の？」

「これから仲間と立ち上げる仕事の公式サイト」

「えっ、仕事を立ち上げんの？」

「まだ企画段階だけどね」

「マジかよ。どんな仕事？」

思いがけず笹本は前のめりで食いついてきた。

「屋外でやる出張カフェみたいなサービスかな」

「出張カフェ――。なんか、面白そうじゃん」

「面白くなるといいけど」

「でも、ちょっと意外だな」

「え?」

「夏川も、いろいろと考えてたんだなって」

俺は、笹本の言葉の真意がわからず、訊き返した。

「いろいろって?」

「そりゃ、将来のことだよ」

将来、という単語を耳にしたとたん、俺の胃のなかには、ゴロリ、と苦い異物が転がった。

「これからガチで就活だぞってときに、夏川はさっさと仕事を立ち上げてんだもんな」

「…………」

「俺、いままで夏川のこと勘違いしてたかも」

「勘違い?」

「うーん、なんて言うか――、夏川ってさ、リスクを取るより、ふつうにこつこつ就活して、まじめな会社員になって、安定を手にしようとするタイプだと思ってたから」

「そういうことか……」

俺は、ため息みたいに言って、小さく頷いた。

たしかに俺は、どこにでも居そうなタイプだし、大それた哲学や思想を抱いたこともなければ、特技もない。哀《かな》しいかな、笹本の分析は当たっていると思う。

「あのさ」俺は、背もたれに上体をあずけて言った。「このホームページの仕事は、サークルの延長線上にあるバイトみたいなもんで、就活とは全然関係ないんだよね」

「えっ？　そうなの？」

「うん」

「なんだ。俺、てっきり流行りのスタートアップかと思ったよ」

「いや、そんな大それたこと……」

と苦笑した俺は、胃の中の異物が少し大きくなった気がしていた。

「ちなみに、そのサークルって、毎日ここに集まってる連中のこと？」

言いながら笹本は、目の前のテーブルを指差した。

「まあ、うん」

「じゃあ、その夕暮れのなかのシルエットの写真も、あいつらか」

笹本は、俺のパソコン画面を覗き込みながら言った。

チェアリング部の仲間を「連中」とか「あいつら」と言われると、少し胸のなかがざわつくけれど、俺は淡々と答えた。

「うん。昨日、撮影してきたんだよね」

「そのなかに、女の子もいるよな？」

「いる……けど」

「ほら、黒髪の子。俺、けっこう好みなんだよね」

風香のことだ。

「へえ」

俺は、あえて関心が無さそうに言った。

「あの娘、いつもにこにこしてるし、性格良さそうじゃん？」

「まあ、そうだね」

たしかに、いまどき、あそこまで絵に描いたような純朴な女子はいない気がする。

「あと、ピンク頭の娘な」

「…………」

「あの娘もけっこう可愛い顔をしてるけど――、なんか、義足らしいな？」

笹本は、義足のところで声のトーンを落とした。

そのとき、俺の脳裏にパン子の笑顔がチラついた。田植えをしたあの日、躊躇《ちゅうちょ》なくジーンズの裾をめくり上げて仲間たちに義足を見せたときの笑顔だった。

笹本、お前が声をひそめるなよ。

パン子は、むしろ堂々としてんだよ。

俺は、笹本をまっすぐに見据えた。そして言った。

「あいつは、義足を隠したりしてねえけど」

俺の視線と語気の変化に違和感を覚えたのだろう、笹本は少し引き気味に答えた。

「え？　ああ、そうなんだ……」

　もちろん笹本に悪気が無いことはわかっていた。でも、なぜか俺は、チェアリング部やパン子の義足に不用意に触れられると、心に土足で踏み込まれたような嫌悪を覚えてしまうらしい。

「笹本、悪《わ》りぃけどさ――」

「ん？」

「これ、なるべく早く仕上げたいんだよね」

　俺は、パソコンの画面を指差しながら言った。

　すると笹本は、そそくさと立ち上がった。

「そっか。悪りぃ。邪魔しちゃったな」

「いや、べつに」

　そして笹本がきびすを返しかけたとき、「あ、そうだ、夏川」と、ふたたび笹本はこちらを振り向いた。

「――？」

「就活関連でいい情報があったら、お互いに交換しようぜ」

　せめて最後くらいは空気を良くしようと思ったのだろう、笹本は俺の背中をポンと叩いてそう言ったけれど、残念ながら、その台詞はむしろ俺の胃に転がった苦い異物の存在感をいっそう膨らませるだけだった。

「了解。じゃあ、また」

俺はストレスを顔に出さないよう心を砕きながら、笹本に向かって手を挙《あ》げた。

「おう、じゃあな」

笹本も同じように手を挙げると、こちらに背を向け、そのまますたすたと歩き出した。

ちょっと大人気なかったかな、俺……。

笹本のひょろ長い背中を眺めながら、俺は小さくため息をこぼした。そして、あらためてパソコン画面に視線を戻した。すると、どういうわけか、ついさっきまで「いい写真」だと思っていた五人のシルエットが、どこかよそよそしく見えるのだった。


その夜、俺は自室のパソコンで、ネットの動画を再生していた。

モノクロ画面のなかでは、淡い色のTシャツを着たパン子が、ギターを爪弾き、バラードを唄っていた。

じつは最近、俺は、パン子の音楽にどっぷりハマっていた。照れ臭くて直接本人には言えないけれど、パン子の歌声やメロディーには、いわゆる「癒《いや》し」の効果があると思うのだ。一人で聴いていると、俺の心はやわらかな真綿《まわた》でくるまれたようになり、なんともふしぎな安堵《あんど》の世界をたゆたいはじめる。

ところが歌詞をちゃんと聴くと、また少し印象が変わってくる。パン子の感性が紡《つむ》ぎ出す詞には、なんとも言えない「もの哀しさ」が漂っているのだ。バラードはもちろん、ポップでアップテンポな楽曲でさえも、歌詞を咀嚼《そしゃく》すればするほどに、言葉の裏側からじわじわと哀しみの匂いが滲み出してくる。

からりと陽気に笑う、チェアリング部のパン子。

哀切《あいせつ》を秘めた言葉を編み、それをやさしく唄いあげるパン子。

前者はフルカラーで、後者はモノクローム。

ふつうの大学生と、音楽クリエイター。

光と、陰――。

正直、本人を知っている俺としては、そのギャップに違和感を覚えずにはいられなかった。

でも、もしかすると、そのギャップこそが彼女の人間性の幅であり、才能の顕《あらわ》れなのかもしれないけれど。

俺は、あらためて、モノクロのパン子を見詰めた。

たぶん俺は、本当のパン子を知らないんだろうな――。

なんとなくそう思って天井を見上げたとき、デスクの上で充電中だったスマホが振動した。

電話だ。

電話をかけてきたのは、珍しく実家の母だった。

俺は、パン子の歌声のヴォリュームを絞って電話に出た。

「もしもし」

「あ、誠？　遅くにごめんね」

久しぶりの声を聞きながら、俺は壁の時計を見た。

午後十一時十五分。

「いや、ぜんぜん大丈夫だけど」

おそらく母は、今日一日の営業を終え、店内の片付けもすべて終えたところで俺に電話をかけてきたのだろう。

「まだ寝てなかった?」

「さすがに、この時間には寝ないよ。っていうか、どうしたの?」

「うん、たいしたことじゃないんだけどね――」

と断ってから、母は用件を話しはじめた。

いわく、実家の俺の部屋が黴臭《かびくさ》いので、その臭いの素《もと》を辿ってみると、出窓に置いてあるオートバイ用のヘルメットが原因だとわかった。内側にびっしりと白い黴が生えていたから、さすがに捨てようとしたけれど、持ち主の許可なしに捨てるのもどうかと思い、とりあえず電話をかけてきた、というわけだった。

「黴って――、洗っても駄目そう?」

「駄目だと思う。内側のスポンジみたいなのも劣化してて、触るだけでボロボロ剝《は》がれ落ちてくるし」

「そっかぁ」と言ってから、俺は肚《はら》を決めた。「じゃあ、うん、捨てちゃってくれる?」

「わかった。じゃあ、捨てとく」

「よろしく」

「うん。で、最近はどうなの？」

「え？」

「ちゃんと栄養のあるご飯、食べてる？」

「まあ、わりとちゃんと食べてると思うよ。農家の友達が採れたて野菜を持ってきてくれるから、それを同居人たちと一緒に料理して食べてるし」

「あら、料理にちっとも興味のなかった誠が台所に立ってるなんて、偉いじゃない」

「べつに、偉くはないでしょ。生活のためだし」

そう答えた俺は、自分の言葉の歯切れの悪さに気づいて話題を変えた。

「あ、そういえば――、そのうち、また、友達を連れて帰ると思うから、よろしくね」

「お友達って、前に来た二人？　ええと……」

「ミリオンとマスターね」

「ああ、そうそう。ミリオン君と、マスター君」

「今回は、あいつらの他に、女子が二人加わるから」

「あら、女の子も？」

「うん。なんか、ミリオンとマスターが、うちのロールキャベツが美味かったって吹聴してさ、そしたら女子たちも食べてみたいって言い出して」

こんなことを言ったら、きっと母は照れるだろうな、と思ったのだが、なぜか母は含みのあるような言葉を口にしたのだった。

「そっか。うん——、それは、嬉しいことだよね」

俺は、スマホを耳にあてたまま首を傾げた。そして、訊いた。

「もしかして、何か、あった？」

しかし、母は、俺の問いかけを無視して、逆に訊き返してきた。

「お友達は、いつ来るの？」

「え？　ええと……、いまのところ夏休みの予定だけど」

「わかった。じゃあ、お友達と会えるのを楽しみにしてるよ」

母の声に、いくらかの明るさが戻った気がしたけれど、このまま通話を切るワケにいかず、
俺は、ふたたび訊き返した。

「だから、何かあった？」

「ううん、ちょっと考え事をしてただけ」

「いやいや、そんなわけないでしょ」

すると母は観念したのか、小さなため息を洩《も》らしてから、「あのね」と切り出した。

「誠には、もうしばらく黙っていようかなって思ってたんだけど——」

それから母が、ぽつりぽつりと口にした言葉は、春の牡丹雪《ぼたんゆき》のようにずっしりと俺の内側に
積もっていった。そして、そのまま五分ほど言葉を交わし合って、久しぶりの通話を終えた。

スマホを握りしめたまま、俺はかすれた声でつぶやいた。

「なんで、いままで……」

黙ってたんだよ――。

そして、ゆっくり、深く、息を吸い、吐いた。

静かな部屋のなか、ささやくようにパン子の歌声が漂っている。

俺は、さっき下げたヴォリュームを元に戻した。そして、パソコンのモニターに視線を移した。モノクロームのパン子が、真綿の声で語りかけてくる。

俺は手にしていたスマホを操作して、SNSに短文を投稿した。

『モヤモヤして、眠れそうにない夜……』

そして、スマホをデスクの上に置いた。もう一度、深呼吸をして肚に力を込めた俺は、椅子から立ち上がり、シェアハウスの共用スペースとなっている居間を覗いた。

誰もいない居間はガランとして、いつもより広く感じた。居間の隅っこには、ダンボール箱がポツンと置かれている。箱の中身は、風香が持ってきてくれた野菜だ。昨夜、俺たちは、その野菜をたっぷり使って、風香に教えてもらったレシピ通りにカレーを作った。完成したカレーは想像以上に美味しくて、最初のひとくちを口に運んだ瞬間、三人そろって「おおっ！」と目を丸くしたほどだった。

そもそも、風香にこのカレーのレシピを伝授したのは、イケメンサーファーの直斗《なおと》さんという人らしい。直斗さんは、隣の龍浦《たつうら》町の海岸沿いにある小さなカフェ『シーガル』のオーナーで、風香とは親戚にあたる農家の息子だそうだ。そして、その『シーガル』で人気ナンバーワンを誇る名物メニューが、風香に伝授された野菜カレーというわけだった。

シーガル、か……。

胸裏でつぶやいた俺は、パン子の歌声が漂う自室へと戻った。

シーガル。日本語で言えば、かもめ。

隣町の「シーガル」は、野菜カレー。

実家の「かもめ亭」は、ロールキャベツ。

妙な縁《えん》を感じつつ、ふたたび椅子に腰掛けようとしたとき、部屋の片隅に置いてあるヘルメットが目についた。

夜中にバイクを走らせて気晴らしするのもアリだな——。

そう思って俺は、引きかけていた椅子を戻した。

と、そのとき、ふたたびスマホが振動した。今度は電話ではなく、メッセージだった。端末を手にして画面を見ると、王丸玲奈という文字が目に飛び込んできた。パン子だ。

メッセージの内容は、たったの一文で、『あたしも眠れん……』だった。つまり、パン子は、いま、俺のSNSの投稿を読んで、すぐにメッセージを送ってきたのだ。

俺は、パン子の歌声に包まれながら、その本人にレスを返した。

『眠れん……って、何かあった？』

そのレスも、すぐに来た。

『まあ、よくあることなんやけど……。人生いろいろやね』

人生いろいろ、か――。

『ホントだよな』と入力しながら俺は嘆息した。そして、送信。

『ってか、マック、いま、なにしてん？』

『パン子とメッセージしてる』

『そうじゃなくて！』

さすがにパン子の歌を聴いてるよ、とは書けなくて、

『これからバイクでひとっ走りして、ストレス発散しようかなって思ってたところ』

と返信した。すると、思いがけない言葉が返ってきたのだ。

『えっ、あたしも行く！』

『マジで？』

『後ろに乗せてよ。夜の海とか見たいわぁ』

俺は『いいよ』と入力しかけた指をいったん止めて、少しのあいだ考えた。そして、あらためて返信した。

『いいけど、夜のバイクはけっこう寒いから、冬の服装に着替えておいて』

『わーい。了解！』

『これからアパートの前まで迎えに行くよ』

すぐに『アイアイサ♪』というスタンプが来た。

俺はスマホをショルダーバッグにしまうと、長袖シャツの上にジャンパーを羽織った。ヘル

メットをかぶり、さらにタンデム用のヘルメットを手にしてパソコンを閉じる。

パン子の歌声が消えた。

部屋の温度が二度くらい下がった気がした。


パン子が一人暮らしをしている二階建ての白いアパートは、細い路地の奥まったところにある。

俺は青白く光る街灯の下にバイクを停め、エンジンを切った。

排気音が消えると、周囲の闇の静けさが際立った。

俺はバイクに跨《またが》ったまま二階のいちばん右にあるドアを見上げた。これまでにも何度かチェアリング部のハイエースで迎えに来たことがあるから、パン子の部屋はすでに知っている。

ヘルメットを脱ぎ、バックミラーにかけた。ショルダーバッグからスマホを取り出して、パン子を呼び出そうとしたところで、
カチャ……。

小さな音とともに二階のドアが開いた。

ドアの内側から四角いバター色の光が洩れて、小柄なパン子の影が現れた。バイクのエンジン音で、俺が来たことに気づいたのだろう。

影は、二階の手すり越しに俺を見下ろし、無邪気な子供みたいに大きく両手を振った。俺は

軽く右手を挙げて応えた。

手すりにつかまりながら、パン子が外階段を一段一段ゆっくりと降りてくる。

やがて地面に降り立ったパン子は、ご機嫌そうな顔で近づいてきた。珍しく、膝に穴が空いていないジーンズを穿いている。上半身はクリーム色のダウンジャケットで、両手にはニットの手袋。今夜のパン子は、いつもより「女の子」だった。

「お迎え、ご苦労であった」

俺の前に立ったパン子が、おどけたように言う。

「言われたとおり、ちゃんとあったかい格好してるじゃん」

「ふふ。あたし、けっこう素直やろ？」

うん、と言うのも照れ臭いから、俺は「ほれ」とヘルメットを手渡した。

「サンキュー」

受け取ったパン子は、さっそくヘルメットをかぶった。でも、不慣れなうえに手袋をしているせいで、あごひもを締めるのに手間取っていた。

「締めようか？」

「うん」

パン子は、俺の目の前に立って、あごを上げた。間近で目にしたパン子の首とあごは、儚《はかな》いくらいに白くて華奢で、俺は思わず、ごくり、と唾を飲み込んでいた。

「きつくない？」

あごひもを締めて、訊ねた。

「うん、大丈夫」

俺もヘルメットをかぶった。

「オッケー、乗っていいよ」

「うん」

ヘルメットのなかで微笑んだパン子は、俺の肩を後ろから両手でつかむと、少しぐらつきながら義足の左脚だけで立った。そして、振り上げた右脚をシートの上に乗せた。

「ゆっくりでいいから、気をつけてな」

「大丈夫やって」

言いながらパン子は、そのままスルリと体重を移動させ、器用にタンデムシートに跨った。

そして、両足をステップに乗せた。

「バイクの後ろに乗るのは、はじめてだっけ？」

「うん。せやから、めっちゃワクワクしてん」

「そっか。じゃあ、ひとつだけ注意して欲しいんだけど」

「ん？」

「両膝の内側で、俺のケツをしっかり挟んでおいて。そうすると走ってるときにぐらつかないから」

「オッケー」

パン子は素直にニーグリップをしてくれた。

「んじゃ、どこ行く？」

「夜の海！」

「どの辺りの海がいい？」

「うーん……、どこでもええねんけど、できれば静かで、あんまり人のいないところかな」

「静かで、人のいないところか……」

「あと、なるべく暗いところ」

静かで、人がいなくて、暗いところ——。考えたら、俺の心臓は、わかりやすいくらいに一拍スキップした。

「暗いと星がよく見えるやん？」

「ああ、そういうことか」

「え？」

「あ、いや……。じゃあ、龍浦町にある海辺の公園にでも行くか」

「ええよ。マックに任せる」

「オッケー」

頷いた俺は、前を向いてハンドルを握った。

エンジンをかけ、クラッチを切り、ギアを一速に入れて、念のため「行くよ」と後ろに声をかける。返事の代わりに、パン子は俺の上半身に身体をあずけ、しがみつくように両腕を回してきた。

そんなにギュッと抱きつかなくてもいいんだけど……。

俺はそう思ったけれど、何も言わずにおいた。

パン子は、はじめてバイクの後ろに乗るのだ。しかも、義足で。緊張するのは当然だし、少し走って慣れれば力も抜けてくるだろう。それに――、まあ、何ていうか……、しっかり抱きついてくれれば、走りが安定するし、俺の背中があったかいし。

胸裏でぶつぶつ言いながら、ゆっくりとバイクを発進させた。

パン子の両腕にいっそう力が加わる。

なんか、俺、勘違いしそうなんだけど――。

そんなことを思いながら路地を出て、坂道を下り、「超」がつくほどの安全運転で海沿いの国道へと戻った。

予想どおり、その頃にはパン子の腕の力は緩んできた。

じゃあ、そろそろ、バイクの風を感じさせてやるか――。

俺は走りながら後ろに向かって叫んだ。

「パン子」

「なに？」

「スピード上げるぞ」

「うん！」

ゆるみかけていたパン子の腕が、ふたたびギュッと俺の胴体を締め付けた。俺はじわじわとスロットルを回して五月の夜の海風をつくり出していく。

ゆるやかなカーブで車体を左に倒すと、パン子はヘルメットのなかで声を上げた。

「ヤバーい！　めっちゃ最高やーん！」

無邪気なその声に釣られて、俺もヘルメットのなかで頬を緩めた。

さっきまで「最低」だった夜が、いま、わずかながらも好転しつつある。そのことに気づいた俺は、さらにスロットルを回した。

パン子が歓声を上げる。

ガラガラに空いた、真夜中の海沿いの国道。

背中から沁みてくるパン子のぬくもり。

冷たいけど、心地よくもある海風。

どこか現実味に欠けた夜が、前から後ろへと吹っ飛んでいった。

第三章　葡萄《えび》色の朝

【王丸玲奈】

きいこ、きいこ。

ブランコを軽く揺らすと、錆の浮いた金属が軋《きし》む音がした。

その音は、わたしがまだ無邪気でいられた少女の頃を思い出させた。

ざわざわ、ざわざわ。

正面に広がる夜の黒い海からは、やわらかな潮騒が届く。

「ねえ、マック」

わたしは、隣のブランコに向かって声をかけた。

「ん？」

まっすぐ黒い海を見ていたマックが、こちらを向く。

「こんなマニアックな公園、どうやって見つけたん？」

「ああ……一年生のときに、一人でふらっとバイクに乗ってたらさ、なんとなく海につながりそうな路地があるなって思って。で、なんとなくその路地に入り込んでみたら――」

「なんとなく、この公園に着いた？」

「あはは。うん。全部、なんとなくだな」

「ふうん。穴場って、そんなふうにして見つけるんやね」

言いながらわたしは周囲をくるりと見渡した。

夜の海が見えて、静かで、人がいなくて、暗いところ——。

この寂《さび》れた海辺の公園は、わたしが望んだすべてを備えていた。

公園といっても、遊具はブランコと砂場しかない。園内のあちこちには雑草がはびこっていて、その一部は砂場にまで侵食していた。ようするに、ここは、近所の子供たちもほとんど訪れることのない「忘れられた場所」なのだろう。

園内を照らす外灯も古びていて、それはまるでたんぽぽの綿毛のように、ほわっと丸く、白く、頼りない光を放っていた。

「暗い公園やから、星がよく見えるわ」

「うん。パンッて手を叩いたら、小さな星がパラパラ降ってきそうだよな」

「ほんまやね」わたしは小さなため息をついて、星空に話しかけるように言った。「あたしもバイクの免許を取れたらなぁ……」

「取れたら、パン子は何したい？」

訊かれたわたしは、ちらりとマックを見た。

マックは、わたしの義足のあたりを見ていた。

「せやなぁ……」わたしは義足の左脚を前に伸ばすと、反対の右足で軽く地面を蹴《け》って、止まりかけていたブランコを再び揺らした。「可愛いバイクを買って、好きなときに、好きな人と、好きな場所に、好きなだけ行く……かな」

バイクに乗っている自分を夢想したら、なぜかブランコと潮騒の音が、さっきよりも少しだけ淋しく響いた。

きいこ、きいこ。

ざわざわ、ざわざわ。

「そっか。自由な感じで、いいね」

わたしは「自由」という単語が、まだ少しだけ苦手だ。だから、曖昧《あいまい》に微笑んでみせて話題を変えた。

「そういえば、うちらのホームページ、また改良しとったな」

「ああ。うん。少しいじってみたんだけど、どう？」

「ええやん。めっちゃ充実してきて嬉しいわ。スタッフ紹介のところに忠司さんが加わってたのには笑ったけど」

「あれ、忠司さん本人からの要望なんだよ。『一応、俺はオーナーなんだから、メンバーに入れてくれよ』って」

「それ、言いそうやわぁ」

わたしは忠司さんの顔を思い浮かべて、くすっと笑った。

「だろ？」

「あと、タイトルロゴのデザイン、めっちゃイケてた」

あおぞら絶景カフェ

〜Produced by 新海国際大学チェアリング部

みんなで話し合った結果、わたしたちの「仕事」のタイトルはこれでいくことになっていた。マックは、その字面《じづら》を使って洒落た企業のロゴっぽくデザインしてくれたのだ。

「パン子が気に入ってくれたなら、よかった」

「うん。好きやで、あたし」

わたしはマックの横顔を見ながらそう言ったけれど、照れ屋のマックは黒い海の方を向いたまま、わずかに目を細めていた。

「じつは、あのロゴを作るのが、いちばん大変だったんだよな」

間違いない。いまマックの顔を正面から見たら、お菓子をもらった子どもみたいにニコニコしているはずだ。その顔を想像したら、わたしは、さらにお菓子をあげたくなってしまった。

「マックには、ああいう才能があんねんなぁ」

「才能？　そんなの、ないない」

と、こっちを向いたマックの顔は、残念ながら苦笑だった。

「あるやん。あたしには、あんなん作れんもん」

「あれは『才能』で作ったんじゃなくて、ただの慣れだって」

「慣れ?」

「うん。ちょっとやれば誰でも作れるようになるし——ってか、才能があるのはパン子の方じゃん」

「え?」

「音楽の才能。あの歌声を出せる『喉』は、それこそ天性の才能だろ。あと、作詞、作曲、アレンジ、ギター——」

マックはブランコを止めて、わたしの「才能」とやらを指折り数えはじめた。だから、わたしもブランコを止めて静かな声でかぶせた。

「マック、あたしな——」

「ん?」

「最近、なんていうか、微妙にスランプやねん」

あまり空気が重くならないよう「微妙にスランプやねん」のところで少しおどけたつもりだったのに、なぜか、それがあまり上手くいかなかった。

「マジで?」

「うん。いまマックが数えてくれた才能、枯渇《こかつ》ナウって感じ」

「枯渇ナウって……」

「メロディーも、歌詞も、ちーっとも浮かばんの。なんでやろ?」

それが、今夜、わたしが眠れなかった理由のひとつだった。

「先週アップされた曲、すごく良かったけどな」

「え、ほんまに？　あれ、良かった？」

「良かったよ。正直、俺の好みのど真ん中」マックはブランコに座ったまま、少し面映ゆそうな顔をして続けた。「じつは、俺、最近さ――」

「うん」

「毎晩、パン子の歌を聴きながら寝てるんだよな」

「え……？」

マックがわたしの歌を――。

「まあ、うん。なんかさ、聴いてると心が落ち着くっていうか……」

マックが、ますます照れ臭そうな顔をしたので、なんだかこっちまで気恥ずかしくなってきた。わたしは照れ隠しに、マックが褒めてくれた楽曲についてしゃべりはじめた。

「じつは、あれ、高校生の頃に作った曲でな、それを今回、苦し紛れにアレンジしてみてん」

「あれが、苦し紛れ？」

「うん。作った当時は、いまいちピンとこなくて、お蔵入りさせてたんやけど。でも、このあいだ、ふとあの曲のことを思い出して、なんとなく音源を聴き直してみたら、修正すればアリかもって」

「へえ。そういうこともあるんだ」

「不思議やろ？　いくら寝かしても楽曲そのものは変わらんのに」

「酒と違って、音楽は寝かせといても熟成しないもんな」

「ほんまやね」

マックのたとえがおかしくて、わたしはくすっと笑った。

「パン子」

「ん？」

「いま、あの曲、流してもいい？」

訊きながらマックは、ショルダーバッグのなかからスマホを取り出した。

「はあ？　あかんて。恥ずいわ」

わたしは小さく首を横に振った。

「じゃあ、こうしよう。いまから俺は勝手にネットサーフィンするから、パン子は別のこと考えてていいよ」

「で、勝手に流すん？」

「うん」

「なんやそれ。あたしに拒否権はないってことやん」

苦笑しながら言ったわたしの台詞は、遠回しの許可になってしまったらしい。

「あはは。正解。パン子に拒否権はナシ」

マックは口元に笑みを残したままスマホを操作しはじめた。

ざわ、ざわ。

ざわ、ざわ。

二人が黙ると、やわらかな潮騒の音色が存在感を増してくる。

わたしはふたたび義足ではない右足で地面を押して、ゆっくりとブランコを揺らしはじめた。

きいこ、きいこ。

きいこ、きいこ。

すぐにマックのスマホからアコースティックギターのアルペジオが流れ出した。

わたしは何も言わず、足元に視線を落とした。

ブランコの音。潮騒。黒い海を渡ってきた夜風の潮の匂い。

そして、わたしの歌声が、公園の夜気《やき》に漂いはじめた。

ちらりと隣を見た。スマホを手にしたマックは、穏やかそうにも不安そうにも見える横顔で、黒い水平線のあたりを眺めていた。

わたしはブランコを揺らしたまま、マックと同じように黒い広がりを見詰めた。

【夏川　誠】

シンプルでストレートな詞と、音符の少ないメロディー。その両方から哀しみの匂いが染み出してきて、俺の胸はじんわりとウエットになる。そして、それと同時に、心がやわらかな真綿でくるまれ、落ち着いた気分にもなっていく。

「これ、ラブソングだよな？」

俺は、ブランコを軽く揺らすパン子に訊いた。

「え――」パン子は遠くから視線を戻すと、なぜか少し気恥ずかしそうな顔をした。「まあ、そうでもあり、そうでもないような感じ、かな」

「って、どっちだよ」

煮え切らない返事に、俺は苦笑した。

「うーん……、ちょっと説明が難しいんやけど、聴く人の心の状態によって、ラブソングに聴こえたり、聴こえなかったりする感じやな。でも、本質的で普遍的なモノは、一本の芯として真ん中に通してある。そういう楽曲にしたかってんけど」

「なるほどなぁ」

「ま、なかなか思った通りには表現でけへんわ」

「いや、できてるよ。すごいよパン子は。さすがプロ」

「あたし、まだ、デビューもしてへんよ？」

「デビューしてなくても、ネットの動画で収入を得てるじゃん。音楽で稼いでるってことは、すでにプロだって」

しかも、風香に聞いたところによれば、パン子は大学の学費も、一人暮らしの生活費も、その収入でまかなっているらしい。

「あたし、五年も前から動画をアップしとるから。じわじわチャンネル登録者が増えてくれただけやけどね」

「五年前ってことは──、高校一年生の頃から？」

「せやね」

パン子はさらりと頷いたけれど、よく考えてみれば、それは称賛《しょうさん》に値する行為だ。なにしろ五年ものあいだ情熱を注ぎながら、ひとつのことを継続したのだから。もっと言えば、パン子がそこまでやってきたからこそ、彼女の創り出す音楽はいっそう洗練され、結果、ファンが付いて──、そして、いま、学費も生活費もまかなえるレベルの「仕事」になっているのだ。

ふと、俺の脳裏にチェアリング部の仲間たちの顔が浮かんだ。

思えばマスターだって、高校時代にはすでに「マスター」とあだ名されるほどコーヒーに情熱を注いでいて、それをいまでも継続中だからこそ、プロを凌《しの》ぐような腕前を持つに至っている。

ミリオンも同じだ。中学時代に資産運用にハマり、高校生のときには、うっかり留年するほど傾注していたのだ。そして、その熱をずっと抱き続けてきたからこそ、いま、ミリオンは投資一本で食べていけるほどの手腕を備えている。

風香もまた、子供の頃から農家ならではの新鮮な食材を使って料理の腕を磨き続けてきたからこそ、いま、人を感動させるほどの料理を作れる人へと成長できたのだ。

ミュージシャン、バリスタ、投資家、料理人──。

俺以外の四人は、夢を手繰《たぐ》り寄せるための努力をこつこつと積み重ねてきた。だからこそ、彼らが語る夢にはリアリティがあるし、成功のイメージも湧いてくる。なんの努力も意思決定もせず、ただ「問題」から逃げているだけの自分を憶《おも》うと……。

なんだかなぁ、と軽く嘆息した俺の脳裏には、疲れた母の顔と、息苦しいほど完璧な「青の世界」がチラつくのだった。

「マック？」

ふいに名前を呼ばれて、我に返った。

「え？」

「いま、違う世界に行っとったやろ？」

「悪りぃ。ちょっと、ぼうっとしてた」

あはは、と空笑いで誤魔化《ごまか》した俺は、さっきまでのパン子との会話を思い出して、ちゃんとつながるように質問を投げた。

「高一の頃から音楽の動画を上げてたってことは、当時のパン子が唄ってる動画もあるってこと？」

するとパン子は、なぜか慌てたように首を振った。

「ないない。あたし、黒歴史はさくっと消去する主義やから」

「えー、マジかぁ。パン子がパンクロックをやってるところ、見てみたかったなぁ」

「……なんで？」

「そりゃ、ブッ飛んでるパン子を見てみたいじゃん」

するとパン子は何も言わずに小さく微笑んだ。

正面の黒い海から風が吹いてきて、パン子のピンク色の髪がなびくと、形のいい頬があらわになった。

「ブッ飛んでる人を見たいなら、あたしよりミリオンやん？」

ふいにパン子は話題のベクトルを変えた。

「え？　まあ、あいつも、ある意味、相当ブッ飛んでるからな」

「せやろ？」

俺とパン子は、変わり者の顔を思い出して、くすっと笑った。

「ミリオンってさ、あれでけっこうモテるんだよな」

「あー、せやろな。黙ってれば、ふつうにイケメンやし、高身長やし、お金も持っとるし」

「そうなんだよ。だから、ときどき女の子から告白されちゃあ、言われるまま付き合うんだけど」

「すぐにフラれちゃう――、やろ？」

確信を持った苦笑いでパン子は言った。

「正解」と俺は頷く。「あいつ、よく知ればいい奴なんだけど、いつも、ひとこと足りないから誤解されちゃうんだよな」

「それ、分かる！　しかも、肝心なひとことが足りないんよ」

「そうそう。それで、いつもマスターに説教されてんの。大事なことはちゃんと言葉にして伝えなきゃ駄目だって」

「その二人のやりとり、想像つくわぁ」

「だろ？」

少しずつブランコの揺れ幅を大きくしながらパン子は笑った――と思ったら、目元に笑みを残したままパン子がちらりと俺を見た。

「マックは、モテるん？」

「え？　俺は、ミリオンみたいにはモテないよ」

「じゃあ、どんな女子がタイプなん？」

「うーん……」

首をひねりながら、俺は過去に好きになった女子たちの顔を思い浮かべてみた。小学生の頃から数えると五人の顔が浮かんだ。

「とくに決まったタイプはないかもなぁ」

「ってことは、ストライクゾーンが広いんや？」

「まあ、そういうことになるのかもな。パン子は？」

訊き返してパン子を見ると、どことなく口元が緩んでいるように見えた。

「ん？　パン子、なに笑ってんの？」

「べつに、笑ってへんよ」明らかに微笑みながらそう言ったパン子は、自分の好みについて話しはじめた。「あたしの好みは――、せやなぁ、ど田舎とはいえ、一応あたしも関西の人間やし、やっぱ大阪のおばちゃんみたいな感じの人かなぁ……」

「大阪のおばちゃんって」

もちろん冗談だと思って俺は笑った。ところがパン子は、冗談を言ったつもりなど毛頭ないようで、淡々と続けたのだ。

「ようするにアレや。打算とかナシで、ただ、自然とおせっかいを焼いちゃうタイプの人やな」

「………」

「泣いとる子がおったら、当然のように近づいていって、『あらあら、どしたん？　おばちゃんがおるから大丈夫やでぇ』って飴ちゃんを握らせる感じ？」

「飴ちゃんねぇ……」

「だって、そういう人が、いちばんやさしいやん？」

「まあ、うん。分からなくもない、かな」

「ちなみに、やけど――、いま、あたしは、マックがくれた飴ちゃんを舐《な》めとるとこやで」

「なにそれ？」

意味がわからずパン子を見たら、本当に『飴ちゃんをもらった少女』みたいに、無垢《むく》な感じでにっこり笑っていた。

「だって、眠れなくて悶々《もんもん》としてたあたしのこと、わざわざ迎えに来て、バイクに乗っけて、ここまで連れてきてくれて、気分を上げてくれたやろ。それが、いま、あたしが舐めとる飴ちやんや」

「まあ、ちょうど俺もバイクに乗ろうとしてたしね――、っていうか、パン子の気分が上がったなら、よかったよ」

「ほな、マックは？」

「え、俺が、なに？」

「上がった？」

「気分？」

「うん」

「上がったというか、なんか、少しスッキリした感じかな」

「ならよかったわ。あたしがバイクに乗せたわけやないけど」

「だよな」

くすっと笑ったパン子の表情を見て、俺は、いまなら訊けると思った。

「パン子さ」

「ん？」

「やっぱり、さっき言ってたスランプが原因で、今夜、眠れなかったのか？」

「うーん、それも原因のひとつやけど」

「けど？」

俺はパン子の目を見た。するとパン子は、咲かせていた笑みを閉じてブランコを止めると、視線を足元に落とした。

「マック、幻肢痛って、知っとる？」

「ゲンシツウ？」

「漢字だと、幻の、四肢《しし》の肢の、痛み――って書くんやけど」

「いや、その単語は、はじめて聞いた」

「そっか。簡単に言うとな、あたしの左脚って、脛《すね》から先が無いやんか。なのに、その無い部分が痛むんよ。それが幻肢痛」

「無いところが痛くなる？」

「不思議やろ？」

「………」

「でもな、後天的に手足を失った人の脳って、勝手に『四肢がある前提』で、そこに痛みを作り出すらしいんよ」

「脳が、勝手に……」

「マック、ちょっと、そこのベンチに座らん？」

そう言ってパン子は、ブランコの隣にあるベンチを指差して、ゆっくりと立ち上がった。

「おう」

俺も立ち上がり、二人でベンチに移動した。

パン子は俺の右側に腰を下ろすと、おもむろにジーンズの左脚の裾をずり上げた。そして、そのまま義足をスポッと外した。

「この義足の、いちばん上にあるプラスチックのカップみたいなところな」

「うん……」

「ここを『ソケット』言うんやけど、この形が完璧に脚にフィットしてないと、歩いてて脚がめっちゃ痛《い》たなるんよ。で、脚の方には、ほら、こんな感じでシリコン製の靴下みたいなのをかぶせておくねん。要は欠損部の保護と滑り止めやな。で、このシリコンの先端からネジみたいなピンが出とるやろ？　このピンをソケットの底にある穴に差し込むと、歩いてるときに義足が抜けなくなるんよ」

淡々と義足の解説をはじめたパン子は、「これ、シリコンライナー言うんやけど」と言いながら、欠損した脛の先にかぶせてあるシリコンを脱いだ。

ツルリとしたパン子の白いふくらはぎが露わになる。

「触ってみる？」

「え……、いいの？」

「ええよ」

俺は、脛から先を失ったパン子の脚に向かって、ゆっくりと右手を伸ばした。

そして、ギリギリ触れそうになった刹那――、

「わっ！」

パン子が大声を上げた。しかも、触ろうとした脚を跳ね上げて。

驚いた俺は、ベンチからズリ落ちそうになった。そのまま愕然《がくぜん》としている俺を見て、パン子は手を叩いて笑った。

「あははは。そんなに驚くとは思わんかった。ごめん、ごめん」

「マ、マジで、心臓が止まるかと思った」

笑いすぎて涙目になったパン子は、「ほんま、ごめんな」と謝りながら、座り直した俺の右手首を握った。そして「もう驚かしたりせんから」と言って、俺の手を欠損した箇所へと導いた。

はじめて触れたパン子のふくらはぎは、思いがけないくらいやわらかくて、すべすべで、ぷにぷにしていて、そして、ハッとするほど温かかった。

「どう?」

「なんか、こう、ぷにぷにって……」

「マックの触り方、エロいわ」

言いながらパン子は、悪戯っぽく目を細めて俺を見た。

「はっ? あ、阿呆か」

俺は、触れていた右手をそっと引いた。

「うふふ。冗談や」笑いながらパン子は、脱いでいたシリコンライナーをふたたびかぶせた。

「今日みたいに、ひんやりした春の夜ならええねんけど、夏だと暑くてシリコンのなかが蒸れんねん」

「ああ。だろうね」

「ちなみに、あたしの幻肢痛が出るのって、だいたいいつもこの辺なんよ。脚があったら、内くるぶしのあたりやな」

パン子は、脚のない中空を指差して言った。

「そっか。その痛みで、寝られなかったのか……」

「うん。でも、それだけやないけどね」

「え、まだ他にもあんのかよ？」

「まあね。でも、そっちの理由は内緒」

「なんだよ、それ」

「ええやん。人にはそれぞれ、他人には言いたくないことがあんねん」と言いながら義足のソケットをかぶせたパン子は、いったん立ち上がって体重をかけた。「はい、これで装着完了や」

パン子は、「シャキーン」とふざけながら親指を立てて見せると、ついでにウインクをした。そして、くるりと踵を返し、ふたたびブランコに腰掛けた。俺もなんとなくベンチから腰を上げて、隣のブランコに移る。

きいこ、きいこ。

パン子は、ブランコを揺らしながら「なんかさ――」と話し出した。「マックと出会ったのって、三月の末やったやん？」

「うん。龍宮岬公園の駐車場な」

満開の桜を眺めながらチェアリングをしたあの日が、なんだかずいぶんと遠い昔のように感じる。

「その翌週、前浜でいまの五人が顔を合わせて、仲良くなって、そのままみんなで三年生になって、チェアリング部をつくって」

「うん」

「そこからの展開、急すぎてヤバいと思わん？」

「うん。俺も、いま、それを思ってた。時間が五倍速くらいで流れてるよな」

「せやろ。きっと、あたしたちの毎日って、ハンパなく濃密やったんやろなぁって」

「だな」

と頷いた俺の脳裏に、ある疑問が浮かんだ。

「いまさらだけどさ」

「ん？」

「そもそもパン子と風香って、どうしてチェアリングをやろうってことになったわけ？」

するとパン子は、珍しく言葉を選ぶように「うーん……」と首をひねって、こちらを見た。

「風香のやさしさゆえ——やな」

「というと？」

「入学したての頃にな、風香、あたしの脚を気遣って『チェアリングを一緒にやってみない？』って誘ってくれたんよ」

俺は黙ったまま、パン子の左脚に視線を落とした。

「チェアリングは座ったまま楽しめる遊びやん？　だから、あたしでも気後れせんと、一緒に楽しめると思ってくれたんやろね」

「なるほど……」

たしかに、風香なら、そういうことをしそうな気がする。

「あの娘もおせっかいな人なんよ。だから、あたし、大好きや」

そう言って微笑んだパン子の横顔は、なんだか幼い少女のようだった。

きいこ、きいこ、きいこ。

ブランコも、どこか幸せそうにリズムを刻む。

「ねえ、マック」

パン子は、前を向いたまま俺を呼んだ。

「ん？」

「あたし、めっちゃ応援したいねん」

「応援？」

「うん。風香の夢」

「ああ、農家レストランな」

「叶えて欲しいなぁって、心の底から思っとるんよ」

パン子は、まるで自分の夢を語るみたいに、星空を見上げた。

「俺も応援してる――ってか、するよ」

「よろしく頼むぜ、部長」

「おう」

二人でにっこりと笑い合った。俺は手のなかにあるスマホを見た。小さな端末からは天使の歌声が流れている。音を出したままスマホをジャンパーのポケットに入れた俺は、パン子の揺れに合わせてブランコをそっと揺らした。

きいこ、きいこ。

きいこ、きいこ。

「風香がイメージしてる農家レストランってな、建物が古民家なんやって」

「へえ」

「前にあたしたちがチェアリングをやらせてもらった、海を一望できる高台の空き地があったやろ？」

「ああ、風香の実家が持ってる、耕作を放棄《ほうき》したって土地な」

「せや。風香な、いつか、あの土地に古民家を移築したいって」

「わお。それ、最高じゃん」

「でもな、古民家を買って移築するのって、けっこうお金がかかるらしくて。せやから、とりあえずは、あの土地に、小さくて洒落たお店を建てるのが目標やって言ってたわ」

「まずは実現可能な方法で仕事をはじめて、資金をつくるのか」

「うん。やれることからこつこつと。大事なことやんな」

だよね――。と、俺は心のなかで得心した。でも、それができていない自分を憶うと胸がチクリと痛む。そして、その痛みをポケットのスマホから流れ出すパン子の歌声が甘やかに包み隠してくれる。

「風香ってさ」

俺は、ひまわりの笑みを思い浮かべながら口を開いた。

「ん？」

「明るくてポジティブだし、誰からも好かれるタイプじゃん？」

「ほんまに、うらやましいくらいにそうやね」

「だから、こつこつやってるうちに応援してくれる人も増えて、自然とうまく行っちゃう気がするんだよな」

「うん。あたしもそう思うし、そうやったらええなとも思うよ。けどな、ふわふわでにこにこな風香だって、ずっとポジティブってわけではないんよ。ああ見えて風花も、色々と考えたり、悩んだりもしとるし」

「そっか……。そりゃそうだよな。風香だって人間だもんな」

「せやで」

「じゃあ、アレだな。風香が凹《へこ》みそうになったときも、今日みたいにバイクに乗せてストレス発散させてやるか」

すると、パン子は、なんとなく意味ありげな感じで小さな笑みを浮かべた。

「バイクには、乗らんと思うけど」

「え？」

「あの娘、そういうタイプの子やから」

「そういうタイプ？」

って、どんなタイプだよ？　と俺が首をひねると、パン子は「うふふ」と笑った。

「まあ、そこは気にせんといてや。とにかく、親友のあたしには分かるんよ」

珍しく思わせぶりな言い方をしたパン子は、しかし、もう、この話題は終わり、とでも言わんばかりに俺から視線を外すと、正面の黒い海を見詰めて少し声を低くした。

「あたしな、本当は風香のこと、ちょっと妬ましかった時期があんねん——、と言っても、出会った頃の、ほんの短い期間やけど」

「へえ。なんか、ちょっと意外な話だな」

「せやろ。でも、ほら、風香ってさ、幸せな家庭に生まれて、地域の人たちにも可愛がられて、まっすぐのびのび育ったように見えるやんか？」

「うん」

「当時のあたしには、そういうのが、なんか、こう、いちいちまぶしすぎてな。正直、一緒にいるのが、ちょっとキツいなぁって思う時期もあったんよ」

「…………」

「ギターのコードで言うたら、風香は明るくて素直なメジャーで、あたしは暗くてちょっと癖のあるマイナーセブンみたいな。わかる？」

「まあ、なんとなく、だけど」

「もっと言っちゃうと、風香は素直で正直なまま生きてきたのに、あたしは偽物《にせもの》だらけの人生やったなあ……って。そんな、しょーもない比較をして、勝手に落ち込んだりしててん」

なにも、そこまで自分を卑下《ひげ》しなくても――。

そう思った俺が、フォローの台詞を口にしようとしたとき、パン子は黒い海に向かって、ふっ、と笑った。そして、こちらを見た。

「あたし、しょーもない阿呆やろ？」

阿呆かどうかはさておき、俺には引っかかる言葉があった。

「人間は誰でも阿呆だと思うけど、それより、偽物だらけの人生って？」

俺はブランコを止めて、ちらりとパン子の左脚を見た。

すると、パン子もブランコを止めた。

「マックはさ……」

「うん」

「マックは――、人生のすべてを『本当の自分』で生きれとる？」

思いがけない問いかけに、俺は声を詰まらせながらパン子の表情を窺った。パン子は、なぜか微笑んでいた。微笑んでいるのに、心のなかに灰色の雨が降っているような、そんな笑みにも見えた。

「俺は……」

つい嘘をつきそうになった俺に、冷たい海風が吹き付けた。

ざわ、ざわ。

ざわ、ざわ。

やさしくて揺るぎない圧力を秘めた潮騒が足元から這い上がってくる。そして、その圧力が、俺に本音をしゃべらせた。

「俺も、偽物だらけな状態で生きてる——かな」

「そうなん?」

「まあ、たぶん」

弱気な小声で言って、パン子を見た。

夜風が、ピンク色の髪をさらさらと揺らしている。

「例えば?」

「え?」

「例えば、マックのどんなところが偽物なん?」

「えっと、そうだなぁ……」

首をひねりながら、俺は、自分の胸の内側を手探りした。そして、海の匂いのする夜気を肺に吸い込むと、それを言葉に変えた。

「自分の弱さと本音に蓋《ふた》をして、平静を装っている感じ、とか」

「マックの弱さと本音？」

小首を傾げたパン子の顔から、ゆっくりと笑みが消えていき、今度はちょっと不思議そうな顔になった。

「まあ、うん」

「それって――」

「パン子は？」

そのとき俺は、ほとんど無意識に言葉をかぶせていた。

「え、あたし？」

とパン子が眉を上げたとき、俺は自分の小狡《こずる》さに嘆息しそうになっていた。

「パン子の『偽物の人生』てどういうこと？」

そう訊いた俺は、まさにいま、自分の恥部には蓋をして、代わりに相手の蓋を開けようとしていた。

「えっと、あたしは――」少しかすれた声を出したパン子は、しかし、そこから声色を明るく塗り替えた。「めっちゃ偽物だらけやけど、そのなかのひとつだけならマックに教えてあげてもええよ」

「…………」

「でも、みんなには、まだ、内緒にしといてや」

パン子は自分の口の前に人差し指を立てて、そう言った。

「え……、あ、うん」

俺は、胸に生じた自己嫌悪の鈍痛《どんつう》を味わいながら小さく頷いた。

するとパン子は「ふうっ」と何かを決意したように息を吐くと、思いもよらない台詞を口にしたのだった。

「あたしな、ほんまは——、パン子やないねん」


【王丸玲奈】

わたしの言葉を聞いたマックは「は？」と絶句した。

「ごめんやけど、じつは、あたし、パンクロックは聴く専門なんよ」

「…………」

「高校時代にバンドをやってたって話、あれ、嘘やねん」

「嘘って。えっ、なんで——」そんな嘘をついたわけ？　とマックは訊きたいに違いない。だからわたしは自分の義足を指差した。

「だって、この脚やもん」

「…………」

「本当は、ステージの上を格好よく跳び回って、シャウトして、胸のなかのもやもやした気持ちをぜーんぶ吐き出してみたかってん。けど——」

「うん……」

「あたしには無理やん、そういうの」

わたしはふたたび健常な右足で地面を押して、ブランコを小さく揺らした。眉を少しハの字にしたマックも、何も言わず軽くブランコを揺らす。

きいこ、きいこ。

きいこ、きいこ。

ふたつのブランコの泣き声は微妙にズレて夜気に漂った。そして、そのズレが、わたしの内側をちょっぴり重たくした。

「せやから……、あたし、恥ずかしながら、風香にそそのかされて、思い切ってパン子になってみてん」

「風香に？」

「うん」わたしは、チェアリングをはじめたばかりの一年生の春を想いながら語りはじめた。「風香と出会って、どんどん仲良くなっていった頃のことやけど——、あたし、風香にしょーもない愚痴をこぼしたんよ。自分はこんな脚やから、中高生のときはバンドを含めて何もやれんかったし、きっと、これからもって。そしたら風香が涙目でこんなことを言い出してん。『だったら、王丸さんは、もしもの人になればいいよ』って」

「もしもの人？」

「うん。ようするにな、もしも、あたしが自分の理想どおりに生きてこられたとしたら、いま、どんな人になってるかなぁ――って想像して、そういう人になれた体《てい》で生きればいいってこと」

「え……」

マックは、いまいち腑《ふ》に落ちないような顔で首をひねった。だから、わたしは続けた。

「風香な、あたしにこう言ってん。『王丸さんは、高校時代にめっちゃ格好いいパンクロックをやってた元バンド・ウーマンとして大学生活を楽しみなよ』って」

「なり切って生きるってこと、か……」

「うん。まさに、それやね。風香が言うにはな、人間には想像力っていう最強の武器があるんやって。想像力を働かせれば、誰でも自由に理想のきらきらした自分をイメージできるやろ？」

「まあ、うん……」

「理想の自分をイメージできたら、そのイメージ像を現実に引っ張り出してきて、それをスーツみたいに着ちゃうんやって。で、それを着た姿こそが本当の自分だってことにして、あとは楽しんじゃえばいいんだよって」

「風香が、そう言ったの？」

「せや。うじうじしてたあたしの背中をポンって押してくれてん」

「なるほどなぁ……」

ブランコを止めたマックは感慨深げにつぶやいて腕を組んだ。

「せやから、あたし、風香の言うとおり、試しに元パンクロッカーのイメージを着ることにして、それから風香に『パン子』って呼ばれるようになったんよ」

「そっか……」

「偽モンすぎて、ダサいやろ？」

「いや、ぜんぜんダサくない」

やさしいマックは、瞬時にフォローしてくれた。

きいこ、きいこ。

わたしのブランコの音だけが暗闇《くらやみ》を漂い、海風に霧散する。

薄暗い公園だからマックは気づかないかも知れないけれど、いま、わたしはきっと赤面しているに違いなかった。熱を持った耳がじんじんしているのだ。それでもわたしは続けた。

「不思議やけど、ずっと理想のスーツを着たまま過ごしてたら、だんだんそっちの方が心地よくなってきてな、いつのまにかスーツを着た自分が本物ちゃうんか？　って感じになってくるんよ」

「マジで？」

「うん。せやから、いまのあたしは、あたしが本当のあたしでいられた子供時代に戻れたみたいな——そんな感覚すらあんねん」

言いながらわたしは、まだ左脚があって、両親もいてくれた時代を憶った。

「パン子」

「ん？」

「ほんと、よかったたな。風香と出会えて」

マックが、今日いちばんのやさしい顔で微笑んだ。

「うん」と素直に頷いたわたしは、なぜか目の奥が熱くなってしまったので、「あはは。風香には、ほんまに、大、大、大感謝やな」と、わざと明るく言って涙腺《るいせん》の決壊を防いだ。

「だな」

「マックもさ、困ったときは『もしもの人』になったらええよ」

「俺が？」

「うん」

わたしは、気恥ずかしさを抱えたままマックに微笑みかけた。でも、マックは少し困惑したように小さく首を振るのだった。

「俺には――、無理かな」

「……何で？」

「俺、そもそも、自分の理想像がイメージできないし」

「そうなん？」

つぶやくように言ったわたしは、そのままマックの顔を見詰めていた。

「俺って、本当は、どうなりたいんだろうな？」

「…………」

「パン子先生、教えて下さい」

マックは冗談めかして、拝むような格好をしてみせた。だからわたしもくすっと笑って「知らんわ」と冗談で返した。

「えー、なんだよ、冷たい女だなぁ」

「あはは。まあ、でも、とりあえずマックは、いまのままでええんちゃう？　そのうちマスターみたいに達観して『自分道』を極められるかも知れんで」

「え？　なんでここでマスターが出てくるんだよ？」

「だって、ほら、マスターには『性別の概念を持たない人』っていう素の顔があって、そこからブレずに淡々と生きとるやん？　想像のスーツなんていらん人やんか」

わたしがそこまで言ったとき、なぜかマックが「え……」と言って固まった。

「ん？　どしたん？」

「いや、えっと——、パン子、なんでマスターの、そのこと、知ってんの？」

「なんでって……、わりと前に、本人から聞いてたし」

「マジで？」

「うん」

「わりと前って、いつよ？」

「ミリオンの死んだふり事件の日やけど……」

「ってことは、五人がはじめて集まった日じゃん」

マックは目を丸くしながらそう言った。

「まあ、せやな」

「ちょっと待て。あの日、マスター、そんな話したっけ？」

不審そうな目でマックはわたしを見た。

「前浜では、してへんけどな――、夜になって、いきなりマスターが、あたしと風香を入れた三人のメッセンジャー・グループを作って、メッセージを送ってきてん」

「そのメッセージで、二人にカミングアウトしたってこと？」

「せやで」

わたしは頷いて、事の顚末《てんまつ》をマックに話してあげることにした。

あの日――、わたしたち五人は、ミリオンのお金の話で盛り上がり、そのとき金銭欲に関してわたしが「なんでも正直なのがいちばんや」と言って、風香とハイタッチをした。すると、それを見ていたマスターが「正直って格好いいよね。憧れるよ」と、わたしたちにハイタッチを求めてきた。じつは、そのときマスターは、初対面のわたしと風香にも「正直に」カミングアウトしようと決めたのだそうだ。

「そっかぁ……。ってかマスター、俺とミリオンに、そんなこと言ってなかったんだよなぁ」

「あたしは、マスターのその気持ち、分からんでもないけど」

「え――」

「だって、『ぼく、女子たちにカミングアウトしたよ』って、わざわざマックとミリオンに報告するなんて、照れ臭いやん？」

「まあ、そっか。そうだよな」

「せやろ？」

「うん。でも、まあ、とにかく俺、ちょっとスッキリしたわ」

「スッキリって、何が？」

「パン子と風香にたいする隠しごとが、ひとつ無くなったからさ」

マックはそう言って、ホッとしたように微笑んだけれど、それはわたしも同じだった。わたしが本当は「パン子」じゃないってことをマックにカミングアウトできたことと、それをマックがあっさり受け入れてくれたこと。それらは、わたしにとって、とても、とても、大きなスッキリ事案だったから。

【夏川 誠】

気分がスッキリした俺とパン子は、ブランコに揺られながら「チェアリング部」の連中をネタに話をはずませた。

例えば、風香には年子の妹がいて、いまはカナダに留学しているとか、ミリオンは五人の弟と妹がいる大家族で生まれ育ち、かつて父親の事業が失敗して極貧生活を味わったけれど、でも、その父親もいまや経営者として立ち直り、成功しているらしいとか。

そして、マスターの実家の話題になったとき、パン子は少し声のトーンを落とした。

「そういえば、マスターのお父さんって、わりと大きな病院の院長先生なんやろ？」

「らしいね。俺もミリオンも会ったことはないけど」

「お兄さんも医者で、病院の跡継ぎなんやって？」

「なんだよパン子、そんなことまで知ってんのかよ」

「まあね。で、お父さんは、居丈高《いたけだか》で、やたら怖い人やって」

「まあ、そうらしいけど」

それ以上、マスターの家庭のことを話すのは、少し気がひけるかな――。俺がそう思ったとき、パン子は察してくれたのか、すっと話題を変えた。

「ってか、いまさらやけど、マックは兄弟おらんの？」

突然の質問に、俺は一瞬、言葉を詰まらせた。そして、本当なら加えるべき「いまは」という単語を伏せたまま頷いた。

「うん。一人っ子だよ」

「ほな、あたしと一緒やね」

「そっか」

「あたしな、ずっと昔からお兄ちゃんが欲しかってん」

お兄ちゃん――。

俺は無意識のうちに早口で答えていた。

「俺は姉ちゃんが欲しかったかな」

「うん、お姉ちゃんもええなぁ。めっちゃ憧れるわ」

「だろ」

「マックとあたしはさ、無い物ねだりの一人っ子仲間やな」

そう言って微笑んだパン子が、なぜだろう、俺にはどこか痛々しいように見えた。

「まあ、うん、そうだな……」

と答えた俺も、似たような表情をしていたかも知れない。

「あ、せや。仲間と言えば、あたしも子供の頃、おかんが作ってくれたロールキャベツが大好物やってん」

「…………」

「あれを食べてるときは、心があったかくて、幸せやったなぁ」

痛々しさのかけらを残したまま、パン子は、その幸せな記憶を「過去形」で語った。でも、俺は、それをスルーしてしまった。

「そうなんだ。いい思い出じゃん」

俺は、平静を装いながら無難な台詞を口にした。

すると、そんな俺をじっと見ていたパン子が怪訝そうな顔をした。

「マック?」

「ん?」

パン子は静かにブランコから降り立った。そして、両手をジャンパーのポケットに突っ込んで俺の正面に立った。

俺はブランコに座ったまま、何も言わずパン子を見上げてた。

「あたし、ずっと思ってたんやけど」

「………」

「やっぱ、おかしいわ、今日のマック」

「おかしいって、なにが……」

俺は、とぼけた。

「マックの顔に書いてあんねん。ぼくは悩んでます——って」

「えーっ、マジか。どの辺に書いてある？」

俺はおどけながら両手で自分の顔を撫で回してみせたけれど、パン子は、やれやれといった感じでため息をついた。

「とぼけ方が不器用すぎて、見てられんわ」

「………」

「しゃあない。今日は、あたしがお姉ちゃんになって悩みを聞いたるわ。眠れなかったわけでも何でも話してみ？」

そう言って俺を見下ろしたパン子が小さく微笑んだ。

だったら、話しちゃおうかな。

パン子に、ぜんぶ。

俺の心がぐらりと揺れかけたとき――、それまでずっとジャンパーのポケットから流れていたパン子の歌声が消えた。

ふいに訪れた深夜の静けさ。

その居心地の悪さが引き金になって、俺の唇《くちびる》は動き出していた。

「じつは、今日さ――」

「うん」

「電話があったんだよね。実家から」

「実家の、お母さんから?」

「うん……」

「そんで?」

言いながらパン子は、ブランコの支柱に背中をあずけた。

「うちの店、そのうち閉めるかもって」

「え……?」

「二年前だったかな、実家の近くに大きな複合商業施設がオープンしてさ――」

その施設には、いくつものレストランや食堂、フードコートがつくられ、お客さんがそちらに流れてしまったことや、最近、母の体調が優《すぐ》れず医者にかかっていることも話した。

「もともと『かもめ亭』を立ち上げたのは、俺が小四のときに癌で死んだ親父でさ。おかんは一人になった後も、パートさんを雇って営業を続けてきたんだよね」

俺がそこまで言ったとき、パン子は、ぽつりと言った。

「マック……」

「ん？」

「お父さんを、亡くしてたんやね」

「親父だけじゃなくて、兄ちゃんもだけど」

「え……」

「ごめん。さっき俺、自分のことを一人っ子って言ったのは、『いまは』一人っ子って意味なんだ」

「そっか……」と小さく頷いたパン子は、何か言いたいことを飲み込んだような顔をして、もう一度、消え入りそうな声で「そっか」と繰り返した。

パン子が黙ったので、俺はぽつぽつと話し続けた。

「兄ちゃんは俺の三つ上でさ、俺なんかよりずっとまじめで、強くて、やさしい人で。高校を出たら専門学校で料理を習って、腕のいいシェフになって、店をどんどん盛り上げて――、で、親父の代わりにおかんを助けるって」

「……………」

「でも、高二のときに親父と同じ悪性の腫瘍《しゅよう》が見つかってさ。そのときはもう医者もお手上げ状態で。それから兄ちゃん、どんどん弱っていって――」

あれは、兄が亡くなる二日前のことだった――。

当時、中学二年生だった俺は、学校帰りに兄の見舞いに行った。

病院のベッドの上で衰弱して痩せこけた兄は、虚《うつ》ろな目で俺を見ると、白い布団のなかから枯れ枝みたいな手をズルズルと伸ばしてきた。

そんなことは、かつて一度もなかったから、俺はひどく動揺しながら、おずおずと兄の手を握った。すると兄は泣き笑いみたいな顔をして、ひび割れた声で俺の名を呼んだのだ。

「誠――」

「ん、なに？」

兄の手は、ほとんど骨と皮だけなのに、燃えそうなくらいに熱くて、怖いほどの力で俺の手を握りしめてきた。

「俺、そろそろ、駄目みたい」

「そんなこと……」

「もう、自分で、わかるから」

兄は、泣き笑いの顔を、痛々しい笑みに変えてそう言った。

その日が近い、ということは、じつは、すでに俺も母から聞いて知っていた。

「誠、いろいろ……頼むよ」

頼むって、何を？　とは訊かなかった。兄亡きあとに残るのは、当然、母と店だ。兄の言葉は中二の俺の背中に重くのしかかった。だから無意識に俺は、ゆっくりと深呼吸をしていた。

「誠――」

兄は念を押すように俺の名を口にした。窪《くぼ》んだ眼窩《がんか》の奥で涙を溜めた兄の黒い瞳が強く光っていた。そして、祈るようなその光に気圧《けお》された俺は、ほぼ反射的に頷いていた。

「うん。わかった」

俺の口が、嘘をついた。

すでに死を悟った、尊敬する兄を騙《だま》したのだ。しかも、俺の手を握る兄の手の熱さと力強さが怖くて、俺は自分から兄の手を放したのだった。

そして、その夜、俺はひとりベッドのなかで泣いた。


「で、その二日後に、兄ちゃんは――」

そこまでパン子に伝えた俺は「ふう」とため息をこぼした。

「うん……」

頷いたパン子は、俯《うつむ》き加減のまま、黙って俺に横顔を見せていた。

黒い海から風が吹いてきて、ピンク色の髪をさらさらと揺らす。

「俺さ、あのとき兄ちゃんについた嘘と、自分から手を放したことがトラウマになってるんだよな」

「え？」

ようやくパン子がこちらを向いた。

「同じような夢を何度も見るんだ。ビルの屋上に白いベッドがあって、その布団のなかから痩せた手が出てきて、俺はその手を握ろうとして――」

「それ、お兄さんなの？」

「夢のなかではわかんないんだけど、多分……」

そうなんだろう、と思う。いや、そうとしか思えない。

「マックはさ」

「ん？」

「いまでも、お店を継ぐ気は無いん？」

「継ぐ気が無い、っていうか、向いてないし、自信がないのかも」

「そうなんや……」

「ずるいんだよな、俺」

「え？」

「俺には、将来の夢もなんも無いから、就活もやる気が起きなくてさ。だから、正直言うと、心のどこかに、もし就職できなくても、とりあえず実家のおかんのもとでバイトっぽく働けばいいんじゃね？　っていう『滑り止め』みたいな考えが捨て切れなくて」

「うん……」

「でも、なんか、そういうのってずるいじゃん。あの店で懸命に働いて俺を育ててくれた両親に失礼な気もするし」

俺は太ももの上に置いた自分の両手を見下ろした。その手には、枯れ枝のような手が発した熱と握力《あくりょく》の記憶がいまもこびりついている。

「電話で、おかんから『閉店するかも』って聞かされた瞬間から、俺のなかで『滑り止め』っていう逃げ道は消えて――、かと言って『店を継ぐ』のは無理だと思うし。でも、このまま店が無くなったら淋しいし、兄ちゃんとの約束もあるし……」

「うん……」

「で、なんか、もう、頭も心もぐちゃぐちゃになってさ」

そう言って俺は、「はあ」と情けないようなため息をこぼした。

するとパン子は、言葉を選ぶように、ゆっくりと話しはじめた。

「えっとな、まず、自分のことを『ずるい人』って責める人は、本当はずるくない人やし、お兄さんに嘘をついたって胸を痛めとるマックは、やっぱ誠実な人なんやなって――、あたしはそう思うよ」

俺は、パン子のやさしい言葉を素直には受け止められず、そのまま黙ってしまった。パン子も、少し困ったような顔で、ただ俺を見ていた。

ざわ、ざわ。

ざわ、ざわ。

潮騒が少しずつ沈黙を重くしていく。

さすがに何かしゃべらなきゃ、と思ったとき――、先にパン子の口が動き出した。

「いまは、立ち止まっててもええ時期なんとちゃうん？」

「え……」

「いまのマックは、自分の『心の声』に耳を澄ます時なのかも」

「………」

「自分の『心の声』ってな、最初のうちは無視できとっても、時間が経つに連れて無視できなくなるんよ」

パン子は、ひとりで深く頷きながら「ほんまに」と言い切った。

おそらく――、パン子は左脚を失ってから、深く、長く、絶望した自分の「心の声」と会話してきたに違いない。そのことを憶った俺は、ようやく「うん」と頷けた。

「それにな、マックも主役を演じたらええと思う。長い人生ドラマのなかで、たまたま、いまは立ち止まっとるシーンってことで」

「あはは……、主役にしては地味なシーンだな」

自嘲《じちょう》気味に笑った俺を見て、パン子は小さく首を振った。

「人それぞれ、色んな主役がいてええやん」

「まあね」

と俺は苦笑する。

「あたしは、そんな地味な主役の隣で、ピリリと辛味の効いた脇役になって、主役を支えてあげるよ」

「…………」

「チェアリング部のみんなも、キャラの濃い脇役として、マックのこと応援してくれるに決まっとるやん？」

「ちょっ……」

なんだよ。急に。やめろよ。俺、涙腺ゆるいんだから。

そう思ったけれど、俺はそれを言葉にできず、ただ、ひんやりとした海風を吸い込んで、吐いた。でも――、

「大丈夫やで、マックなら」

静かに言ったパン子が、にっこりと目を細めたとき、
あ、真綿の感じだ――。

そう思ったら、鼻の奥がツンと熱を持ってしまった。

俺は再び深呼吸をして、その熱を散らした。そして頷いた。

「おう……」

パン子は何も言わず、ただ微笑みを少しだけ深めてみせた。

その笑みに釣られて、俺も頬をゆるめた。

「てか、パン子」

「ん？」

「いつの間にか、空が明るくなってきてる」

「あ、ほんまやね」

俺たちは空を見上げた。

海の上の空には、まだ星々がきらめいているけれど、俺の背後の空には透明感のある葡萄色《えびいろ》が広がっていた。

世界の半分が夜で、半分は夜明け――。

まるで、いまの俺みたいだ。

「あたし、明るくなってからバイクに乗るの、ちょっと恥ずいわ」

ふいにパン子が半笑いでそう言った。

「え、なに、それ？」

「だって、後ろからぎゅーって抱きつくんやで？」

「は？　そういうこと言うなって。こっちまで恥ずかしくなるじゃんか」

「あはは。ほんまやね」

笑いながらパン子は歩き出して、ブランコに座ったままの俺の背後へと回った。そして、後ろから俺の右肩に顎を乗せるようにして、しかも「ぎゅうう」と声に出しながら抱きついてきた。

「ちょっ、いきなり何して……」

ふわっと女の子のいい匂いがして、思わず俺は続く言葉を飲み込んだ。

「明るくなっても恥ずかしがらんと、後ろから抱きつく練習や」

「なんだよ、それ」

「うふふ。慣れって大事やん？」

こうやってはしゃぐことで、パン子は、情けない告白をした俺の気持ちを少しでも軽くしようとしてくれているのだ。その気遣いが背中のぬくもりを通して伝わってくる。

そんなパン子にかけるべき言葉を探していたら――、

「あ、まさか、あたしに抱きつかれて文句でもあるん？」

いきなりパン子は不平の声を出した。

「いや……、ない、けど」

「けど？」

「ない、です」

「せやろ？　慣れるまでは、お姉ちゃんの言うこと、ちゃんと聞くんやで」

「分かりました、お姉様」

俺も、パン子のおふざけに乗ることにした。

「よろしい」

「でも、ひとつだけ質問してもいいでしょうか？」

「ん、なんや？」

ここまでずっと主導権を握られっ放しなのだ。そろそろ俺もやり返していいだろう。

「パン子ってさ、好きな人いるの？」

「………」

一瞬、俺の胴体に抱きついていた腕が緩みかけた。よし、このままからかってやる。

「あ、黙っちゃった。ってことは――」

「おるよ」

え？　いるんだ。

俺は、ちょっと意外に思いながら続けた。

「それって、もしかして」

「………」

黙っているパン子の緊張感が伝わってくる。

「桜の季節に、龍宮岬公園で出会ったイケメンだったりして」

もちろん、俺は冗談で言った。

するとパン子は、予想通り、俺の耳元で吹き出した。

「あははは。外れぇ」

「マジかよ。パン子、男を見る目ねえなぁ」

「ほっとけ。あたしは、二年前にイカした男と出会っとるんや。で、それからずっと一途《いちず》に想い続けとるんよ」

「二年って、ずいぶん前だな」

「せやね」

「告白とか、しないんだ？」

「どうやろなぁ」

俺の肩に乗せた顎が少し動いて、かすかに頬と頬が触れ合った。

「じゃあ、俺も応援するよ」

「え？」

「パン子の人生に登場する、ピリリと辛味の効いた脇役として」

「マジか。ほな主役のあたしが失敗せんよう、上手くやりいや」

「なんか、ずいぶんと偉そうな主役だな」

「まあねぇ」

俺たちは、少しずつ明るくなっていく海を見ながらくすくす笑った。

「パン子」

「ん？」

「なんか、ほんと、サンキューな」

さっきからずっと喉の奥で引っかかっていた言葉を、やっと吐き出せた。

「ちょっ、あかんて。そういうこと言われると、抱きつくのより恥ずかしくなるやんか」

「だよな」

また、笑い合った。

「そういえば、今日からあたしたちは、一人っ子仲間のほかに『朝帰りの仲』やね」

「たしかに。このまま二人でシェアハウスに帰って、ミリオンとマスターを驚かせてやるか」

「あはは。それ、ええな。で、あたしがマックを抱いたって言うの」

「嘘はついてないもんな。実際、後ろから抱きつかれたし」

「せやろ？　うわ、めっちゃおもろーい」

なんだか、本当におもしろくなってきた――、と思ったとき、背中のぬくもりがすっと離れた。

「ほら、マック、すごい。空の紫がぐんぐん広がってきた」

パン子は無邪気な感じで空を見上げていた。

「うん」

俺も同じ空を見上げた。

同じ風景を一緒に見て、感動を分かち合う。なんだか、チェアリングみたいだ。

「あたし、このまま海がどんどん明るく、青くなっていくのを見てたいわ。まだ、しばらくここにいてもええやろ？」

「どうぞ、お好きなように」

「やった」

背後で軽やかな声が上がった。だから俺は振り向いて言った。

「俺は、ひとりで先に帰るけどね」

一瞬、ぽかんとしたパン子の顔に、パン子らしい無垢な笑顔がはじけた。

「こら誠、あんたはいつからそんな冷たい弟になってん！」

「やばっ。姉ちゃんがキレた。逃げろっ」

俺はブランコから腰を上げると、正面の砂浜に向かって、ゆっくり、ゆっくり、走り出した。

「コラ待てぇ、ピリリと辛味の効いた姉ちゃんがしばいたるわ」

後ろから、片足を引きずった足音が付いてくる。

すぐに、足元がさらさらの白砂になった。

「あはは。捕まえたぁ」

俺の右腕が、パン子の左腕に搦《から》め捕られた。

目の前に広がる海原は、空の紫色を吸い込んで、ひらひらと神秘的に揺れていた。

第四章　鉛色の波

【夏川 誠】

七月なかばの土曜日――。

俺たちチェアリング部の面々は「崖の上のヘブン」の隣の敷地で「あおぞら絶景カフェ」を開催していた。

今回は、総勢十五名の団体客に依頼されての開催だ。

午前中に集合して準備に取り掛かった俺たちは、テーブルとアウトドア用の椅子とビーチパラソルを設置した。そして、いま、お客さんたちは、それぞれ好きな椅子に腰かけて、自由気《き》儘《まま》に青い眺望と風香のお手製ランチを楽しんでくれている。

この日は、いわゆる梅雨の晴れ間で、広い空には夏色のブルーが広がっていた。遠くからは蟬《せみ》たちの恋歌が聞こえてくる。コバルトの海を渡ってきた風は、すぐそこの断崖にぶつかって垂直に駆け上がり、敷地の隅に生えている蘇鉄《そてつ》の葉をさらさらと揺らしている。

「いやぁ、ここは本当にいい風が吹くなぁ」チョコレート色に日焼けした白髭の男性が、蘇鉄の近くで陽気な声を上げた。「マスターのアイスコーヒーも絶品だし、今日は最高だよ」

すると、その隣に座っていた白いパナマハットの夫人が、汗をかいたアイスコーヒーのグラスを手に頷いた。

「ほんと。眺めも素敵だし、風香ちゃんのお料理も美味しいし」

手腕を褒められたマスターと風香は、少し照れ臭そうに微笑み合うと、お客さんたちに向かって軽く会釈してみせた。

今日の団体客は、ウクレレ教室に通う千鶴バアがつないでくれた「新海アロハの会」という地元の中高年の集まりだった。ハワイとフラとハワイアン・ミュージックを愛好する彼らは、とにかく陽気で、いつでも目尻に笑い皺をつくっていた。もちろん、千鶴バアを含めた全員が涼しげなアロハシャツを着ている。

「みなさーん、アイスコーヒー、ジュース、缶ビールは、お代わりがありますからね」

白いアディダスのキャップをかぶったパン子が言うと、ピンク色のアロハを着たおじさんが「んじゃ、パン子ちゃん、俺にビールのお代わりくれるかな」と手を挙げた。

「はーい」

彼らと同じく陽気な声を返したパン子は、クーラーボックスから缶ビールをひとつ取り出して、おじさんに手渡した。

「パン子ちゃん、サンキュー」

ピンクのおじさんはハワイアンっぽく小指と親指を立てたハンドサイン、いわゆる「ハングルース」を振りながら、ちょっと不器用なウインクをしてみせた。

それを見たパン子は、クスッと笑いながら同じ仕草を返す。

毎度のことだが、「あおぞら絶景カフェ」をやっていると、愛嬌のあるパン子と風香はお客さんたちに可愛がられ、すぐに名前を覚えられる。もちろん、お客さんたちの目の前で究極のコーヒーを淹れるマスターも、敬意を込めて「マスター」と呼ばれるようになる。

俺はというと、裏方の仕事が多いせいか、声をかけられるとしても「ちょっと、そこのお兄さん」がせいぜいで、ワゴンで送迎したときなどは、そのまま「運転手さん」と呼ばれるのが常だ。

ミリオンにいたっては、経理と裏方しかしないうえに、愛想の「あ」の字も見せないから、お客さんから声をかけられるということすら稀《まれ》だ。そして今日、その無愛想の塊《かたまり》のようなノッポは、「用事ができた。多分、明日には戻る」と言って、急遽《きゅうきょ》、実家に帰ってしまった。「用事って?」と理由を訊ねても、奴はポーカーフェイスのまま「家のことだ」としか言わなかった。こういうことはミリオンにはよくあるので、俺もマスターもあえてそれ以上、問い質《ただ》したりはしなかった。パン子と風香も、そもそもミリオンの「肉体労働力」は頭数に入れていないから、気にしている風でもない。

期待されない(あるいは、させない)、というのは、もしかすると、自分らしく生きるための有用な手段なのかもしれないな——。

そんなことを考えながら、俺は、自分の椅子に腰掛けて、よく冷えた缶コーラを喉に流し込んだ。いつもなら俺とミリオンの「不人気コンビ」が、並んで椅子に座っているのだけれど、今日は俺ひとりだけがサボっているような格好になっていた。

でも、まあ、いいのだ。

俺は、しっかり「運転手さん」をやったし。

陽気な中高年たちを相手に、笑顔でサービスをしているマスター、パン子、風香――、この三人はチェアリング部のロゴが入った水色のTシャツを着ていた。デザインを担当したのはパン子と風香だ。以前、俺がホームページ用に作った白いロゴがバックプリントされていて、袖には波の模様がデザインされている。いかにも「海の街の大学」といった感じの爽やかなデザインに仕上がっているから普段着としても重宝している。

もちろん、いま俺もそのTシャツを着ているけれど、三〇度を超えた夏日だけに、バックプリントされた部分が汗で背中に張り付いていた。

梅雨明け前なのに、すでに真夏だな、こりゃ……。

胸裏でつぶやいた俺は、ぬるくならないうちに、と思って、缶コーラを一気に飲み干した。するとめちゃくちゃ暑いね」と言いながらマスターが戻ってきた。首にかけたタオルで額の汗を拭きつつ、俺の隣の椅子に座る。

「ハワイ好きなあの人たちには、ちょうどいい気温なのかな」

小声で俺が言うと、マスターは苦笑した。

「ほんと、歳の割に元気な人たちだよね」

「せっかくパラソルで日陰をつくったのに、誰も使わないんだもんなぁ。ほら、千鶴バアもはしゃいでて、めっちゃ楽しそう」

俺たちは、陽気な中高年の集団を眺めた。

「ほんとだ。風香とパン子もはしゃいでるね」

言いながらマスターは、まぶしそうに目を細める。

「たしかに」

と頷いた俺も、目を細めていた。海も、空も、風も、無数の笑顔も、すべてがまぶしいのだ。

「ねえ、マック」

「ん？」

「なんかさ、順調だよね」

「え、何が？」

「何がって、あおぞら絶景カフェの運営だよ」

マスターは、当然でしょ、という顔をした。

「ああ、それか。うん、まずまず順調ってとこかな」

俺は、まぶしい風景を眺めながら答えた。

正直いえば、毎回、営業するたびに小さな問題がいくつも露呈するから、その都度、工夫と修正を繰り返しつつ、なんとか切り抜けてきた感はある。でも、その甲斐あってか、地元での知名度はじわじわと上がってきているようだし、ホームページのアクセス数も着実に増え続けている。

個人的には、あらかじめ「この場所で〇時から『あおぞら絶景カフェ』やります！」と告知をして、当日、お客さんを待つ――というスタイルを基本にしたのが当たりだったと思っている。それと、無理せず土日祝日のみの営業としたのも正解だった。平日の俺たちには大学の授業とアルバイトがあるし、なにより、いままでどおり放課後に「チェアリング」をのんびり愉しむ時間を確保できているのがいい。あくまでも俺たちのメインは「チェアリング部」の活動で、「仕事」はおまけ。この少しゆるめのスタンスが、学生にとっては心地いいバランスなのだと思う。

パン子の発案で、ホームページの他に、各種ＳＮＳのアカウントも持った。「あおぞら絶景カフェ」を利用してもらったお客さんには、なるべくその場でＳＮＳでつながってもらうことにしているから、こちらの営業日時に関する情報が、常にリアルタイムで告知できるようになった。そのおかげか、最近はリピーターも増えはじめている。

さらに、忠司さんの人脈を頼って、新海市の広報誌で紹介してもらったり、老人介護施設、ゲートボールクラブ、ダイビングショップ、草野球チーム、市民大学のメンバー、起業家のグループなどをお客さんとして紹介してもらえたのもありがたかった。そこからの口コミ効果が予想外なほどに大きかったのだ。

現在ネックになっているのは、当初、俺たちが期待していたほどの儲けにならないことだった。利益の三割を忠司さんに渡して、その残りを五等分してみると、ふつうにアルバイトをしたほうが、よっぽど実入りがいいのだ。経理担当のミリオンも「料金設定を見直すべきか」と眉間にシワを寄せているくらいだ。

「これで、もうちょっと儲かるといいんだけどなぁ」

俺がボヤいたら、足元に置いたクーラーボックスからお茶のペットボトルをつかみ出しながらマスターは言った。

「でもさ、これまではサークル活動ってことで『出費をしながら愉しんでいた時間』が、少ないなりにも『収入を得ながら愉しむ時間』になったワケだから」

「ああ、そっか。そう考えると」

「やらないよりは、ずっといいよね」

「たしかに」

得心した俺が頷いたとき、ピンク色のアロハを着たおじさんが、おもむろに立ち上がり、満面に笑みを浮かべてウクレレを弾きはじめた。しかも、その曲に合わせて、一人、また一人と椅子から立ち上がり、女性たちはフラを踊り出し、男性陣は歌を唄いはじめた。

「あの人たち、ほんと幸せそうでいいなぁ」

思わず、俺がそう言うと、パン子と風香が戻ってきた。

「今日のお客さん、めっちゃ陽気で最高やん」

「ねー、こっちまで楽しくなってくる」

パン子と風香も、まじりっけのない笑みを浮かべて椅子に座った。

「冷たいお茶、飲む？」

マスターが二人に訊いた。

「うん、センキュー」とパン子。

「ありがとう」と風香。

「ついでに俺も」と俺。

そして俺たちは、一列に並べた椅子に腰掛けたまま、片田舎のハワイアンたちを眺めた。

最初の曲が終わったとき、俺は右隣のパン子に向かって言った。

「あのウクレレを借りて、パン子も一曲、飛び入りで披露してきたら？」

「え、なんで、あたしが？」

「パン子が唄ったら、あのお客さんたち大喜びだよ」

「だーからー、あたし、そういうのはやらんって」

パン子は「はあ……」と煩わしそうなため息をこぼすと、そのままプイッと前を向いてしまった。

なんだよ、もったいぶらないで、やればいいのに——。

俺は、そう思ったけれど、声にはしなかった。

というのも、これまでパン子は、かたくなに「あおぞら絶景カフェ」での演奏を固辞し続けてきたのだ。しかも、パン子の動画に付いている数万人のフォロワーたちに宣伝や告知をすることもなかった。ようするに「あおぞら絶景カフェ」と音楽活動は、きっちり分けておく。どうやら、それがパン子のなかのルールらしいのだ。

以前、俺はその理由について訊ねてみたことがあるのだけれど、そのときもパン子は、どこか投げやりな口調で「なんとなく、そういう気分やから」と、はぐらかしたのだった。

ふたたびウクレレの演奏がはじまった。二曲目のスタートだ。

と、ふいにパン子が立ち上がった。

「あたし、トイレ行ってくるわ」

「じゃあ、わたしも」

風香も立ち上がり、パン子と並んで歩き出す。二人はヘブンの店内にあるトイレを借りるのだ。離れていく二人の華奢な背中を眺めていたら、マスターが俺にだけ聞こえる声で言った。

「パン子、どうしてライブはやらないんだろうね？」

「うーん、俺にも分からないけど……。でも、もったいないよな、あの才能」

俺たちが視線を合わせて、軽くため息をこぼしたとき、遥か頭上から鳶の歌が降ってきた。

ぴゅ〜ぅひょろろろぉ〜。

その声に釣られて、俺たちは空を見上げた。

高く澄んだブルーの真ん中で、スローモーションみたいにゆっくりと旋回する猛禽《もうきん》のシルエット。

「最近さ——」上を向いたままマスターが言った。「寝るときに、よく、パン子の歌を聴いてるんだよね」

「えっ、マスターも？」

「マックもなの？」

俺たちは、空から視線を戻して、互いに目を丸くした。

「うん。なんか、寝る前にパン子の歌を聴いてると、気分が落ち着くっていうか」

「わかる。すっごく癒される。そうだよね？」

言いながらマスターは頬を緩めた。

小さく頷いてみせた俺は、あの真綿でくるまれたような安心感を思い出していた。そして、ふと思ったのだ。

「っていうか、マスター、毎晩、癒しが必要なわけ？」

するとマスターは、眉毛をハの字にして苦笑した。

「最近、ちょっと、いろいろあってさ」

「いろいろ？」

「うーん……、まあ、ほら、前に話した、うちの家族のこと」

マスターの父が医者で、立派な病院を経営していること。その後継ぎは、医学部を出た秀才のお兄さんと決まっていること。マスターは幼少期からずっと父が苦手で、その父の言いなりに生きている母と兄を見ているのもつらくて……。そんな感じだから、もはや実家にはマスターの「心の居場所」はないこと。マスターが以前、俺に話してくれたのは、つまりはそういうことだった。

「先週、久しぶりに兄さんから電話があってさ」

「うん」

「いきなり『お前は就職活動をしなくていい』って」

「は？　なにそれ？」

「大学を卒業したら実家に戻って、うちの病院で事務方をやれって」

「マスターが事務方？」

「うん。絶対に無理だと思うでしょ？」

「無理っていうか、やってる姿をイメージできない」

「ぼくもできない」とマスターは苦笑して続けた。「いずれ院長になる兄さんを補佐しながら、兄弟で病院を経営しなさいって。まあ、全部、父さんの指示なんだと思うけど」

「そしたら、喫茶店をやるっていう夢は？」

俺のストレートな問いかけに、マスターは大きく息を吐いた。呼吸で気持ちを整えないと、続きを話せなかったのかもしれない。

「もちろん、ぼくの夢は変わらないよ。兄さんにも、将来は自分のお店を持ってバリスタになるって言ったんだけど……」

「けど？」

「お前は馬鹿か？　って、鼻で嗤《わら》われちゃった」

「…………」

俺は何も言えず、ただ、ため息をこぼした。

「あの二人からしたら、コーヒーの美味しさとか喫茶店の経営なんて、おままごとレベルの下らないことでしかないんだよね」

「マジかよ……」

俺は小さく首を振りながら、そうつぶやいた。

「なんか、ごめん。暗い話になっちゃったね」

「いや、俺は大丈夫だけど」

「まあ、そんなワケだからさ、最近、ぼくは寝る前にパン子の歌声を聴きたくなっちゃうんだよね」

「そっか……」

俺は椅子の背もたれにぐったりと身体をあずけた。

正面の視界に、青いツートンカラーの水平線が広がった。その手前にはハワイアンの歌とダンスを愉しむ陽気でカラフルなお客さんたち。絶叫する蟬、優雅な鳶のシルエット、蘇鉄の葉を揺らす、きらきらした海風。

俺たちが、こんなに重たい話をしているというのに、世界は明るく、そして、シンプルに美しかった。

「マックは？」

「え？」

「マックは、就活、どうするか決めた？」

「いや……、正直、まだ、まったくのノープラン」

俺の脳裏に、実家の店と母の顔、そして、枯れ枝のような手がチラついた。

「そっか」

マスターも背もたれに上体をあずけた。

「ほんと、どうしたもんかね」

なんて口にしながら、俺は、内心では分かっていたのだ。

いい加減、肚をくくるしかないんだよな、と。

実家のレストランで働くという「滑り止め」は消えたわけだし、じつは、密《ひそ》かにほんのちょっぴりだけ期待していた「あおぞら絶景カフェ」だって、いざ、はじめてみたら普通のアルバイトより儲からないのだ。いや、そもそも大学を卒業して、みんながそれぞれ仕事をしはじめたら、俺ひとりになってしまうわけで……。

夢の無い人生。母の心配。兄との約束。収入。理想と現実——、いろいろ憶った俺が、思わず「ふう」と息を吐いたら、ぴったり同じタイミングでマスターも「はあ」と嘆息したので、俺たちは顔を見合わせて苦笑してしまった。

ふいに左手から「お待たせぇ」と風香の声がした。

振り向くと、風香とパン子がトイレから戻ってきたところだった。

「二人して、なに深刻そうな顔しとるん？」

パン子の言葉に、マスターがとても自然な明るいトーンで答えた。

「深刻ってほどじゃないよ。ね、マック」

「あ、うん」

ちょっと慌てた俺も、すぐに口角を上げてみせた。

するとパン子が、俺の目をじっと覗き込んできた。

こりゃ、バレるかな――、と思ったとき、ハワイアンの二曲目が終わった。そして、フラを踊っていたおばちゃんが、こちらに手を挙げた。

「マスター、わたしアイスコーヒーのお代わりが欲しいんだけど」

呼ばれたマスターは「はーい」と答えて腰を上げると、氷の入ったクーラーボックスを手にして、一旦、こちらを振り向いた。

「ぼくは呼ばれちゃったから、パン子と風香にはマックから話してあげて。べつに、たいしたことじゃないけどね」

マスターは、そう言い残してお客さんたちの方へと歩き出した。

たいしたこと――だと思うけど……。

小柄なマスターの背中を眺めていたら、チョンと肩を突かれた。

「マスター、なんかあったん？」

パン子だった。

俺は「まあね」と軽く頷くと、いまマスターから聞いた話を、そのままパン子と風香に話しはじめた。

俺が話しているあいだ、マスターはまばゆい日差しのなかで、とても幸せそうにアイスコーヒーを落としていた。

☕　☕　☕

翌週の水曜日——。

午前の授業を終えた俺は、ひとりバイクで帰途《きと》についた。

今日は朝から薄曇りで、海沿いの国道から見渡した海も、淡い鉛色に沈んでいた。

俺はいつものようにコンビニの手前で路地へと曲がり、少し走ったところでシェアハウスの敷地へと入った。すると、正面の母屋の縁側に並んで腰掛けた二人の女性の姿が目に入った。

右にいるのは千鶴バア、左にいるのは風香だった。

風香はバイクの音に気づいて、少し慌てたように顔を上げた。

その風香と目が合った刹那——、

「えっ？」

俺は、思わずヘルメットのなかで声を出していた。

風香は、泣いていたのだ。千鶴バアに背中をさすられながら。

とにかく俺は、いつもどおり離れの前でエンジンを止め、バイクから降り立った。そのままシェアハウスの玄関へ入っていくこともできたけれど、さすがに見なかったフリをして消えるのは不自然すぎる。だから俺はヘルメットを脱ぎながら、ゆっくりと母屋に向かって歩いていった。

千鶴バアが俺に目配《めくば》せをして、そっと頷いてみせた。

その横で、風香が目頭を親指でぬぐっている。

「えっと……、ただいま」

二人に向かって言うと、千鶴バアはいつものように「おかえりなさい」と穏やかな声を出した。そして、風香の肩にポンと手を添えた。

「ほら、風香ちゃん、ちょうどいい人が帰ってきたじゃない。二人で椅子を持って、前浜にでも行っておいで」

え――？

わけが分からず、俺は千鶴バアと風香を交互に見た。

風香は潤んだ瞳をこちらに向けたまま、少し面映ゆそうに「えへへ」と泣き笑いみたいな顔をした。


広い砂浜のど真ん中に、俺と風香は使い慣れた椅子を置いた。

なにげなく並べた二つの椅子は、みんなでチェアリングをするときよりも、いくらか間隔が広い気がした。

空はさっきよりも濃いグレーに沈み、その色を吸い込んだ海原も気怠《けだる》そうにたゆたっている。

俺たちの手には、それぞれコンビニで買ったペットボトルの紅茶があった。風香はそれをひと口飲んで明るめの声を出した。

「わたし、紅茶は、これがいちばん好きなんだよね」

「分かる。これ、俺もよく飲むよ」

俺は、はじめて飲む紅茶を口に含みながら風香に微笑みかけた。

「今日は、少し風があるね」

風香がまた明るめの声で言う。

「たしかに」

と俺は短く無難に返す。

「わたし、こういう生ぬるい風、わりと嫌いじゃないんだよね」

風香は、海風の始点を探そうとでもするように背筋を伸ばし、じっと遠くを見詰めた。いつもは前髪で隠れているおでこが風で丸出しになっている。

俺たちから三〇メートルほど離れた波打ち際に、投げ釣りをしている老人の姿があった。小柄な爺さんだけど、四〜五メートルはありそうな長い釣竿を器用に振っている。

「マック」

「ん？」

「なんか、ごめんね。急に付き合わせちゃって」

釣り人の方を見ながら風香が言った。

「いや、全然。俺、今日は暇だし」

軽く首を振りながら風香を見たら、やっぱり少し気まずそうに微笑んでいた。

自分からは、言い出しにくいのかな――。

そう思った俺は、さりげなく核心に触れることにした。

「千鶴バアって、本当にやさしいよな」

こちらの意図が伝わったのだろう、風香は声のトーンを少し落とした。

「うん。わたしが子供の頃から、ずっとやさしいよ」

風香は水平線の辺りを眺めながら深呼吸をした。

俺は黙って次の言葉を待った。

それから鉛色の波が、三回、正面の汀《みぎわ》に打ち寄せたとき、ようやく風香は、さっきの涙の理由を語りはじめたのだった。

「あのね、せっかくマックに聞いてもらっても、結果が変わるようなことじゃないんだけど……」

「うん」

「前に、海が見える高台の空き地でチェアリングをやったでしょ」

「ああ、元々は風香んちの畑だったってところな」

しかも、そこは、いずれ古民家を移築して農家レストランをやりたいと風香が考えている土地だ。

「そう、あの土地なんだけど……。売られてたんだよね。わたしが知らないあいだに」

「えっ、どういうこと?」

「先月から不動産屋さんに売地として預けてたらしいんだけど、最近、買い手が見つかって、その人と契約を結んだって」

風香はため息をこぼしつつ微笑んで、手元の紅茶に視線を落とした。

「土地を手放したのは、風香の両親の意思?」

「うん……。でも、率先して売ったのは、お義父《とう》さんだって」

「なんで? 風香があそこでレストランをやりたいと思ってること、知ってるんだよね?」

すると風香は、ゆっくりと二度、首を横に振った。

「あの土地で――、とまでは言ってなかったの。お母さんにも、あの人にも」

あの人――、という単語が、俺の内側で異物となって引っかかった。

かつて風香は、俺と同じく父親を病気で亡くしていて、いまは母親と再婚した義父と暮らしていることは知っているけれど……。

「そっか。言ってなかったのか」

「うん。まさか、先祖代々、受け継いできた土地を売っちゃうなんて、わたし思ってなかったから」

「そうだよな」

「うん……」

「でも、どうして急に売ろうと思ったんだろう?」

「あそこは、農地として使うには立地が悪いって」

「お義父さんが？」

「うん。わたしも、それくらいは知ってたけどね」

でも、それを知っていたからこそ風香は、あの土地で……。

「契約を破棄してもらうってのは？」

「わたしも、ほんの一瞬だけそう思ったんだけど、でも、やっぱり言えなくて……。土地の所有者は、わたしじゃないし」

「いや、でも、将来、風香が、あそこを使おうと思ってたわけじゃん？　それを正直に話したら、さすがにご両親だって――」

するとと風香は、俺の言葉にかぶせるように、ゆっくり、大きく、首を振ったのだった。

「言えないんだよ、うちは」

そう言って風香は俺から視線を外すと、鉛色の海原を眺めた。

俺は、その横顔を見ていた。黒くて細い髪の毛が、生ぬるい海風にあおられて、少しだけ唇にかかった。

と、そのとき、風香の下まつ毛のうえに、ぷっくりと透明なしずくが膨れ上がった。

「風香……」

「やっぱ、言えないんだよね……」

風香がまばたきをした。解き放たれたしずくが、風香の頬のカーブに沿ってつるりとすべり落ちた。

「あの人、すごくやさしいし、いい人だから」

風香はふたたびこちらを向くと、手の甲で濡れた頬をぬぐった。そして、あらためて「あの人」について話しはじめた。

「あの人、本当にいつも申し訳ないくらい、わたしにもお母さんにも気を遣ってくれるの。今回のことだって悪気は一ミリもなくて、むしろ、良かれと思っての行動だって知ってるから」

「そっか……」

と、つぶやくように言った俺は、夜の公園でパン子が言っていた台詞を思い出していた。

ああ見えて、風香も色々と考えたり、悩んだりもしとるし――。

俺は、紅茶をひとくち口に含んだ。口当たりがよくて、ふくよかな香りがする。たしかに風香が好きそうだな、と思う。風香は、そのペットボトルの蓋のギザギザに人差し指をあてて、何度もその感触を味わうように撫で続けていた。そして、続きを口にした。

「わたしが中二のとき、本当のお父さんが病気で亡くなったって話、前にしたでしょ？」

「うん」と俺は頷く。半月ほど前、野池のほとりでチェアリングをしていたときに、風香はみんなに伝えていたのだ。

実父が他界したあとは、母と祖父母の三人で畑を耕《たがや》し続けていたという。そして風香が高校三年生のときに母が再婚して、「あの人」が風香の義父になった。

「あの人ね、亡くなったお父さんの幼馴染なの」

「そうなんだ……」

それは初耳だった。

「だから、わたしのおじいちゃんとおばあちゃんとも気心が知れてて」

「うん……」

「あの人、お母さんと結婚するまでは、港の市場の近くで小さな電器屋さんをやってたんだけど、結婚を機に、そのお店をたたんで、うちに婿養子として入ってくれたの」

いま風香は、入って「くれた」と言った。

「それからは、毎日、朝から晩までこつこつ畑仕事をしてくれてるし、農業に関する勉強も一生懸命してくれて。農協の会合とかにも嫌な顔ひとつしないで出てくれるんだよね」

「なるほど」

風香が「いい人」だという理由が伝わってくる。

「うちは、ほら、男の子がいないでしょ？　だから、あの人、ときどきわたしに言うんだよね。風香ちゃんは長女でも、家業にしばられない人生を歩んでいいんだよ。好きに生きていいんだよ。応援するからねって」

言いながら風香の目に、ふたたびしずくが膨れ上がってきた。

そのしずくを見ていたら、ふと、病床で目にした兄の涙を思い出した。

びょう、と灰色のなまぬるい海風が吹いてくる。

風香の髪が乱れて、小さな束が濡れた頬に張り付いた。

俺は、風香にかけてやるべき言葉を探した。でも、ふさわしい言葉が見当たらなかった。だから、せめて背中を撫でてやろうかと右手を動かしかけたけれど――、結局、その手も引っ込めた。ふいに風香が「はあ」と短く息を吐いて、両手で自分の頬をペチペチと叩いたからだ。

そして風香は、小さなひまわりの笑みを咲かせて俺を見た。

「ほんと、難しいな」

「え？」

「周りを気にしないで、好きに生きるのって」

「たしかに。俺もよく、難しいなって思ってるよ」

「マックも思ってるの？」

「まあね。俺、あんまり器用じゃないし」

少しおどけた感じで言うと、風香の目元に笑みがにじんだ。

「たしかにマックは、不器用そうだもんね」

「え――、そこまで直球で肯定されると、悲しいんだけど」

半分本音で言った俺に向かって、風香はくすっと笑った。そして、頬に涙の痕を残したまま

「大丈夫だよ」と軽く頷いた。

「マックだけじゃないから、不器用なのは」

「え……」

「わたしもそうだし、パン子も、マスターも、ミリオンも」

「ああ」

たしかに——。

「チェアリング部の五人って、みんなそろって不器用じゃない？」

「言われてみれば……、だよな」

頷いた俺の脳裏に、仲間たちの顔が浮かんでは消える。

「みんな、すごくやさしくて、いい人たちなのに」

そこで風香は、いったん言葉を切った。

「なのに？」

「なんて言うか、みんな不器用で、ちょっぴり心に傷を負ってて」

俺は、風香の唇を見たままぼうっとしてしまった。おそらく、その言葉が妙に的《まと》を射ていたせいだろう。

「マックは、そう思わない？」

風香が小首を傾げた。

「思うよ。すごく」

そう答えた俺の声は、少しかすれてしまった。

「やっぱ、そうだよね」

「うん」

「しかも、そういう人ってさ、なんか、理由はよく分かんないけど『愛すべき人』って感じがする」

やさしくて、不器用で、
ちょっぴり心に傷を負っている人は、
愛すべき人。

「うん……」

分かる。その感じ。

俺は、ゆっくり、深く、頷いていた。そして、わずかに苦笑いを浮かべた。本当は、そんなことを考えている風香こそ、愛すべき人だろうに、と思ったのだ。

「ちなみに、マックはさ」

「ん？」

「どういう感じで、好きに生きられてないの？」

水平線から風香の視線が戻ってきた。これまで黒目がちだと思っていたけれど、風香の瞳は、よく見ると鳶色《とびいろ》だということに気づいた。

「そうだなぁ……、俺の場合は、いろいろあるけど」

言いながら俺は、もやっとした鳩尾《みぞおち》のあたりを右手で押さえた。

「もしかして、就活のこととか？」

いきなりの図星に、一瞬、俺は固まりかけた。

「まあ、それは大きいかな。ってか、もしかして風香、パン子から何か聞いてる？」

「聞いてるっていうか……、ついこのあいだ、わたしがパン子に『マックって就職どうするのかね？』って何の気なしに訊いたら、パン子が『いまは立ち止まってるみたいやから、動き出したら応援したろな』って」

「それだけ？」

「それだけだけど、他に何かあるの？」

「え？　いや、とくには――、無いと思うんだけど」

「思うんだけど、って、自分のことなのに」

風香は、眉をハの字にして苦笑した。

釣られて俺も小さく笑う。

「なんか俺さ、就活を前にして気持ちがもやもやするなんて……、ほんと、どこにでも転がってる、些細《ささい》でしょーもない悩みすぎて、我ながら情けないなぁって」

そう言って俺は、ほとんど無意識に「はあ」とため息をこぼしていた。

すると風香は「それ、情けなくないと思うよ」と首を振った。

「え？」

「だってさ、些細でしょーもないことにまで悩んで動けなくなる人って、裏を返せば、自分の人生の些細でしょーもないところまで大切に思ってるってことだもん」

「…………」

「もしもマックが自分の人生をいい加減に扱う人だったら、就活でもやもやしたりしないよ。きっと適当な会社を受けて、適当な社会人になるんじゃない？」

いかにも風香らしい、やさしい理屈だった。

俺は、いま、風香に褒められているのか、慰められているのか、あるいはその両方なのかが分からなくなっていた。でも、ひとつだけ分かっていることがあった。それは、風香と俺とでは、俺という存在の捉え方が一八〇度違うということだ。

「風香」

「ん？」

「なんか、サンキューな」

「えっ？　べつに、わたしは……」

照れ臭そうに椅子に座り直した風香を見ながら、俺は心の裡《うち》をさらに吐露した。

「俺さ、チェアリング部のみんなと違って、将来の夢が無いじゃん。だから風香のことも、ちょっと羨ましかったりするんだよな」

「わたしを？」

風香は自分の鼻を指差した。

「うん。農家レストランをやるっていう夢に向かって動いてるじゃん。しかも、それを叶えられる環境と実力がすでにあってさ」

と、そこまで言った刹那、俺はハッとして口を閉じた。

風香は、狼狽《ろうばい》しかけた俺を見て小さく笑うと「まあ、その環境のひとつは、失くなっちゃったけどねぇ」と、あえておどけるように言ってくれた。

「ごめん。俺……」

「ううん。ぜんぜん大丈夫だよ」

風香は、不用意な俺にたいして、つゆほども不快な顔をせずに首を振った。

「でもね、一応、言っておくと、わたしだって、けっこうもやもやしてたりするんだよ」

「え？」

「一応、将来の夢はあるけど、でも、その夢を叶えられるっていう保証はどこにもないでしょ？」

「まあ、うん」

「だから、時々すごく不安になるし、とりあえず就職しておいた方がいいんじゃないかって、気持ちが揺れることもあるし。しかも、あの土地を失うっていう想定外の事件まで起きちゃったから、もう――」

風香は自嘲気味に小さく笑ってみせると、ペットボトルの紅茶をひとくち飲んだ。そして、気持ちを入れ替えたように「ふう」と息をつくと、あらためてこちらを振り向いた。

「ねえ、マック」

「ん？」

「パン子って、すごいと思わない？」

「え――、パン子？」

話題の急変について行けず、ぽかんとしている俺に、風香はいつもより少し低めのトーンで語りはじめた。

「うん。パン子がね、前にわたしに言ったの。事故で左脚を失ったときは、人生をまるごと潰されたみたいな気分だったって。まさに絶望のどん底に堕《お》ちてたって。それってさ、夢とか就活とかとは別次元の絶望でしょ？」

「うん……」

パン子の左脚は、事故で失くしたのか――。

俺は、はじめて知った事実に少し戸惑いながら、風香の言葉に耳を傾け続けた。

「でもさ、パン子は、そこから必死に立ち直って、這い上がって、あんな風にいつも笑顔でいられる子になったんだもん。ほんと、尊敬しかないよ」

「たしかに」

俺は、無垢な少女みたいなパン子の笑みを憶った。

「どうしてパン子って、あんな風に、いつも明るくて、凜としていられるんだろうね」

風香はため息みたいに言うけれど、その答えのひとつを俺は知っていた。

風香が、いつも傍にいて、心の支えになってるからだよ――。

「なあ、風香」

「ん？」

「パン子の脚が義足になった原因って、事故だったんだな。俺、いま知ったよ」

「え、いま？　嘘でしょ？」

風香は、とても意外そうな顔をした。

「嘘じゃないよ。事故って、交通事故？」

「そうだけど……。パン子、事故のことは、まったく隠してないし、訊かれたら誰にでも普通に答えてるのに」

「マジで？」

「うん。まさかマックに話してないなんて」

「俺が、訊かなかったからかな……」

「そうかも。だって、前に、ミリオンに訊かれてたけど、そのときもパン子、笑い話みたいにして話してたから。イノシシに体当たりされても平気だったけど、さすがに車はあかんかったわって」

「俺、ミリオンから、その話、聞いてないんだけど」

ちょっと不満を込めてそう言うと、風香はくすっと笑った。

「だってミリオンだもん。マックから訊かれなかったら、あえて自分からはしゃべらないと思うけど。あ、ちなみに、その話をしてたとき、マスターもいたよ」

「えー、じゃあ、知らなかったのって俺だけじゃん」

ひとりパン子に気を遣いまくっていた自分が、急に哀れに思えてきた。だから俺は、あらためて風香に言った。

「なあ風香、俺もパン子のこと、ちゃんと知っておきたいんだけど」

すると風香は、俺に同情したのか、小さく微笑んで頷いた。

「だよね。部長として、マックも知っておきたいよね」

そして風香は、とても丁寧に話してくれたのだった。

「パン子が中学二年生だったときにね、両親と一緒に乗っていた自家用車が事故に遭《あ》ったの。速度の出るカーブを走ってたら、対向車線からバイクが飛び出してきて――」

それを避《よ》けようとしたパン子のお父さんがハンドルを切ると、車はスピンしてガードレールに衝突。そして、それがトラックなど数台を巻き込んだ大事故になったらしい。そのとき後部座席に乗っていたパン子は、開いていた窓から外に放り出されて左脚に大怪我を負い、前の座席に乗っていたご両親は、二人とも命を落としてしまったのだそうだ。

「バイクの飛び出しが原因で、ご両親まで……」

「うん……」

頷いた風香は、痛々しそうに眉をひそめていた。

ふと俺の背中に、パン子のぬくもりが甦《よみがえ》ってきた。そして、あの夜の公園でパン子と交わした会話を思い出した。俺が小学四年生のときに父を亡くしたと告げたとき、パン子は、やたらと悲しげな顔で「マック……、お父さんを、亡くしてたんやね」と言ったのだ。

あの夜——、俺のバイクの後ろに乗ったパン子が、必要以上にぎゅっとしがみついてきたのは、もしかすると、その事故のトラウマによるものだったのではないか。変にはしゃいでいたのも、事故の恐怖をまぎらわすためだったのかも……。

俺の考えすぎだろうか。

とにかく、パン子は十四歳で家族を亡くし、独りぼっちになった——。

しかも、左脚まで失って。

「風香」

「ん？」

「その事故の後のパン子の生活は？」

「歳の近い従妹《いとこ》がいる伯父《おじ》さんの家にあずけられて、そのまま高三までお世話になったって」

そして、大学生になるのを機に伯父さんの家を出て、いまのアパートで一人暮らしをするようになったというわけだ。

周囲をパッと明るくする笑顔。

心を真綿で包んでくれるような歌声。

そして、哀しみを漂わせる楽曲。

俺のなかで「パン子」という存在が少しだけ腑に落ちた気がした。

風香は穏やかな声で続けた。

「中二のときにパン子は両親を亡くして、わたしも中二のときにお父さんを亡くして——。で、それから、わたしたち、本当の親じゃない人のお世話になりながら生きてきたでしょ？」

「うん……」

「わたしとパン子って、そういう変な共通点があるせいで、なんとなく他人とは思えないような部分があるっていうか、仲間意識みたいなのが芽生えてるのかもなって――」

「そっか。それで、あんなに……」

二人は仲がいいんだ。

風香とパン子は、心の傷から流れ出した血と血で繋《つな》がっている。だからこそ結びつきが強いのだろう。

「パン子ね、亡くなったお母さんが作るロールキャベツが大好物だったんだって」

「……」

「一年くらい前だったかな、お母さんのレシピはだいたい覚えてるから一緒に作ろうって言われて、パン子の家で作ったことがあるの」

そういえば、夜の公園でパン子はロールキャベツについて、俺に話そうとしていた。でも、あのときは俺が強引に話題を変えてしまったのだ。

「そのロールキャベツ、美味かった？」

「それはもう」風香は素敵な想い出を眺めるような目をした。「味付けがやさしくて、すっごく美味しかったよ」

「そっか……」

「そのときパン子、ロールキャベツを食べながら、はじめてわたしに亡くなったお母さんのことを色々と話してくれたんだよね。時々、うるっとしながら。でも、想い出を回想してるときは幸せそうな顔をしてたなぁ」

きっと、それは、風香にしか見せない表情なのだろう。

「ちなみに、どんな話を？」

「んーと、例えば……パン子のお母さんが、ロールキャベツを好きな理由とか」

「え、理由って、味じゃないの？」

「うん。味はもちろんだけど、それ以外にもあったんだよ」

なまぬるい海風に吹かれた風香は、その横顔にまどやかな表情を浮かべて続きを話してくれた。

「大切なものをしっかり包み込んでコトコト煮てると、包んだ方も、包まれた方も美味しくなるのがロールキャベツでしょ？」

「うん……」

「パン子のお母さん、その様子を見て、『ロールキャベツって仲良しな親子みたいで好きやわぁ』って言って、パン子のことをいつも『ぎゅうう』って抱きしめてくれてたんだって。だからパン子は、いまでもロールキャベツを見ると、その言葉とシーンを思い出して、無条件に愛おしくなっちゃうみたいなの」

「そっか……」

あの夜――、もしかするとパン子は、俺にこの話をしようとしてくれたのかもしれない。だとしたら俺は、少しくらい自分の胸が痛んだとしても、ちゃんと聞いてやるべきだった。

「そういえば、はじめてマックたちと、この前浜でチェアリングしたとき、みんなでマックの実家に行ってロールキャベツを食べようって話になったでしょ？」

「ああ、うん」

「あの日の夜ね、パン子、わたしと二人になってから、はしゃぎ気味だったんだよね。ロールキャベツ・ツアーが楽しみすぎるって」

「そっか」

「うん」

「じゃあ――」俺は母の顔を脳裏にチラつかせながら言った。「ロールキャベツ・ツアー、実現させないとな」

「だね。わたしも楽しみ」

気づけば、ついさっきまでしずくを伝わせていた風香の頬が緩んでいた。俺は少しホッとしてペットボトルの紅茶を飲んだ。そして、そのキャップを閉めようとしたとき、風香が言った。

「今日は、ありがとね」

「え？」

「なんか、いろいろ話せたから、少しスッキリしたかも」

「いや、べつに、俺は何も――」

俺は首を横に振った。実際、何もしていないのだ。

「わたしも、パン子を見習って復活しないと」

自分に言い聞かせるように言った風香は、そのまま背もたれに上体をあずけて「んー」と伸びをした。

復活、か――。

俺も椅子に背中をあずけ、正面を見た。波打ち際から沖の水平線まで、ずっしりと重たい鉛色がたゆたっている。でも、南の方角だけは違った。低い雲の切れ間から幾筋《いくすじ》もの陽光が放射状に伸び、薄暗い海原を点々と光らせていたのだ。

「風香、ほら、天使のはしごが架かってる」

俺は南の方を指差して言った。

「わあ、ほんとだぁ」

「これは吉兆だから、いいことあるぞ」

「だよね。どんなラッキーが起こるかなぁ」

「うーん、このタイミングってことは、風香のレストランにふさわしい、もっといい土地が見つかるんじゃないか？」

俺は、もちろん、風香を元気付けようと思ってそう言ったのだが、しかし、どういうわけか風香は、せっかく咲かせた笑みを苦笑いに変えてしまうのだった。

「マック、ごめん――」

「え？」

「あの土地と比べられる場所は、他にはないんだよね」

「…………」

俺は地雷を踏んでしまったのだろうか？

胸に嫌な熱が広がっていくのを感じながら、俺は次に何を言うべきか考えていた。すると風香が思いがけない話をはじめたのだ。

「あそこね、亡くなった本当のお父さんと、よく二人でおにぎりを食べた場所なの」

やはり地雷だった。俺は、またしても余計なことを口にした自分を軽く呪いながら「そっか。なんか、ごめん」と控えめに言った。

「あ、ううん、大丈夫」

いまいち大丈夫ではなさそうな色をにじませながら、それでも風香は、ふたたび微笑んでみせた。

「わたしが小学生だった頃にね、農作業のお昼休みとかに、よくわたしが握ったおにぎりをお父さんに差し入れしてたんだ。そうすると、お父さん、軽トラの助手席にわたしを乗せて、あの高台の土地までブーンって上っていって――、で、一緒に海を見ながらおにぎりを食べてたんだよね」

天使のはしごを見詰めながら、風香は想い出を話してくれた。

「お父さん、おにぎりを口いっぱいに頬張りながら、いつも言ってくれたの。『風香がにぎってくれるおにぎりは、ふしぎなくらい美味しい』って――」

「うん……」

「だから、二人で『おにぎり広場』って名付けたの」

「え？」

「お父さんとわたしで、あの場所に命名」

風香の視線が、海原から俺に戻ってきた。

「おにぎり広場、か――」

「うん。我ながら、なんの工夫もない名前だけどね」

ふふ、と風香は目を細めて笑った。笑っているのに、涙を流していないのが不思議なくらい、その表情は淋しげだった。

「おにぎり広場。かわいい名前だね」

「そうかな」

「うん、なんか、ほっこりする」

「ありがと」

俺は何も言わず、小さく首を横に振ってみせた。

すると、風香はまた天使のはしごを眺めてしゃべり出した。

「あの場所でね、いつも、お父さんが嬉しそうにおにぎりを食べてくれたから、わたし、誰かにご飯を作って喜んでもらうのが大好きな子になっていって。で、いつかこの場所でレストランを開いて、お父さんに美味しいご飯を好きなだけ食べさせてあげるよって約束して――」

そこで風香は、いったん続く言葉を飲み込んだ。

「そっか。うん」

俺は、何度か小さく頷いて見せた。

「なんか、ごめんね」

「え？」

「湿っぽすぎる話だよね」

「いや。微笑ましくて、いい話だと思うよ」

「ほんと？」

「もちろん」

「そっか……。うん、じゃあ、よかった」

そう言って風香は、こくこくと喉を鳴らして紅茶を飲んだ。

そのまま、なんとなく二人で黙っていたら、潮騒と風の音が、いっそう存在感を増してきた。どこか遠くから救急車のサイレンが聞こえてくる。徐々に遠ざかっていくその音が完全に消えたとき、ふたたび風香が口を開いた。

「お父さんが亡くなったあとね、わたし、ネットでシングルマザーについていろいろと調べてみたの」

「うん……」

「そしたら、たまたまだけど、いまの日本の子供って、ほぼ六、七人に一人が貧困家庭で育てられてて、充分にご飯を食べられないでいるってことを知ったんだよね」

「シングルマザーに限らず？」

「うん。わたしも驚いたけど、ちゃんとデータが出てるみたい」

「マジか……」

俺も母子家庭の子だけれど、家がレストランだったせいか、ご飯はしっかりと食べられていた。

「でね、せっかく『おにぎり広場』でレストランをやるなら、そういう子どもたちに、せめておにぎりくらいはお腹いっぱい食べさせてあげられるような『子ども食堂』としての役割も果たしたいなぁって思うようになったんだよね」

「子ども食堂か――」

「ほら、うちは農家だから、お米と野菜は売るほどあるし。お父さんの代わりに、お腹を空かせた子どもたちにおにぎりを頬張ってもらうのもいいかなって」

「うん……」

「わたしにそれができたら、きっと空のお父さんも喜んでくれそうだし」

「風香」

「ん？」

「空のお父さん、いま、すでに、めっちゃ喜んでると思うよ」

俺は、心のままにそう言ったのだけれど、うっかり語尾を震わせてしまった。

「え……」

風香が目を丸くして一瞬、固まった。

そして、俺を下から覗き込むようにして言った。

「え？　ちょっ——、マック。なんで……？」

俺は、いったん洟《はな》をすすってから答えた。

「天使のはしごの美しさに感動しました」

苦し紛れの俺の冗談から約二秒後に、風香はプッと吹き出した。

「マック、涙腺ゆるすぎぃ」

そう言って咲かせた風香の笑顔は、間違いなく今日いちばんの無垢なひまわりだった。

第五章　パイナップル色の夕空

【夏川　誠】

「ごめん、みんな、お待たせ」

ヘブンでアルバイトをしていたマスターが、息を弾ませながら帰宅した。どうやら自転車を飛ばしてきたようだ。

時刻は、午後八時すぎ。

これでようやく風香を除いたチェアリング部のメンバー四人がシェアハウスに揃った。

「遅刻しちゃったお詫《わ》びにアイスコーヒーを淹れるから。ちょっと待ってて」

パン子とミリオンと俺は、共有スペースにしている居間のちゃぶ台を囲んで座り、台所に消えたマスターを待った。

相変わらずミリオンはタブレットを覗き込みながら、「この下げ幅をどう見るかだな」などとつぶやいている。その斜め横で頬杖をついたパン子が、「迷ったときはドーンと買いやろ」と無責任なことを言って笑った。

「馬鹿モノ。俺はいま、売るかどうかで迷ってんだ」

「だから、そういうときこそ逆張りして買いやろ」

「お前なぁ……」

ミリオンとパン子の夫婦漫才のようなやり取り。

昼間に風香からパン子の生い立ちを聞かされたせいか、俺は、くるくるとよく変わるパン子の表情を感慨深い思いで見詰めていた。

すると、その視線に気づいたパン子がこちらを向いた。

「ん？　なんやマック」

「えっ、あ――」

「あたしの顔に、なんか付いとるん？」

「いや、別に。なんか、ぼうっとしてた」

俺が狼狽しているところに、台所からマスターが戻ってきた。そして、ちゃぶ台にアイスコーヒーのグラスを置きながら言った。

「マックはさ、パン子があまりにも可愛いから見惚《みと》れてたんだよ」

「きゃー。マックったら、見る目あるやーん」

パン子は両手で自分の頬をはさみ、わざとらしく照れたフリをした。しかし、タブレットから顔を上げたミリオンが、あっさり話題を変えるのだった。

「おいマック、お前、俺たちに急な招集をかけたんだから、そろそろ用件を話せ」

三文芝居をスルーされたパン子とマスターは、顔を見合わせて苦笑いをしていたけれど、ミリオンの言うことにも一理ある。

俺は「そうだよな」と言って座り直した。

「今日は、ちょっと、みんなに相談があって」

「相談って――、なんで風香には内緒なん？」

予想通り、さっそくパン子が怪訝そうな顔をした。

「うん、まさにそのことなんだけど――、じつは俺、千鶴バアの勧めで、昼間に風香と前浜でチェアリングをしたんだよね」

そう前置きをした俺は、いま風香が置かれている状況について、ざっくりと説明をした。農家レストランを建てたいと思っていた土地が、知らぬ間に売却されていたこと。しかも、その土地は、亡くなったお父さんとの思い出が詰まった「おにぎり広場」で、風香が夢を抱くきっかけにもなった場所だということ。

「風香、泣いてたんだよ」

最後にそう言って、俺はメンバーの顔を見渡した。するとマスターが、手にしていたグラスを置いて、穏やかな口調で言った。

「なるほどね。で、マックは、どうしたいわけ？」

「俺としては――、なんか、こう、想像の一歩先を行くような『何か』を風香にプレゼントしてやりたいというか」

「想像の一歩先を行くプレゼント？」とパン子。

「うん。たとえば、一日だけでもいいから、あの場所で風香の夢を叶えてやれたらって」

「それができたら、かなりのサプライズだけど」

と、マスターは難しそうな顔で首をひねった。

「風香の夢って農家レストランやろ？　どうやって叶えるん？」

パン子がまっすぐな視線で俺を見た。

「もちろん、風香がイメージしてる『農家レストラン』には遠く及ばないけど、でも、俺たちがいつもやってる『あおぞら絶景カフェ』のレストラン・ヴァージョンだったら、やれるかなって」

「なるほど……。うん、それは、ええかもな」

パン子が少し身を乗り出してきた。

ところが、ミリオンの低い声が会話の流れを堰《せ》き止めたのだ。

「ちょっと待て。もし、それをやるなら、新たな土地の所有者から許可をもらう必要があるだろ」

「それは、わかってるよ」と俺はミリオンに切り返した。「風香が言うには、現状、まだあの土地は空き地のままらしいから、所有者に頼めば一日くらい貸してくれるんじゃないかな。っていうか、それより俺が気になってるのはさ、あそこには別荘が建つらしくて、その基礎工事がはじまる前にやらないと間に合わなくなるってことなんだよね」

「その工事がいつはじまるのかは、風香から聞いてへんの？」

「ごめん。そこまでは俺も聞いてなくて」

一瞬の沈黙のあと、マスターがまとめてくれた。

「ようするに、なるべく早く新たな所有者に許可をもらって、工事がはじまる前に実行――ってことだね」

俺とパン子は頷いたけれど、ミリオンは腕組みしたまま目を閉じて、何やら考えているようだった。

「ほなマック、新しい所有者の連絡先は知っとるん？」

「ごめん。それも聞いてない」

「土地を売買した不動産屋は？」

目を閉じたままミリオンが問いかけてきた。

「ごめん。それも、まだ……」

なんか俺、謝ってばかりだな、と思ったら、マスターがフォローしてくれた。

「仕方ないよ。マックだって、ついさっき風香の話を聞いたばかりなんだから。とりあえず、ぼくから忠司さんに連絡して、めぼしい不動産屋に心当たりがないか訊いてみるよ」

なるほど。顔が広くて情報通な忠司さんを巻き込めば、効率的に不動産屋を見つけられるかもしれない。

「助かるよ、マスター。サンキュー」

俺は両手を合わせて感謝を表明した。

「あ、そういえば、みんなは知らんと思うけど、じつは、もうすぐ風香の誕生日やから、できたら、その日に合わせてやるとか」

　このパン子の提案には、もちろん全員が賛成した。

「ちなみに、風香には、いつ、この計画をバラすんだ？」

　ミリオンの質問に答えたのは、マスターだった。

「そりゃ、すべてお膳立てを整えてからだよね、マック？」

「うん。それがいいと思う。どっちにしろ料理長は風香にお願いするわけだから、誕生日の少し前には伝えないとだけど」

「せやな。なんか、あたし、わくわくしてきたわ」

「ぼくもだよ」

　例によってパン子とマスターが目配せをして、ムフフと笑う。

　そんな二人を尻目に、ミリオンだけは冷静な声を出す
「つまり、今後の流れとしては――、一、マスターが忠司さんに連絡して不動産屋を特定する。二、その不動産屋に新たな土地の所有者を紹介してもらう。三、その所有者から風香の誕生日に土地を貸してもらえるよう交渉する。できればロハで」

　箇条書きみたいにまとめたミリオンが、閉じていた目を開けて俺を見据えた。視線で「だよな？」と念押ししたのだ。

　もちろん俺は頷いた。とはいえ、その三つすべてが順調に行くとは限らないし、そもそも風香が喜んでくれるという保証もない。だから俺は、つい胸の隅っこにある弱気をこぼしてしま

うのだった。

「この企画、俺の思いつきだけど。大丈夫かな――」

するとパン子が、コツンと音を立ててグラスをちゃぶ台に置いた。

「心配いらんって。だって、ほら、いまのあたしたちは、過去から見たらいちばん経験豊富で――」

と言って、パン子は男三人を順繰りに見た。

ん？　この台詞は……と思っていると、マスターがその続きをあっさり口にしてしまった。

「未来から見たら、いちばん若々しい――、だよね」

「うん、せやで」

「つまり、俺たちは最強だ」

締めの台詞までミリオンに取られてしまった俺は、この名言を教えてくれたしわしわの顔を思い出しながら言った。

「当日は、千鶴バアも招待しないとな」

だね。せやな。当然だ。

それぞれ頷いた三人と俺は、愉快な悪だくみをする子供みたいに、ニッと笑い合うのだった。


「ええと、新海国際大学の……夏川くんだっけ？」

こざっぱりとしたカウンター越しに、そう訊かれた。

「あ、はい。今日はお忙しいところ、すみません」

緊張しながら軽く会釈をすると、目の前の男はいきなり貧乏ゆすりをはじめたようで、椅子がカタカタと鳴り出した。

「一応、これ、僕の名刺《めいし》ね」

「ありがとうございます」

差し出された名刺を両手で受け取った俺は、肩書きと名前を見てからカウンターの上にそっと置いた。

『こころ不動産　営業担当　玉熊　太』

たま　くま　ふとし
この人が「おにぎり広場」の売買を担当したのか——。

ようやく会えた捜し人を、俺はあらためて見た。

頭髪は、たわしを思わせる剛毛。黒いフレームの眼鏡のレンズは指紋だらけ。「玉・熊・太」という名前のとおりの体形をしているせいか、クーラーの効いた室内でも額に汗をにじませている。年齢は、三十代の前半といったところか。

「で、僕に用があるって、どういうこと?」

玉熊さんは貧乏ゆすりをしたまま言った。

「電話でも少しお話ししましたけど、玉熊さんが売買を担当された土地の新たな所有者を紹介して頂ければ、と」

「うーん。初対面の学生に顧客を紹介しろって言われてもねぇ」

丸顔を少し傾けた玉熊さんは、なんだかすごく胡散臭いモノでも見るように眉を動かした。

古びたエアコンが、ブーンと唸るような音を立てる。

なんだかエアコンまで俺を疑っているみたいだ。

玉熊さんの背後には、天井に届きそうな高さの事務用の書棚があって、その奥からカチャカチャとキーボードを叩く音が洩れ聞こえてくる。きっと書棚の向こうは事務所になっているのだろう。

「えっと、あの……、じつは、地元の農家の武藤さんという方から玉熊さんのことを伺って、ご連絡を差し上げたんですけど」

とりあえず武藤さんの名前を出しておけば、少しは怪しまれずに済むかもしれない。

「武藤さん？」傾けていた丸顔をさらに傾けた玉熊さんは、ふいに貧乏ゆすりを止めた。「あっ、分かった。ちょっとぽっちゃりした米農家のおじさんだ」

自分よりだいぶ痩せている武藤さんのことを「ぽっちゃり」と表現する玉熊さん。この、なかなか無遠慮な人を俺たちが見つけられたのは、ミリオンのひらめきのおかげだった。

じつは――、マスター発案の「忠司さんルート」では情報を仕入れられなかったのだ。さすがの忠司さんも不動産関係は守備範囲外だったらしい。仕方なく俺とマスターは市内の不動産屋をネットで検索し、片っ端から電話していったのだが、しかし、ほとんどの不動産屋は「契約については秘密」らしく、ほぼ門前払いだった。

凹んだ俺が、盛大なため息とともに「ああ、直接、風香のお義父さんに訊けたら早いのになぁ」とこぼしたとき、傍で株のチャートを眺めていたミリオンがボソッと言ったのだ。

「農家って横のつながりがあるんだよな？　だったら田植えのオッサンなら知ってるんじゃねえか？　あのオッサン――武藤さんだっけ？　風香のこともよく知ってただろ」

「あ、それだよ！　ミリオン、冴《さ》えてるじゃん」

そう言ってマスターは褒めたけれど、ミリオンは「俺なら当然だ」という顔をすると、ふたたびチャートを眺めはじめた。

で、さっそくスマホに登録しておいた武藤さんの番号に電話をかけてみると、武藤さんはあっさり担当者の名前まで教えてくれたのだった。

「風香ちゃんとこの土地の売買は『こころ不動産』が手がけたんじゃないかな。担当は、営業の玉熊さんって人だと思うよ」

そして、今日――、バイトも授業もなかった俺は、アポの取れた時刻ぴったりに「こころ不動産」に単独で乗り込み、武藤さんよりぽっちゃりした玉熊さんと対峙しているのだった。

「はい。その米農家の武藤さんです」

俺は玉熊さんに向かって頷いた。そして、あらためて言った。

「武藤さんの知人の上村さんが最近まで所有していた、海を見晴らせる高台の土地なんですけど、あの土地を購入した方と連絡を取りたいんです。できれば上村さんには内緒で」

するとふたたび玉熊さんの貧乏揺すりがはじまった。

「内緒って――。そもそも顧客の連絡先を教えるのはねぇ」

「でしたら、玉熊さんに仲介に入って頂くことは？」

「あのさぁ、夏川くんが、あの土地を買うわけじゃないよね？」

「え？　はい。ぼくが買うわけではないです……」

「うちは不動産屋なのよ。土地を《売買》するのが仕事なわけ」

「はい……」

「人と人のあいだに入って《連絡係》をするなんてのは、僕の仕事じゃないんだよね」

連絡係という単語を強調して言った玉熊さんは、これみよがしにため息をついた。

「それは……、もちろんわかってます。でも、そこを何とかお願いしたくて」

「ってか、そもそも、君はどうしてうちの顧客と連絡を取りたいわけ？　その理由を先に言うのが筋じゃない？」

たしかに、それはそうかもしれない。

「そうでした。すみません。ええと――ほんの一日だけ、あの土地をお借りして、あそこで友達の夢を叶えてやりたいんです」

こうなったら情に訴えかけるしかない。

「将来、あの高台の土地で農家レストランをやるのが、友達の子供の頃からの夢だったんです」

少しは興味を持ってくれたみたいだ。ここで畳み掛けねば。

「夢って、どんな？」

「はい」

「友達の夢？」

「農家レストランねぇ……」

「はい。その友人は、すごくやさしい女性で、もしも夢を叶えられたら、そのレストランで子ども食堂もやろうと思っているんです」

そこまで俺が話したとき、事務用書棚の奥で、カタン、と音がした。そして、小さな足音がこちらに近づいてきた。

仕事の邪魔だ、とか言って怒られたりしたら嫌だな――。

ネガティヴな妄想をしながら足音に耳をそばだてていると、書棚の裏から五十路《いそじ》くらいの男がひょいと現れた。袖捲《そでまく》りをしたワイシャツ。チョコレート色に日焼けした顔。茶色い髪はまんなか分けで、左目のまぶたの横に三センチほどの傷痕があった。そして、なにより目つきが異様に鋭い。正直、かなりの強面《こわもて》だった。でも、その強面は、両手にひとつずつ缶コーヒーを握っていて、玉熊さんの隣の椅子にストンと腰掛けるなり、「はい、これ。キンキンに冷えてるよ」と言いながら、ひとつを俺の前に置いてくれた。コーヒーを置いた強面の拳《こぶし》には、いわゆる「拳だこ」ができていた。きっと空手か何かをやっているのだろう。

「あ――、ありがとうございます」

「遠慮しないで飲んでね。で……、はい、これが俺の名刺。ついでに、こっちの名刺も渡しておこうかな」

いかつい手から二種類の名刺を受け取ったとき、強面の男はいきなりニカッと笑いかけてきた。そして、その瞬間、俺は呼吸を忘れて固まった。陽気さと図太さと愛嬌がてんこ盛りになった笑みに心臓を射抜かれて、うっかり見惚れていたのだ。

めちゃくちゃ頼れる、かっこいい兄貴――。

シンプルに言い表すなら、そんな感じの笑みだった。

すぐに我に返った俺は、まず一枚目の名刺に目を通した。

『こころ不動産　代表取締役　宅地建物取引士　不動産鑑定士　石村蓮二《いしむられんじ》』

驚いたことに、この不動産屋の社長だった。

しかし、二枚目の名刺には得心した。

『キックボクシング・空手　新海ジム　会長　石村蓮二』

とあったのだ。これで「拳だこ」の理由が分かった。

石村さんは、さっそく自分の缶コーヒーのプルタブを起こすと、ごくごくと美味そうに喉を鳴らした。

「夏川くん、だっけ？」

「あ、はい」

「遠慮しないで、コーヒー飲んでよ」

「はい。じゃあ、いただきます」

俺もプルタブを起こして缶に口をつけた。石村さんの言葉どおり、コーヒーはキンキンに冷えていて、なんだか喉の奥から細胞が目覚めていくような気がした。

「裏にいたら、二人のやりとりが聞こえちゃってさ――」

石村さんがしゃべりはじめたとき、隣の玉熊さんが声をかぶせた。

「あのぅ、社長。僕のコーヒーは？」

すると石村さんは、笑いながら親指を立てて背後を指した。

「熊ちゃんの分は、ちゃんと冷蔵庫に入ってるよ」

玉熊さんは、どうして自分の分だけ持ってきてくれないのか、と言いたげな顔をして、こっそり嘆息した。

「で――、夏川くんのお友達、子ども食堂をやるんだって？」

石村さんは、玉熊さんには構わず問いかけてきた。

「はい。そうしたいって言ってます」

「そっか。きっと心のやさしい子なんだろうなぁ」

しみじみと言った石村さんは、少しのあいだ、やさしさと淋しさを同居させたような遠い目をしていた。そして、ふいに「うっし」と言ってこちらを見た。

「そういうことなら、俺も気合いを入れねえとな」

「え？」

「俺から顧客に頼んでみるよ。一日だけ、大学生の夢のために土地を無料で貸してやってくれって」

「え──、ほ、本当ですか？」

「おう。貸してくれるかどうかは先方次第だけど、とにかく交渉はしてみる。約束だ」

そう言って「めちゃくちゃ頼れる兄貴」が、ふたたびニカッと笑ったとき、玉熊さんが横から口を挟んできた。

「いや、ちょっと、社長。何でまたそんな──」

「いいんだよ、熊ちゃん」

「でも──」

「大丈夫だって。ほれ、今日の熊ちゃんは忙しいんだから、さくっと外回りに行ってこいって。あとのことは俺が引き受けるからさ」

そう言って石村さんは、肉付きのいい玉熊さんの背中をポンポンと二度叩いた。玉熊さんは、それでも不満そうに「マジですかぁ……」とボヤいてみせたけれど、さすがに社長の言葉には逆らえないのだろう、渋々ながらといった様子で椅子から腰を上げた。

「今日も熊ちゃんスマイルで営業だ。ほれ、行った行った」

石村さんの明るい声にぐいぐいと背中を押された玉熊さんが、書棚の裏手へと消えた。すると石村さんは、くすっと悪戯っぽく笑って、俺にだけ聞こえる声で言ったのだ。

「なんか、ごめんね」

「え？」

「熊ちゃんってさ、まじめすぎて融通が利かないところがあるんだけど、根は悪い奴じゃないから」

「あ、はい」

俺が頷くと、石村さんは穏やかな笑みのまま缶コーヒーを飲んだ。そして、まっすぐに俺の目を見て言った。

「さてと、じゃあ、あらためて君の大切な友人の話、じっくり聞かせてもらおうかな」

「はい、ありがとうございます」

俺はぺこりと頭を下げてから、今回のサプライズ計画の概要を説明させてもらった。その間、石村さんは、うんうんと何度も小さく頷きながら、真剣に俺の話を聞いてくれた。

やがて一通りの説明を終えて、ホッとした俺が缶コーヒーに口をつけると、石村さんは穏やかな声色で言った。

「夏川くん、いい仲間に恵まれてるんだね」

石村さんの鋭い目が、やさしげな光をたたえていた。

「はい。本当にいい奴らです」

と素直に答えた俺は、心から思っていた。

いつか俺も、この人みたいな笑い方ができる大人になりたいな、と。

☕　☕　☕

大学三年生の前期試験が終わった。

蝉たちの絶叫に包まれた広いキャンパスは、まぶしい夏色できらめき、校舎を吹き抜ける南風は海の匂いを運んでくる。

明日からは、いよいよ夏休みだ。

チェアリング部の面々は、いつものように学食に集まり、終わったばかりの試験や夏休みの予定をネタに、おしゃべりに興《きょう》じていた。そんななか、俺はひとりノートパソコンを立ち上げて、仲間たちに声をかけた。

「みんな、ちょっと、これを見て欲しいんだけど」

「え、なになに?」

とパン子が立ち上がると、他のメンバーたちも釣られたように集まってきた。そして、俺の左右と背後からそれぞれパソコン画面を覗き込んだ。

「ホームページに新しいページを加えたんだけど、どうかな?」

俺は、そう言って右隣にいる風香の横顔をちらりと見た。

左隣にはパン子。後ろにはマスターとミリオンがいる。みんな、風香がどんな反応をするか気になって仕方がないはずだ。

新たなページに表示されているタイトルは――、

《1日限りの「絶景！　農家レストラン」を開催します》

そのタイトルのすぐ下に、にっこり笑ったエプロン姿の風香の写真を載せて、『腕を振るうのは　上村風香シェフ♪』とキャプションをつけておいた。

開催日は、風香の誕生日である七月二七日。スタートはお昼の十二時から。海を見晴らす広場の写真をドーンと大きく使い、「今回の絶景ポイントは、こちら！」という見出しを付けて、そのすぐ下には「通称・おにぎり広場」と銘打った。ページのいちばん下には拡大表示ができる地図と、「※メニューなどの詳細は、追って発表致します！」という注釈を載せてある。

この宣伝ページは、風香がOKを出してくれれば「あおぞら絶景カフェ」のホームページに正式にアップすることになっている。つまり、風香以外のみんなからは、すでに了承済みなのだ。

「こころ不動産」の石村社長は、本当に頼れる兄貴だった。

なんと、俺が訪れた翌日には土地の所有者と連絡を取り合い、ばっちり風香の誕生日に「おにぎり広場」を借りる算段を付けてくれたのだ。そして俺たちは、風香に知られぬよう、こっそり打ち合わせを重ねて、前期試験の最終日となる今日をサプライズの日と決めていたのだった。

さあ、風香は、いったいどんな驚き方をしてくれるだろう――。

俺たちは、さりげなく風香の横顔をチラ見していた。

しかし、風香は、テーブルに両手を突いて画面をぼうっと眺めたまま、とくに反応を示さなかった。

もしかして、このページの意味を分かってない?

若干、不安になりつつ、俺は口を開いた。

「えっと——、じつはさ、一日だけ、あの土地を貸してもらえることになったんだよね。で、もし、風香がよければ、このページを俺たちのホームページにアップしたいと思ってるんだけど」

サプライズの内容を仕掛け人の口から説明するという、なんともきまりが悪い感じになってしまったけれど、まあ、仕方がない。とにかく俺たちは風香に喜んでもらえればいいのだ。

ところが、ネタバレを耳にしてもなお、風香は何も言わずパソコン画面を見詰めているばかりだった。

まさか俺、またしても地雷を踏んじゃったのか……。

嫌な予感を抱きつつ左を見たら、不安そうな目をしたパン子と視線が合った。後ろにいるマスターとミリオンも、微妙な顔で風香を見ていた。

もしかすると、あの「おにぎり広場」は、風香にとって「聖域」なのかもしれない。それなのに俺たちは、風香の許可もないまま、その「聖域」に土足で踏み込んでしまって……と、ネガティヴなことを考えはじめた俺は、なんだか胃の奥がずっしりと重たくなってきて、ため息をこらえるのに必死だった。

「風香？」

パン子が親友の名前を口にした。壊れ物にそっと触れるような声色で。すると、ようやく風香は画面から視線を外し、そのまま下を向いて「ふう」と息を吐いた。

風香のその仕草にたまらなくなったのだろう、パン子は俺たちの後ろをくるりと回って風香の隣へと移動した。そして、丸まった風香の背中にそっと手を置いた。

すると、風香が下を向いたまま言った。

「あ、パン子、それは駄目。ストップ」

そして、突いていた両手をテーブルから放すと、自分の胸に押し当てた。

「風香……？」

「いま背中を撫でられたら、わたし、絶対に泣いちゃう――」

その台詞の語尾は、すでに潤み声だった。

パン子は撫でかけた手の動きを止めてくすっと笑うと、「せやな。風香ちゃんは泣き虫やもんなぁ」と言って、撫でる代わりにパシパシと小気味よく背中を叩いた。

「あはは、痛いよパン子」

言いながら風香が顔を上げた。

ふわっと咲かせた泣き笑いのひまわり。

その表情を見て、俺たちはようやく胸を撫で下ろしたのだった。

「これ、ずっと、わたしに内緒で？」

「せやで。みんなで話し合いはしたけど、そもそも企画したのはマックで、不動産屋に乗り込んで土地を借りられるよう掛け合ったのもマックで、このページをデザインしたのもマックやけどな」

パン子の言葉を聞いて、風香がゆっくりと俺の方を向いた。

「マック、なんか、わたし――」

とまで言って、いったん息を吸った風香に、俺は言った。

「まあ、ほら、不動産屋とアポが取れた日に、たまたま俺だけ授業もバイトもなくて暇だったっていうか」

「ありがと。マック……」

「お、おう。じゃあ、これ、ホームページにアップするぞ？」

照れまくりながら俺が言うと、風香は「うん」と大きく頷いた。そして今度は、なぜか風香が照れたような顔をしたのだ。

「あのね――、自分で言うのもナンなんだけど……、じつは、この日って、わたしの誕生日なんだよね」

そう言って風香は、てへ、という感じで笑った。

その、あまりにも想定外の台詞に、俺たちは絶句してしまった。

こそばゆいような沈黙が、一秒、二秒、三秒と続いたあと、俺たちは一斉に吹き出した。そして、それぞれが我先にと風香に突っ込みを入れた。

「アホか、そんなん知っとるわぁ」とパン子。

「たまたまだと思ったのかよ」と俺。

「あえて、その日を選んだんだって」とマスター。

そして、少し間を置いてから、ミリオンがとても心配そうな顔で風香を見下ろしながらボソッと言った。

「風香、おまえ……、かなりの天然だぞ。そんなんで人生やっていけるのか？」

ミリオンに本気で心配された風香はもちろん、残りの三人もまた吹き出した。

「ちょっ、わたしが天然って――、それ、どの口が言うかぁ！」

風香が笑いながら突っ込み、すかさずパン子が駄目押しをした。

「たしかに風香もなかなかの天然ちゃんやけど、さすがに天然界の帝王・ミリオン様にだけは言われたないわなぁ」

「おい、ふざけんな。誰が帝王だ」

ぶすっと心外そうな顔をしたミリオンを見て、俺とマスターは手を叩いて笑うのだった。


そうして迎えた風香の誕生日は、よく晴れた夏日になった。

俺たちが満を持して臨んだ「農家レストラン」の食事メニューは「ファーマーズ・カレー」のみ。ひとつに絞った理由は単純で、何もない現場に「レストラン」と銘打てるほどのキッチンを用意することができなかったからだ。

俺たちは風香の指導のもと、前日からヘブンのキッチンを借りて業務用の寸胴鍋二つ分のカレーを仕込んだ。そして当日は、仕込んだカレーと大量の水と米を現場に持ち込み、プロパンガスを使ったバーナーで炊飯とカレーの保温をした。ガスバーナーは、以前、俺が倉庫整理のバイトをしたリサイクルショップの店長が格安で貸してくれたものだった。

オープン時刻は正午だったけれど、二〇分前にはすでに十数人ほどのお客さんたちが集まっていて、先にビールやらジュースやらを飲みつつ勝手にわいわいやっていた。

そして、いざ正午を迎えると、俺たちはノンストップの大忙しとなった。「経理以外はやらない宣言」をしていたミリオンまでが尻を叩かれフル稼働させられたほどだ。

客層も想像以上に広かった。「あおぞら絶景カフェ」のリピーターはもちろん、ファミリー、夏休みの子供たち、風香の実家の農家つながりの人たちや、ヘブンの常連とその周辺の人たち、大学の友人知人の他に、まさかの教授陣までが顔を見せてくれたのだ。そのなかに倉持教授の姿があったことで、ミリオンのテンションも爆上がりした——らしい。

なぜ「らしい」という伝聞なのかというと、じつは、この日の俺は、ほとんど現場にいられなかったのだ。俺の担当は「運転手さん」で、ひたすらハイエースにお客さんたちを乗せては「おにぎり広場」と新海駅のあいだをピストン輸送し続けていた。

そもそも「おにぎり広場」は辺鄙《へんぴ》な高台にあるため、自動車などの「足」が無いお客さんや、ビールを飲みたい飲兵衛たちにとっては訪れにくい。

そこで俺は、あらかじめホームページに「ご連絡を頂ければ、新海駅から車で送迎致します」と明記しておいたのだが、これがまさかの申し込み殺到。しかも、ビールを飲みすぎて「トイレに行きたい」というお客さんを海辺の公衆トイレまで運んだり、パン子に「缶ビールと烏龍茶が切れそうやから、急いで酒屋で買ってきて！」なんてお遣いを頼まれたりもしていたから、まさに言葉どおりのノンストップだったのだ。

そんなこんなで、気付けばパイナップル色の夕刻——。

最後のお客さんのグループを駅まで送って、「おにぎり広場」に車を滑り込ませたとき、すでに力尽きた仲間たちは、空になった客席に腰を下ろして休んでいた。よく見ると、そこには忠司さんと千鶴バアの姿もあって、二人はカレーを食べていた。当初の予定どおり、日差しが優しくなる夕方に、忠司さんが車で千鶴バアを連れて来てくれたのだ。

ハイエースの運転席から降りた俺は、「いやぁ、お疲れ」と言いながら、みんなの方に歩いていった。

「マックもお疲れちゃ〜ん」

と手を振って微笑んでくれたパン子をはじめ、風香もマスターもミリオンも鼻と頰のあたりが日焼けで真っ赤になっていた。ずっとクーラーの効いた車内にいられた俺は、じつは、いちばんラクをしていたのかもしれない。

「おうマック、お疲れ。カレー、完売したってよ」

忠司さんに言われて、俺ははじめてその事実を知った。

「えっ、ホントに？　大成功じゃん」

一瞬、テンションのあがった俺は、仲間たちとハイタッチしてから椅子に腰を下ろしたのだが、そのときに、うっかり「ふう～」と情けない声を洩らしてしまった。

「長時間の運転お疲れさま。コーラでも飲んで休んでよ」

俺の前のテーブルに、マスターがよく冷えた缶コーラを置いてくれた。

「サンキュー、マスター」

さっそくプルタブを起こしてコーラを喉に流し込んだ。

「くはぁ、うめえ。炭酸が沁みるぅ」

と言ったら、スプーンを手にした千鶴バアが「カレーも、すっごく美味しい。さすが天才シェフね」と言って風香を見た。

「ほんと？　よかったぁ。実際は、みんなに手伝ってもらったんだけどね」

風香が嬉しそうに目を細めて、隣にいたパン子とハイタッチを交わしたとき、遠くから車の排気音が聞こえてきた。音の方を振り向くと、パイナップル色に染まった海から続く細い坂道を、一台のメルセデスがゆっくり登ってくるのが見えた。

やがてメルセデスは「おにぎり広場」に入って停車した。

ドアが開き、運転席から人が降り立った。

その人の顔を見た瞬間、俺は反射的に立ち上がっていた。

えっ、石村さん！

さらに二人の男女が後部座席から降り立った。すると今度は風香が立ち上がって「えーーー、ちょっと、なんで？　来るって聞いてなかったのに」と目を丸くした。

「わあ、三人とも来てくれたんや！」

風香に続いてパン子も立ち上がって手を振った。

マスターとミリオンは、意味が分からずキョトンとした顔だ。

「えっ、ちょっと待って。これは、どういうーーー」

俺は、言いながらパン子を見た。

パン子は、いま「三人とも」と言った。つまり、パン子はなぜか石村さんを知っているし、他の二人のことも知っているのだ。

するとパン子は、みんなに向かって言った。

「ええとな、向かって左の人が、この土地を借りるための交渉をしてくれた『こころ不動産』の石村社長で、あちらが風香のお義父さんとお母さんやで」

それを聞いたミリオンとマスターも、バネのように立ち上がって会釈をした。

車から降り立った三人は、まず忠司さんと千鶴バアに軽く挨拶をした。忠司さんと石村さんは初対面のはずだけれど、一分後には意気投合して、笑顔で握手を交わしていた。というのも、以前、石村さんはヘブンでお茶をしたことがあるというのだ。これで忠司さんは、新たに地元の不動産人脈を手中に収め、いっそう顔が広くなったことになる。

大人同士の挨拶が終わると、今度は俺たち学生の番だった。

さっそくパン子が前に出て、チェアリング部のメンバー一人ひとりを紹介してくれた。

するとの石村さんは、感慨深そうに風香を見て——、
ニカッ！

あの「めちゃくちゃ頼れる兄貴スマイル」を浮かべた。

「そうか。君が風香ちゃんか」

「え……、あ、はい。このたびは、えっと、本当に、何て言うか——お世話になりました。ありがとうございます」

風香は、石村さんのビッグ・スマイルに気圧されたのだろう、もたつくようにそう言って、ぺこりと頭を下げた。

そんな娘を見て、くすっと笑ったお母さんが、

「ねえ風香、カレーはまだ残ってる？」

と訊ねた。白と赤のボーダーの長袖Tシャツにジーンズ姿。年齢よりもだいぶ若くてきれいな人だけれど、キリッとしたその顔は、風香とはあまり似ていなかった。

「ごめん、来るって知らなかったから、完売しちゃったよ」

首を振りながら風香が言うと、パン子が言葉をつないだ。

「あ、でも、ほんのちょっぴり鍋の底に残ってるやん。味見程度にしかならんけど——」

さっそくパン子は鍋の底に残ったわずかなカレーをおたまで丁寧にかき集めて、ミニサイズのカレーライスを三つ作った。そして、「ひと口ずつしかないですけど。あ、座って下さい」

と椅子を勧め、三人の前にカレー皿と烏龍茶の入ったコップを置いた。

「パン子ちゃん、サンキュー」

石村さんは、ずいぶんと親しげな口調でそう言った。

風香のお義父さんもパン子に「ありがとう、パン子ちゃん」と言うと、その顔をまっすぐ風香に向けた。そして、すっと居住まいを正した。

「あのさ、風香ちゃん」

「え――」

「この土地のことなんだけど……、昔、拓弥《たくや》と約束してたんだってね」

思いがけない話の展開に絶句した風香はもちろん、俺まで固まってしまった。

「俺、そのこと、ぜんぜん知らなくて……。風香ちゃんに相談もないまま勝手なことしちゃって。ほんと、ごめん」

固まっていた風香が、何か返事をしようと口を開きかけたとき、ふいにお義父さんが「あ、そうだ」と言いながら、麻のシャツの胸ポケットからカードケースのようなものを抜き出した。

そして、そのケースをテーブルに置いてあったコップにそっと立てかけた。

よく見ると、そのケースの表面は透明になっていて、なかには一枚の写真が差し込まれていた。写真に写っているのは、三十代くらいの二人の男性だった。ひとりはお義父さんの若い頃に違いなかった。ということは、もう一人が拓弥という名前の――つまり、風香の実の父親なのだろう。写真のなかの二人は、互いに肩を組んで笑っていた。その笑みを見て俺は気づいた。

風香は父親似なのだと。

「せっかくだから、ここで拓弥と一緒に食べさせてもらうよ」

「えっと、その写真――」

ひとりごとみたいに言いながら風香は席を立ち、お義父さんの横に立った。そして両手を膝に突いて、じっと立てかけた写真のなかの二つの笑顔を見詰めた――と思ったら、そのカードケースをつまんで、少しだけ向きを変えた。

「こっちに向けたら、海が見えるから」

「そっか。うん。そうだよね」

風香とお義父さんの会話に、お母さんが加わった。

「風香には内緒にしてたんだけど、この人、わたしと再婚するって決めた日から、ずーっとこの写真を持ち歩いてるんだよ」

「え……」

意外そうな顔で、風香は横にいるお義父さんを見た。

「いや、ほら、拓弥とはガキの頃からの親友だからさ」

眉の横を指でぽりぽり掻きながらお義父さんが言うと、お母さんがちょっと悪戯っぽく笑った。

「あの人は、生前、あなたのことを『親友』じゃなくて『悪友』って言ってたけどね」

「あはは。まあ、そっちの方が正しいかもな」

とお義父さんも笑う。

それから少しのあいだ「おにぎり広場」にやわらかい沈黙が降りて、パイナップル色の世界に蜩《ひぐらし》の哀歌が満ちた。

沈黙を破《やぶ》ったのは、風香の穏やかな声だった。

「あ、そうだね。いただきます」

「カレー、冷めちゃうよ」

お義父さんが風香と俺たちに向かって手を合わせると、お母さんと石村さんも「いただきます」と言って、カレーを口に運んだ。

「お、これは……、ほんと、美味いや」

お義父さんはカレー皿に話しかけるみたいに言って、立てかけた親友の写真を見た。そして、ふたたび風香に向き直った。

「ええと、いまさら言い訳がましく聞こえるかもしれないけど」

「…………」

「ここにいる石村さんにお願いしてさ、この土地の売買契約を破棄できないか、相手方と交渉してもらったんだけど……」

そこまで言うと、なぜかお義父さんはパン子を見た。

見られたパン子は、思い詰めたような顔でゆっくりと頷いた。なんだか合否の発表を聞く前の受験生みたいな表情をしている。

そのパン子に向かって言葉を発したのは、石村さんだった。

「申し訳ない。俺の力及ばずで、駄目だった」

パン子は息を止めていたのか、はあ、と静かに息を吐き出した。

いったい、この流れは、どういう――。

俺があれこれ思考を巡らせていると、それを風香がそのまま言葉にしてくれた。

「えっと、なんか、わたし――まだ、この話の展開に付いて行けてないっていうか。どういうことですか？」

風香は、石村さん、お義父さん、お母さんと順に見て、最後にパン子を見た。

石村さんの「力及ばず」発言で残念そうな顔をしていたパン子が風香の問いに答えようとしたとき、「それは、俺から説明するよ」と石村さんが言った。

そこにいた全員の視線が石村さんに集まった。

「ええと、まず、この土地のことなんだけど――、購入したのは個人じゃなくて法人でね。すでにいくつかの『仕事』の話が進んじゃってるみたいで、もう手放すわけにはいかないって。別荘が建つっていう話も、いわゆる会社の保養所的な意味合いのある建物らしいんだよね」

そこまで言った石村さんは、いったん烏龍茶で喉を潤してから「んで――」と続けた。「俺のところに契約破棄の交渉をしてくれないかって相談しにきたのは、そこにいるパン子ちゃんなんだよ」

「えっ、パン子が？　いつ行ったんだよ？」

思わず俺はパン子の顔を見た。答えたのは、またしても石村さんだった。

「夏川くんがうちに来てから、三日後くらいだったかな？　そこで、あらためて事情を聞いたら、夏川くんより深いところまで話してくれてさ。そういうことなら——って、俺の方からこちらの上村さんに連絡を差し上げて、色々と相談をさせてもらって。結果、先方の企業と交渉してみることになってね。でも、最後は力になれなくて、ごめんな、ほんと」

眉をハの字にした石村さんが風香を見た。

すべてを理解した風香は、ゆっくり首を横に振ると、静かに息を吐いた。そして、どこか複雑な笑みを浮かべて言った。

「なんて言うか……、本当に、ありがとうございました。わたしはもう大丈夫ですので」

石村さんに頭を下げた風香は、心配そうに風香を見上げていたお義父さんとお母さんに向き直った。

「わたし、大丈夫だからね、ほんと」

「うん……」とお義父さん。

「わかってる」とお母さん。

パイナップル色に染まった風香の表情が少し緩んで、やわらかな笑顔になった。

すると、ふいにマスターの声がした。

「っていうか、パン子さ、こっそりひとりで抜け駆けしてたなんて、ズルいよ」

「ふふ。あたしの将来の夢は、おせっかいババアやからな。それに、マックもマスターもバイ

ト に 出とったし」

「えー、だからって、俺に黙って行くか、ふつう」

思わず俺も突っ込みを入れた。

「おい、俺なんて、バイトもしてないのに誘われなかったぞ」

ミリオンが真顔で言ったので、「それな！」とみんなで吹き出した。

「ねえ、風香ちゃん」

と石村さんが、ふたたび口を開いた。

「はい」

「農家レストランを開いたら、子ども食堂もやるんだって？」

「あ、はい――」

そこまで話したの？　という顔で、風香は俺とパン子を交互に見た。

「あ、ごめん。それ、俺が石村さんに話したんだ」

まずかったかな、と思いつつ、俺は白状した。すると石村さんが笑いながら続けた。

「とにかく、俺さ、風香ちゃんがそういう活動をするなら、できる限り応援したいと思ってるんだよね。この辺りの土地のことだったら、そこそこ力になれると思うから、いざってときは、いつでも相談しにおいで」

「え――、本当ですか？」

「うん、もちろん」

石村さんは、ニカッ――っと、あの笑みを浮かべると、ゆっくり、深く頷いてみせた。

「おい風香、プロの不動産屋のバックアップを得たのは大きいぞ」

ミリオンが経営者みたいな顔をして言う。

すると、これまでちょこんと椅子に座って、みんなをにこにこの恵比寿顔で見守っていた千鶴バアが、久しぶりに「ええと、ちょっといいかしら？」としゃべり出した。

「風香ちゃんに追い風が吹いたところで、わたしからもプレゼントがあるの」

「え――？」

と、目を丸くした風香。

俺たちも、千鶴バアからプレゼントがあるなんて話は聞いていないので、しわしわの笑顔をじっと見詰めた。

「プレゼントって言っても、そんな大層なモノじゃないんだけどね」

言いながら千鶴バアは、テーブルの隅っこに置いてあったバッグのなかから小さな花柄の封筒を取り出すと、「はい、これ」と風香に向かって差し出した。風香は、ぽかんとした顔で千鶴バアのところまで行くと、両手でそれを受け取った。

「ふふ。読んでみて」

千鶴バアに言われて、風香は封筒を開けた。なかから便箋《びんせん》を抜き出し、静かに開く。と、次の瞬間――、

「うそ……」

風香は便箋を持っていない右手で口を押さえると、そのまま固まってしまった。

「なんやったの、風香?」

パン子が訊いた。すると風香は、あらためて便箋に視線を落とし、そこに書かれていた短い文章を読み上げたのだった。

「風香ちゃんへ　わたしがいなくなった後、わたしの家を風香ちゃんに譲ります。そのときは自由に使ってね。　~千鶴バアより」

あの古民家が、風香に――。

夏の夕暮れの風が吹いて、周辺の樹々がさわさわと音を立てた。

蜩の哀歌がパイナップル色の世界にしっとりと沁み込んでいく。

「千鶴バア……」パン子が、恐るおそるといった感じの声を出した。「もしかして、体調が悪いなんてこと――」

みんなの心配そうな視線を一身に浴びた千鶴バアは、しかし、いつもの明るい顔でくすっと笑うのだった。

「それは遺書じゃないんだから。悪いけど、わたしはまだピンピンしてますよ」

「でも、そしたら、千鶴バアがいなくなるって……」

今度は風香が言った。

「ああ、それはね、この先、わたしが弱ってきたら、息子たちが東京に呼んでくれるって言うから。そしたら、あそこが空き家になっちゃうでしょ?」

「でも、あそこを相続するのは、やっぱり――」

風香がさらに続けると、千鶴バアは、いつものやさしい目で風香を包み込んだ。

「それは大丈夫よ。うちの子たちにも了解を取ってあるから」

「え――」

「空き家を壊して更地にするのだってお金がかかるのよ。だったら風香ちゃんに使ってもらった方がいいじゃない？」

「………」

「わたしがお嫁に来てから何十年も過ごしたお家だから、愛着があるの。だから、空き家になったり、取り壊されたりするのは淋しくて。きっとあのお家も、風香ちゃんに使ってもらえたら喜ぶと思うわ」

千鶴バアがそこまで言うと、ふいにパン子が反応した。

「あかん。千鶴バア、大好きすぎる……」

と、ひとりごとのように言ったパン子は、義足を軽く引きずりながら千鶴バアのところに歩み寄った。そして、腰を屈めて横から千鶴バアに抱きついた。

と、すぐに反対側から風香も同じように抱きついた。

「あら、あら、あら……」

二人に挟まれ、困ったように微笑む千鶴バア。

なんだか胸がほこほこしてきた俺は、マスターとミリオンと視線を合わせて、いいシーンだね、と微笑みながら頷き合った——と思ったら、何を勘違いしたのか、ミリオンがいきなり素っ頓狂なことを言い出したのだ。

「おい、取り込み中に悪いけどな、俺たちチェアリング部からも風香にプレゼントがあるぞ」

するとマスターが笑いながら突っ込んだ。

「ちょっと、ミリオン。いまは本当に取り込み中じゃん。ぼくらからのプレゼントのタイミングじゃないでしょ」

「なんでだ？　いま、お前とマックが俺に目配せをしただろ」

「してないって」と俺。

「あれは、そういう目配せじゃないってば」とマスター。

いつもの男三人が、いつものようにやいのやいのやっているのを見た千鶴バアが、

「うふふ、お次のプレゼントは何かしら？」

と言ったので、取り込み中だった二人も、そっと千鶴バアから離れてこっちを見た。

「じゃあ、まあ——、アレ、取ってくるわ」

俺はそう言って席を立った。そして、今朝からずっと風香に見つからないよう、こっそりハイエースの荷室に隠しておいた大型のクーラーボックスのなかから、誕生日ケーキの入った箱とプレゼントの入った小箱を取り出して、みんなのところに戻った。

ケーキの箱は、そっとテーブルの上に置き、プレゼントの小箱はパン子に向かって差し出した。

「やっぱり、プレゼンターはパン子だよな」

「オッケー」

細長い小箱を受け取ったパン子は、風香と向かい合うように立つと、「ほな、いくで」と一同を見渡してから、「みんなのアイドル風香、誕生日おめでとう！」と言って、小箱を風香に差し出した。

みんなも「おめでとう！」と声を上げる。

「え……、ありがとう」

少し首をすくめながら風香は両手で小箱を受け取った。

「風香」

パン子が親友の名前を呼ぶ。

「ん？」

「それを使って、これからも、たーくさん美味しい料理を作って、みんなを喜ばせるんやで」

パン子の言葉に、風香はハッとした顔をした。どうやら小箱の中身を察したようだ。

「え、これ、もしかして——。開けていい？」

「もちろん、開けてみてや」

風香は小箱に巻かれたリボンをするりと解き、包装紙を破かないよう丁寧に開封した。そして、箱のふたをそっと開けた。

「あ……、すごい。ダマスカス鋼《こう》だ」

目を丸くした風香が箱から取り出したのは、刃の部分に木目のような模様が浮かんだ高級ペティーナイフだった。

「嬉しい――。みんな、ありがとう」

「ふふふ。いつかこういうのを使ってみたいなぁって、風香、言ってたやろ？」

「うん……。パン子、覚えててくれたんだ」

「当たり前やん」

「ああん、もう一生、大切に使う」

風香はナイフを手にしたまま、パン子にぎゅっと抱きついた。

「うわっ、風香、怖いって。刺されるかと思ったわ」

言いながらパン子が笑って、俺たちも笑った。

ふと気づけば、夕日はさらに熟していた。

遠く眼下に広がる海原。

夏休みの広々した空と、沁みわたる蜩《ひぐらし》の哀歌。

田畑の上をさぁっと駆け上がってくる海風。

いま、この瞬間、世界のすべてが甘ったるいマンゴー色に染められていた。

きっと、風香のお父さんも笑っているだろうな。

なんとなくそう思った俺は、頬を緩めて空を見上げた。

「じゃあ、そろそろケーキ食べちゃう？」

マスターの明るい声がした。

すると、パン子を抱きしめていた風香が、ゆっくりとその腕をほどいて、なぜか少しだけ申し訳なさそうな顔をした。

「ごめん、マスター。えっとね、ケーキを食べる前に……」

風香は、すっと炊飯釜に視線を送った。

「分かったでぇ。おにぎり、やろ?」

パン子が言うと、「うん……」と風香が頷いた。

「カレーは無くなったけど、まだ、ご飯が残ってるから」

「せやな。みんな忙しくて、お昼もろくすっぽ食べてへんし、おにぎりがあったら嬉しいんちゃう?」

「賛成だ。俺は、いまなら五個は食えるぞ」

ミリオンが言うと、風香は「あはは。そんなにたくさんは残ってないけど」と笑って、さっそくタンクの水で手を洗いはじめた。そして、釜のなかで冷めかけていたご飯を手に取った。

ひとつ、またひとつ、慈しむようにおにぎりを握っていく風香の横顔。それが、とても満ち足りた表情に見えて——、俺はジーンズの尻ポケットからスマートフォンを抜き出し、写真を撮った。ホームページに使おうと思ったのだ。

風香の手のなかから、きれいな正三角形のおにぎりが次々と生まれ、皿に並べられていく。

おそらく風香は、きっちり人数分を握ろうと思っていたのだろう。しかし、ご飯が足りなくなったのか、最後のひとつだけ、ピンポン球《だま》サイズになってしまった。

「はい、お待たせしました」

風香は、おにぎりを並べた皿を、みんなのいるテーブルへと運んできた。その皿を見てすぐに、風香のお義父さんが口を開いた。

「じゃあ、その小さいやつ、俺が頂くよ」

すると風香は、即座に「ううん」と首を振った。

「数は足りてるから。この小さいのは——、ここに」

そう言って風香は、小さなおにぎりを別の紙皿にのせると、それを父の写真の前にそっと置いた。

「で、お義父さんには——、はい、これ」

いちばん最初に握った大きめのおにぎりを風香は義父に差し出したのだった。

「え……、これ、いいの？」

「うん」

風香は、しっかりと頷いた。

マンゴー色の風のなかで、ひまわりが明るく咲いていた。

「じゃあ……、遠慮なくいただくよ」

お義父さんは、両手でおにぎりを受け取った。

そんな二人のやりとりを隣で見ていたお母さんが、涙をこらえるように深呼吸をした。

お父さんのおにぎりから
お義父さんのおにぎりへ

ふと気づけば、俺の左隣にパン子が立っていた。

「今日のクライマックスやな」

とパン子はささやくように言った。

「うん」

俺はパン子と視線を合わせて微笑みを交わし合った。

それにしても――、こんな素敵なクライマックスを呼び込んだのは、石村さんと風香の両親を動かしたパン子の手柄に他ならない。単純に、この場所で農家レストランをやろうと考えただけの俺とは、やさしさの質も深さも違う。

俺は、さりげなくパン子の横顔を見た。

パン子は、心から嬉しそうな目で親友を見詰めていた。

見られている風香は、何かが吹っ切れたような清々しい顔をして、みんなにおにぎりを配って回る。

やがて全員におにぎりが行き届くと、マスターが言った。

「じゃあ、マック部長、いただきますの号令を」

軽く頷いた俺は、海と土と草と日なたの匂いのする風を肺に大きく吸い込んで、それを声に変えた。

「では、あらためて風香の誕生日を祝しまして、この素晴らしいおにぎり広場で、最高のおにぎりを――、いただきまーす！」

そう言って俺は、おにぎりを夕空に掲げた。

みんなも「いただきまーす」と続いてくれた。

亡き「悪友」の写真を見ながら、感無量といった顔でおにぎりにかぶりつくお義父さん。その様子を見ながら微笑むお母さん。うめえ、美味しい、と声を上げる忠司さんと石村さん。おちょぼ口で少しずつ食べる千鶴バア。あっという間に口に押し込んだミリオンと、みんなを幸せそうに眺めながら頬張るマスター。

「風香、ここで食べるおにぎりは、ほんまに最高やね」

「うん。ありがと……」

大きな瞳を潤ませた風香と、もらい泣きしそうなパン子。

俺は、手にしていたおにぎりを見詰めた。

そして、がぶり、と三角形の頂点にかぶりついた。

塩加減が絶妙なせいだろう、噛むほどにシアワセな米の甘さが口の中に沁みわたって――。

「あはは、ちょっと、マック」

パン子が俺を見て笑いはじめたので、俺はくるりとみんなに背を向け、マンゴー色の海原を眺めながら洟をすすった。そして、もうひと口、おにぎりにかぶりつくと、素早く親指で目の下を拭った。

さあっと音を立てて海風が斜面を吹き上がってきた。

チェアリング部のTシャツの背中が、はたはたと心地よくはためく。

「おせっかいで泣き虫な部長さん」

すぐ隣からパン子の声がした。

「は？　別に、泣いてねーし……」

俺の強がりをパン子はくすっと笑ってスルーしてくれた。

「ねえ、マック」

「ん？」

「ちっちゃかった頃の風香とお父さんって、こんなにきれいな景色を一緒に眺めてたんやね」

まだおにぎりを咀嚼していた俺は、短く「うん」とだけ答えた。そして俺は、ジーンズの尻ポケットからスマートフォンを抜き出して、眼下に広がる風景を撮ろうとしたら――、

「せっかくやし、ツーショットで自撮りしよ」

とパン子が言った。

「ん？　おう」

俺は急いでおにぎりを呑み込むと、スマホを手にした右手をいっぱいに伸ばして、マンゴー色の海原とパン子と俺の顔をフレームに入れた。

「んじゃ、撮るぞ」

「うん」

パン子の顔がすっと近づいてきて、かすかに女の子のいい匂いがした。

俺はシャッターボタンを押した。

スマホを下ろすと、風香が幸せそうな笑顔で俺たちを見ていた。

「じゃあ、今度こそ誕生日ケーキ、食べようか」

マスターが、千鶴バアのいるテーブルでケーキを箱から出しながら、みんなに呼びかけた。

いいね！

と、俺たちはケーキの周りに集まった。

チョコレートのプレートに『HAPPY BIRTHDAY 風香♪』と書かれたショートケーキだ。

ミリオンが不器用な手つきでロウソクをぐさぐさとケーキに突き刺し、マスターがそれに火をつけていく。

ケーキの前の椅子に風香を座らせると、パン子が天使の声で「ハッピーバースデー・トゥー・ユー♪」と唄い出し、みんなもそれに続く。

照れ笑いの風香と、そんな風香を見ながら愉しそうに唄うチェアリング部の仲間たち。やさしくて、頼もしい大人たち――。

そこにいる全員を見渡した俺は、胸の奥で膨らんできたやわらかな熱を味わいながら、そっと充足のため息をつくのだった。

第六章　ピンク色のTシャツ

【夏川 誠】

八月に入ると太陽が一気に沸騰《ふっとう》しはじめた。

国道のアスファルトには午前中から陽炎《かげろう》がゆらめき、海のブルーも、渚の白砂も、コンクリートの照り返しも、目の奥が痛くなるほどにまぶしい。きれいな海と山を擁《よう》する新海市は、観光客と蝉たちの恋歌であふれ返り、海沿いの国道は渋滞するようになった。

よく晴れた水曜日の朝――。

俺たちチェアリング部はハイエースに乗り込み、混雑した新海市から脱出した。向かった先は、水曜定休の「かもめ亭」。いよいよ、みんなが楽しみにしていた「ロールキャベツ・ツアー」へと繰り出したのだ。

じつは、この日の朝方、俺は久しぶりに「青の世界」の夢を見た。夢のなかの舞台は学校ではなく、薄暗い廃墟《はいきょ》のような団地だったけれど、それ以外は、いつもと同じあの夢だった。

久しぶりの帰省にあれこれ思い巡らせながら眠りに就いたせいで、あの夢を見たのだろうか……。俺は、そんなことを考えながらハイエースのステアリングを握っていた。

とはいえ、道中は愉しめた。道の駅で話題のイカスミ味の「黒ソフトクリーム」を食べて、みんなで「お歯黒」写真を撮ったり、予約しておいた山あいの窯で陶芸体験をしたりもした。さらに、パン子と風香の要望で、最近、離島のパワースポットとして知られるようになった「小鬼ヶ島《こおにがしま》神社」の分社とやらを参拝。そして、いよいよ実家に近づいたとき、俺は少しだけ遠回りをした。なんとなく、兄が亡くなった総合病院の前を通るのを避けたのだ。

実家に到着したのは、ディナーにはちょうどいい夕暮れ時だった。俺は五台分ある店の駐車場のいちばん奥にハイエースを停めた。

「着いたぞぉ」

後部座席に向かって声をかけた。

「マック、運転お疲れさま」

ねぎらいの言葉をくれたのは助手席にいたマスターだけで、それ以外の三人は自分の荷物を背負うと、子供みたいに車から飛び出した。

「あいつら、テンション高すぎじゃね？」

マスターにぼやきながら車から降りた俺は、四人を引き連れて店の裏手へとまわった。建物の裏側と二階部分が居住スペースになっているのだ。

玄関口のドアノブは鍵がかかっていたので呼び鈴を押した。

「はいはーい」

すぐに中から母の声がして、足音が近づいてきた。ガチャンと、レトロな音を立てて内鍵が開けられ、そのままドアが押し開かれた。目の前に現れた母は、満面に笑みを浮かべていた

──けれど、以前よりも少し痩せて見えた。

「ただいま」

「おかえり」

母は、俺の頭のてっぺんからつま先までを確認するように見ると、すぐに「あらぁ、ミリオンくんとマスターくん、お久しぶりねぇ」と声のトーンを上げた。

「おばさん、どうも」

「ご無沙汰してます」

ミリオンとマスターが、軽く会釈をした。

「はじめまして」

「お世話になります」

パン子と風香が男性陣の背後から挨拶すると、母はさらにテンションをあげて「えっ、ちょっ──、二人とも可愛くてアイドルみたいね」と、なぜか俺に言ったあと、「はじめまして。誠の母です。いつも愚息がお世話になって」と、よそ行きの声を出した。よく見ると、今日の母は、しっかり化粧をしているうえに、着ている服までよそ行きだった。

「さあ、遠慮しないで上がってね。どうぞ、どうぞ」

母に促《うなが》された俺たちは、狭い玄関で順番に靴を脱ぐと、ぞろぞろと家に上がった。

「すぐにご飯にする？」

俺とすれ違いざまに、母が訊いた。

すると「はい。ぜひとも」という返事が、俺の斜め上から聞こえてきた。もちろん、ミリオンだ。

「あはは。ミリオンくんは相変わらずね。下ごしらえはもう終わってるから。誠、とりあえず二階に荷物を置いて、みんなをお店に連れておいで」

「オッケー」

俺はみんなを従えて階段を上がり、自室へと案内した。

「荷物は、適当にこの部屋に置いといて」

言いながら俺は、窓を開けて網戸にした。淀《よど》んで蒸し暑い部屋の空気を入れ替えようと思ったのだ。

「マック少年は、この部屋で育ったんやねぇ……」

感慨深げに言って、パン子は部屋のなかを見回した。釣られたように風香もきょろきょろしはじめる。

「ちょっと、二人して、そんなに見るなって」

なんだか恥ずかしいモノでも見られたような気分になって、俺はこめかみをぽりぽり掻いた。

「おいマック、買ってきた酒は、店の冷蔵庫に入れといてもらえるのか？」

酒類が入ったコンビニ袋をぶら下げたミリオンが話題を変えてくれたので、俺は「うん、大丈夫だと思うよ」と答えて、その袋を受け取った。そして、みんなに言った。

「んじゃ、荷物を置いたら下の玄関で靴を履いて、外をぐるっとまわって店の入り口に来てくれる？　俺は、なかから店の内鍵を開けるから。ミリオンとマスターは分かってるよな？」

「うん。僕が案内するから大丈夫だよ。パン子、風香、行こう」

頼れるマスターを先頭に、仲間たちは階段を降りていった。

ひとりになった俺は、あらためて部屋のなかを見渡すと、机に両手をついて「ふう」と小さく嘆息した。机の上はつるりとして、埃っぽさを感じなかった。よく見ると、部屋の隅々まで掃除が行き届いていた。しかも、ベッドの上には、ミリオンとマスターのための布団が畳まれた状態で置いてある。おそらく、一階のリビングにはパン子と風香のための布団も準備してあるのだろう。

心のなかで母に感謝しつつ、俺は「よし、行くか」とつぶやいて自室を出ると、そのまま一階へと降りた。

一階の廊下のなかほどには店の厨房《ちゅうぼう》と直結した引き戸がある。俺はその引き戸を開けて、履き古されたサンダルを履き、厨房に出た。

すでに母は厨房でロールキャベツをはじめとした夕食を作りはじめていた。俺は母の背後を通り抜けながら「悪いけど、今日は、よろしくね」と声をかけた。

「うん。わたしも、みんなが来てくれるのを楽しみにしてたから」

「体調は、どう？」

「絶好調」

と微笑んだ母だけれど、正直、その言葉通りには見えなかった。

「そっか。俺も手伝うから、何でも言ってね」

「大丈夫よ。せっかくなんだから、誠はお友達と楽しんで」

「うん……」

頷いた俺は客席へと出た。そして、店のドアの鍵を解錠した。ドアには「本日定休日」と書かれたプレートが掛けられている。

ほどなく四人の姿がガラスの向こうに見えて、俺はドアを開けた。

コロン、コロン。

開店当時からあるドアベルが、甘く懐かしい音を立てる。

さっそくマスターを先頭に四人が店内へと入ってきた。

「わあ、もう美味しそうな匂いがしてる」

目をきらきらさせた風香が厨房を見た。

「俺の親友が不平をこぼしそうだ」

眉をハの字にして腹をさすったミリオンに、俺は言った。

「じゃあ、さっそくビールでも飲むか」

するとパン子が「ビールもええけど」と俺を見た。「あたしたち、厨房のお手伝いせんでええの？」

「ああ、それは大丈夫だって」と俺。

「ほんまに？」

母の病気のことを知っているパン子は、俺の目を覗き込むように見て念を押した。

「うん。いま訊いたら、本当に大丈夫だって」

あらためて言うと、パン子はようやくホッとした顔になった。

「ほんなら、ビール頂こか。あたしはノンアルやけど」

さっそくマスターがカウンター越しの厨房に声をかけた。

「おばさん、すみませんけど、グラスとかお借りしますね」

「はーい。なんでも自由に使ってね。よかったら生ビールもどうぞ」

「オッケー、ありがと」

母に礼を言った俺は、買ってきた酒類をカウンターの近くにある冷蔵庫に入れると、マスターと手分けして人数分の生ビールをジョッキに注いだ。下戸のパン子はノンアルだ。その間、ミリオンたちが、カウンターに近い四人席のテーブルをふたつ繋げて、宴会用の席をつくってくれた。

それぞれが席に着いて、準備万端。

「じゃあ、部長、乾杯の音頭を」

いきなり風香が言うので、俺はジョッキを手にしつつ「あ、ええと、どうしよ――」とまごついた。

するとパン子が「うちの部長は、ほんまに下手っぴぃやなぁ」と笑って、代わりに音頭を取ってくれるのだった。

「ほな、あたしが代役で――。このメンバー五人がはじめて揃ったあの日から、ずーっと待ち続けた『ロールキャベツ・ツアー』が実現して、めっちゃ嬉しいわ。マックの母上のご好意に感謝しつつ、今夜は楽しみましょう！　ってことで、かんぱーい！」

「かんぱーい！」

明るい声を上げた仲間たちは、年代物のテーブルの上で、カツン、カツン、と冷えたジョッキやグラスをぶつけ合った。


酒宴がはじまると、さっそく母がソーセージの盛り合わせや、フライドポテトなどのつまみを出してくれた。そして、それから十五分ほどで、今夜のメインとなるロールキャベツの皿がテーブルに並べられた。

「わあ、めっちゃ美味しそうやなぁ――」

「ほんとだね」

興味津々のパン子と風香がこっちを見た。

「俺が作ったわけじゃないけど。とにかく、熱いうちに食べよう」

「だよね。じゃあ、久しぶりに、いただきます」

とマスターが言ったときには、すでにミリオンのナイフとフォークは熱々の一切れを口に運んでいた。

「ふ、ふほ……、は、あふい（熱い）」

「あはは。ミリオン、口のなか火傷《やけど》するぞ」

俺が笑いながら言うと、ミリオンは、はふはふ言いながら「ふまひ（美味い）」と親指を立ててみせた。

みんなもロールキャベツを食べはじめたので、猫舌の俺も小さな一切れをふうふうやって口に入れた。咀嚼の瞬間から肉汁がどっとあふれ出し、口中に広がる。キャベツのやさしい甘みと、まろやかなスープの旨味《うまみ》。味を引き締める風味豊かなピンクペッパー。そして、うちのロールキャベツのいちばんの特徴を最初に口にしたのは、やっぱり風香だった。

「んー、めっちゃ美味しい！　旨味とコクが、すごい濃厚。あ、これ、バターを効かせてるんだね」

「ほんまに、これは噂以上の絶品やなぁ。バターの他にも何か隠し味的なもんが入っとるんちゃう？」

風香とパン子が顔を合わせて、そのままこっちを振り向いた。

けれど、俺はレシピをまったく知らないのだ。

さて、どう答えたものか、と思ったとき――、

「ね、美味しいでしょ？」マスターが俺より先に口を開いていた。「バターが効いてるのに、しつこくないのが不思議なんだよね」

「口のなかで美味さが爆発するんだ。俺は軽く十個は食える」

そう言って、また大きな塊を口に放り込んだミリオンが、熱さで目を白黒させた。

すかさず風香が「もしもし、ミリオンさーん、学習能力をどこかにお忘れですかぁ？」と突っ込んだので、みんなで笑った。

それから仲間たちは、ひたすら幸せそうにロールキャベツを食べ、ビールを飲み、ごきげんな笑顔を咲かせた。その様子をときどき厨房から眺めている母の顔がまた、とても満足そうで……。

このとき、俺は、ふと亡くなった父の口癖を思い出していた。

お客さんの笑顔が、シェフのいちばんのご褒美なんだよ――。

父は、幼かった俺に、よくそう言っていた。そして、それを隣で聞いていた兄が、とても誇らしそうにしていたのも覚えている。

俺は、もう一切れを口に入れた。子供の頃から、ロールキャベツといえばこの味だった。何度も、何度も、食べたメニューだけれど、ただの一度も「飽きた」と感じたことはない。それって、もしかすると相当すごいことなのではないか。そんなことを思いながら、懐かしい味を噛みしめる。

思えば、あまり友達をつくれなかった小学生の頃――、たまたまこの店に食べに来てくれたクラスメイトがいると、たいてい翌日はクラスで話題になったものだった。

「オレ、昨日、誠んちのロールキャベツを食べたけど、めちゃくちゃ美味かったぜ！」

クラスメイトがそんなふうに喧伝《けんでん》してくれると、幼かった俺は誇らしい反面、気恥ずかしくもあって、いつもただ胸をどきどきさせながら、ひとり半笑いをしていたのだった。

「ほんまに、マック、ずるいわぁ」

パン子の声に、俺は我に返った。

「ずるい？　なんで？」

「だって、こんなに美味しいものを、ちっちゃい頃からいつでも食べられたんやろ？」

「いや、毎日ロールキャベツを食ってたワケじゃないけど」

と苦笑すると、風香も続いた。

「わたしがこの家で育ってたら、いま頃、食べ過ぎで絶対に太ってる自信があるわぁ」

「わかるぅ」

とパン子が同意したとき、ミリオンは女子たちを見ながら首を傾げると、いつものように口を滑らせた。

「おい、お前らの会話――、裏を返すと、いまは太ってないってことになるけど、それでいいのか？」

「はっ？　ちょっ、なにそれ。いまのわたしたちが太ってるっていいたいわけ？」

「ミリオン、夜道を歩くときは、せいぜい背後に気いつけえや」

風香とパン子が、カトラリーナイフの刃を上にしてミリオンを睨んだので、俺とマスターは吹き出した。

「ミリオン、いつもはひとこと足りないのに、今日はひとこと多かったね」

マスターの言葉に女性陣が、そうだそうだと乗っかった。

こうして仲間たちは、いつものように笑い合いながら、お目当だったロールキャベツをきれいに平らげたのだった。


「パン子ちゃんは下戸なの？」

酒を飲まないパン子を見て、母が意外そうな顔をした。

「そうなんです。体質的に駄目みたいで。あ、でも、酒豪の風香がわたしの分まで飲んでくれますから」

「風香ちゃんは酒豪？」

「いやぁ、まあ、それほどでも」

肩をすくめた風香に、パン子が突っ込む。

「日本酒やったら、一升は軽いやん？」

「そんな——、軽くは、ないよ」

「え？　でも、飲めちゃうの？」

と目を丸くした母。

「まあ……、はい。時間をかければ」

「うわぁ、一升はすごいね」

以前、ミリオンとマスターが来たときと同様、今回も食後の宴会に母が加わっていた。そして、そのきっかけをつくったのはパン子と風香だった。二人は、俺たちがロールキャベツを食べ終えると、さっそく厨房に押しかけて皿洗いを手伝いはじめたのだ。そして、いつものように高いコミュニケーション能力を発揮しまくり、母とすっかり打ち解けたのだった。やがて皿洗いを終えた二人は、「お母さんも一緒に飲みましょうよ」と声をかけ、そのまま母を引き連れてテーブルに戻ってきた、というわけだ。

　正直、友達と同じテーブルに母がいるという状況は、かなり気恥ずかしいけれど、でも、まあ、母としゃべるのも久しぶりだし、なにより母が楽しそうだったので、ここは不平を言わずにおくことにしたのだった。

　母は大学のことやシェアハウスでの暮らしぶり、チェアリングという遊びについて、とても興味深そうに聞いていた。そして、ひょんな話の流れから、母の口から「将来」という単語がこぼれ出た。

「みんなは、将来、どんな仕事をしたいとか、もう考えてるの？」

　仲間たちは一瞬、顔を見合わせたけれど、最初に口を開いたのはミリオンだった。

「前にも言ったと思いますけど、俺は投資家として複数の会社の経営に関わっていきます」

　続いてマスターも「ぼくも以前と変わらず、喫茶店をやるつもりです」と言った。さらに風香が農家レストラン、パン子が「できればミュージシャンで……」と言ったあと、当然ながら、母は俺を見た。

「俺は……、まだ、考え中かな」

一秒、二秒と間があって、母は「そっか」と微笑んで見せた。

するとなぜかミリオンが母に向かって口を開いたのだ。

「もしも、ですけど、マックがこの店を継ぎたいって言ったら、お母さんはどうします？」

おい、ちょっと、ミリオン待てよ——。

俺が胸裏で声を上げていると、母は「ふふ」っと短く笑って、首を横に振った。

「その『もしも』は、無いんじゃないかなぁ」

ミリオンが俺を見た。その目は、俺にこう訊いていた。

お前、それでいいのか——？

さらにミリオンが続けた。

「じつは、このあいだマックから聞いたんですけど、この店、マックの大学卒業に合わせて閉めるんですか？」

「うーん、まあ、そういう方向もあるかなって思ってるけど」

「閉店する直接の理由をお聞きしていいですか？」

「理由？　そうねぇ……」

「やっぱり経営的に良くないんですか？」

ど直球すぎるミリオンの問いかけに、母は笑い出した。

「あはは。正直、昔と比べたら良くはないかな。こういうご時世だしね。でも、亡くなったお父さんがお隣にアパートを残してくれたから、ちょっぴりだけど家賃収入はあるの。贅沢《ぜいたく》さえしなければ、年寄りひとりくらいは、なんとか暮らしていけるから」

「なるほど。ちなみに、この店の経営再建というお考えは？」

どんどん突っ込んでいくミリオンに、俺はもちろん、そこにいた誰もが唖然《あぜん》としていた。しかし、母だけは、いつもどおり、のんびりとした微笑みを浮かべたまま、無遠慮なミリオンの質問に淡々と答え続けるのだった。

「うーん。よっぽどいい再建計画でもあれば、考えちゃうかもね」

冗談めかした母は、自分の病気のことは口にしなかった。みんなを心配させたくないのだろう。昔からそういう人なのだ。

一方のミリオンは、自分が投げた質問に母が答えているあいだ、時々、下を向いてスマホをいじっていた。正直、他人の話を聞く態度じゃないよな、と俺は思う。悪気がないのは分かっているけれど、でも、ミリオンのこういう態度が、しばしば誤解を生む原因になっていることも俺たちは知っている。

ミリオンがスマホから顔を上げた。

「なるほど。ちなみに、この店をロールキャベツ専門店にするというのは、ありですか？」

「いいアイデアかも知れないけど、いまから急に方向転換するのは、ちょっと難しいかな」

母がそう答えたあたりで、もはやテーブルの上の空気はかなり重たくなっていた。そこにきて、ミリオンが駄目押しとも言える台詞を吐いたのだ。

「おいマック」

「え？」

「長期間、儲からないでいる飲食店は、思い切って経営方針を転換しない限り、早めに閉めるのがベターだぞ」

「ちょっ――、ミリオン」

マスターが、ミリオンの言葉を遮ろうとした。それでもミリオンは、ゆっくりと首を振って俺を見据えた。

「飲食で失敗しないためには、まず、なにより現状をしっかり認識することが大事なんだ。カーナビでいえば現在地を把握するのと同じことだ。それを知っていないと自分がどこへ向かえばいいか分からないだろ？　俺が思うに『かもめ亭』のメリットは、ターミナル駅から歩いて数分という立地のよさ。駐車場があること。そこそこ人通りのある道路に面しているところだな。もちろん、ロールキャベツっていう魅力的な商品を持っていることもある。逆にデメリットは、店の売りになるロールキャベツの味を知ってもらいにくいことと、お母さんとパートさんしか従業員がいないこと。つまり――」

「もういいってミリオン。やめろよ」

思わず、俺はミリオンの言葉を遮った。

「…………」

ミリオンは素直に口を閉じた。でも、黒縁眼鏡の奥の目は、俺に向かって、冷静でまっすぐな視線を送り続けていた。

「つーか、俺は、べつにさ――」

と、何かを言いかけたけれど、その先の台詞が俺の喉の奥に引っかかって出てこない。そのまま口をつぐむと、テーブルの上に、いっそう重たい沈黙が降りた。すると、
カラン――。

パン子の前にあるグラスの氷が溶けて、小さな音を立てた。

「あら、もうこんな時間」ふいに母がしゃべりだした。「じゃあ、わたしは、そろそろ――、明日もお店があるし。ミリオンくん」

「はい」

「うちのお店と誠のこと、心配してくれてありがとね」

そう言って母は、ゆっくりと椅子から立ち上がった。そして、両手を腰に当てて「ふう」と息を吐くと、あらためてみんなに向かってにっこり微笑んでみせた。

「じゃあ、みなさんは、ゆっくり楽しんでいってね」

母は、そう言い残して厨房のなかへ入っていくと、そのまま自宅の廊下へと続くドアの向こう側に消えた。

しんとした客室に、低く抑えたマスターの声が響いた。

「ミリオン、いまのは、さすがに無神経すぎるよ」

「…………」

ミリオンは黙ったまま腕を組んで眉間にしわを寄せた。

「ほんまやで……」

と、眉をハの字にしたパン子は、上目遣いに俺の顔を窺った。

俺は、ミリオンにひとこと言ってやりたいという思いはあったけれど、その思いは、ぬるくなったビールと一緒に飲み込んだ。


結局、日付が変わる前に宴会はお開きとなった。

母が席を外してからは空気がよそよそしくなって、いまひとつ盛り上がらなかったのだ。

散らかしたテーブルを片付けた俺たちは、順番にシャワーを浴びた。そして、パン子と風香は一階のリビングで、残りの三人は二階の俺の部屋で寝床に入った。

俺は自分のベッド、マスターとミリオンは床に敷いた布団に寝そべった。天井の照明を消して部屋を暗くすると、マスターが「おやすみ」と、ひとりごとみたいに言った。

「おやすみ」

俺も同じ言葉を返した。こちらに背を向けて寝ているミリオンは、かすれた声で「おう」とつぶやくだけだった。

さっきのミリオンに悪気が無かったのはわかっている。だから俺も、なるべく譲歩した態度で接したつもりだった。それなのにミリオンは……、と考えはじめたら眠れなくなりそうなので、俺はいったん、この件についての思考を放擲《ほうてき》することにした。

しばらくして、俺はそっと寝返りを打った。

通りに面した窓のカーテンが、街灯の明かりをわずかに透かして朧《おぼろ》に光っていた。床に布団を敷いて寝ているミリオンとマスターの姿が、セピア色のモノクロ写真みたいにうっすらと見える。

よく考えてみると――、俺たち三人がシェアハウスで暮らすようになってから、こんなふうにわだかまりを残したまま寝床に入るのは、はじめてのことだった。よりによって、三人が同じ部屋で寝なきゃならない日に、こんな空気になるなんて……。

俺は、ふたたび身体を転がして仰向けになった。薄暗い天井を見つめていたら、ふと母の顔が脳裏にちらついた。それは、ついさっき、将来を語れない俺を見たときの微妙な表情だった。

唯一、自分の息子だけが夢も希望も抱いていないということを知ったとき、母親というのは、ああいう顔をするんだな……。

そんなことを思ったら、なんだか全身がぐったりとしてきて、やわらかいマットに背中からずぶずぶと沈んでいきそうな気がした。

こんなとき――、いつもなら部屋でひとりパン子の歌を聴いて、ささくれた心を真綿でくるんでもらうのだけれど、さすがにマスターとミリオンが寝ているなか音楽を流すのは気がひける。

俺は仄暗《ほのぐら》い天井を見たまま深呼吸をしてパン子を憶った。

いま、あの癒しの歌を唄うパン子は、同じ屋根の下にいる。泊まりに来ているのだから、そんなことは当たり前なのに、なぜだろう、そのことが妙に不思議なことのように思えてくる。そして、それと同時に、俺は胸の奥の方に痛みを感じていた。

最近のパン子は、俺の胸のなかを好き勝手に飛び回る蜜蜂だった。ふとしたときにお尻の針でチクリと心を刺し、みずからの存在をアピールするのだ。刺された痛みで俺がパン子のことを想うと、とたんに蜜蜂はやさしくなって、刺し傷に甘い蜜を塗り込んでくれる。

神出鬼没で避けようがなく、ときに鋭く、ときに甘い痛み――。

ますますパン子の歌を聴きたくなった俺は、この部屋のどこかにイヤフォンがあった気がして、薄暗い天井を見詰めながらその在処《ありか》を思い出そうとした。

と、そのとき、枕元に置いておいたスマホの画面に明かりが灯《とも》った。

俺はスマホを手にして画面を見た。

ドクン……。心臓が、肋骨を内側から叩いた。

パン子からメッセージが入っていたのだ。

『コンビニに連れてって欲しいんやけど。もう寝ちゃった？』

コンビニって――、いまから？

一瞬、迷ったけれど、俺は、『了解。じゃあ、玄関のところで』と返信した。そして、部屋の薄暗闇のなかに、ささやくような声を放った。

「あのさ――」

でも、マスターとミリオンからの返事はなかった。

俺は、スマホを手にしたままベッドから降りると、寝ている二人の足元にある部屋のドアをそっと開けて外に出た。そして、音を立てないよう気をつけてドアを閉めた。

ふう……、と嘆息したとき、ふたたびスマホの画面が光った。

『やった。ありがと！　すぐに行ける？』

『うん。俺、もう部屋を出たよ』

『あたしも、すぐ行く』

閉めたドアの前でパン子とメッセージのやりとりをしていると、ふいに部屋のなかから、かすかな声が洩れ聞こえてきた。

「マスター、起きてるか」

低く抑えたミリオンの声だった。

「うん。寝落ちする寸前だったけどね」

マスターが返事をした。

「そうか。悪いな」

「いいよ、べつに。なに？」

どうやら二人は狸寝入りをしていたらしい。そのまま俺は耳をそばだてていたけれど、しばらくの間、ドアの向こうには小さな沈黙が降りていた。

先に声を発したのはマスターだった。

「ミリオン、さっきの件は、あんまり気にしなくても大丈夫だと思うよ。悪気がないのはマックもわかってるはずだし」

「ああ。それより、マスターに相談があるんだ」

そこまで聞いて、俺は、廊下の床がきしまないよう、ゆっくり歩き出した。二人の会話を盗み聞きすることに罪悪感を抱いた――というより、これから二人が俺に聞かれたくない話をするのかと思ったら、この場にいられなくなってしまったのだ。

階段の前まで歩を進めると、階下から小さな物音がした。

耳慣れたリズム。すぐにパン子の足音だと分かった。

俺は、そっと階段を降りた。廊下の先に見える玄関には、お尻を床に着けて座るパン子の背中があった。義足に靴を履かせているのだろう。

「お待たせ」

パン子の丸まった背中に声をかけた。

こちらを振り向いたパン子は「深夜のお散歩やね」と、にっこり微笑んだ。その笑顔を見たとき、ふたたび蜜蜂が俺の胸のなかで羽音を立てはじめた。そして、立ち上がったパン子が俺を見て「早よ、行こ」と小首を傾げた刹那――、
チクリ。

心の隅っこに甘い毒を打ち込まれた。

こっそり玄関を出た俺たちは、ひとけのない真夜中の歩道を並んで歩いた。
チ、チ、チ、チ、チ、チ……。
街路樹のハナミズキから、カネタタキの声が漂ってくる。

「この辺りでも、深夜になると静かなんやね」

昼間より少し控えめなトーンでパン子が言った。

「ほとんど丑三つ時だからな。でも、心配しなくていいよ」

「え？」

「熊も猪も出ないから」

「あーっ、田舎もんを馬鹿にしとるやろ、コラ」

パン子に脇腹を突かれて、俺は「はうっ」と変な声を上げてしまった。そんな俺を見て、パン子がくすくす笑う。

通りの正面から、ふわっと生ぬるい夜風が吹いてきた。

「こういう蒸し暑い夜には、やっぱり海か山の風がいいよなぁ」

「せやね、あたしも新海の風が恋しいわ」

夜空を見上げながら言ったパン子は、髪の毛と同じピンク色のTシャツの胸のあたりをつまむと、はたはたと動かした。

「ねえ、あたし、アイス食べたーい」

パン子が子供みたいな口調で言った。

「コンビニに行きたい理由って、それか？」

「ううん」微笑みながらパン子は首を横に振った。「コンビニに行きたいってのは嘘やもん」

「なんか眠れんから、夜のお散歩をしたくなってん」

「はぁ？　じゃあ、何で……」

「それだけ？」

「それだけじゃ、あかん？」

と、隣から俺を見上げたパン子の顔が、なんだかずいぶんと近く感じて、俺は思わず視線を外した。

「まあ、俺も眠れなかったから、いいけどさ」

「そうかなって思ってた」

「なんで？」

「だって、ミリオンとあんな感じになってたやん」

「…………」

「シェアハウスの三人が、あんなふうにギスギスしとんのはじめて見たから、風香と二人で心配してたんやで」

「マスターは、あいだに入っただけだけどな」

そう言いながら、俺は、ミリオンとマスターの内緒話のことを思い出していた。

俺がいない部屋で、二人はいったい何を話したのだろう？

話題を変えたくなった俺は、少し先で光っている看板を指さした。

「コンビニは、あそこだよ」

「なんや、めっちゃ近いやん」

「だろ?」

「ほな、アイス買って、食べながら散歩しよ」

パン子の提案に、俺は「オッケー」と頷いた。


コンビニでソーダ味のかき氷のバーを買った俺たちは、それをかじりながら住宅街をぶらぶらと歩き、JRの線路沿いに広がる芝生の公園へと入っていった。

「やっぱ歩くと暑いわぁ。ちょっと座らん?」

「うん、あそこにベンチがある」

俺たちは、外灯の下にある木製のベンチに並んで腰を下ろした。

座るとすぐにパン子は左膝を伸ばし気味にして、今度は薄手のコットンパンツの太ももあたりをつまみ、はたはたと空気を入れた。

義足を付けるために履くシリコンライナーのなかが蒸れているのだろうか。俺は、以前、触らせてもらったパン子のふくらはぎの感触を思い出した。

と、そのとき、パン子が顔を前に出して「あかん、もう溶けてきた」と言って、かき氷のバーを啜《すす》った。

「あ、俺のも溶けてる」

俺も、慌てて同じように啜る。

「ここだけの話やけど――」

「ん？」

「マックは、お母さんが『かもめ亭』を閉めても大丈夫なん？」

パン子は、かき氷のバーを啜りながらさらりと訊いた。

「なんか、いきなりだな」

「ふふ。お姉ちゃんに、まるっと正直に話してみ」

パン子は悪戯っぽく笑った。そういえば、以前にもこんなシーンがあったな、と思って、俺もふっと口元を緩めた。

「まあ、生まれ育ったのが、あの実家で、あの店だからさ。正直に言えば淋しいよ、すごく」

「うん」

「あと、やっぱ、罪悪感っていうか……」

「マックが、お店を継がないことにたいして？」

俺は、黙ったまま小さく二度頷いた。そして、少し先にある花壇のあたりを眺めながら言った。

「今日、久しぶりに、あの夢を見たんだ」

「屋上にベッドがあって――ってやつ？」

「うん。そのせいかどうかはわかんないけど、実家に近づくに連れて兄貴との約束のシーンが頭にチラつきはじめちゃってさ」

「………」

「うちのおかん、ああ見えて糖尿病になったらしいし」

俺は、はじめて母の病名を口にした。

「え……、体調が良くないって、糖尿病やったん？」

「いまのところ重症ではないみたいだけど。でも、担当医から、あんまり仕事で無理をするのはよくないって言われたらしくて。だから、店を閉めるのも仕方ないんだよな」

「そっか……」

「なんか——ごめんな、パン子」

「え？」

「せっかく楽しみにしてくれてたロールキャベツ・ツアーなのに、雰囲気、壊しちゃってさ」

「何でマックが謝るん？　悪気は無かったとしても、悪いのはミリオンやで」

そう言ってパン子は夜空に向かって両手を上げると、「んー」と背中を反らして伸びをした。

すでにかき氷が無くなった木製のバーを右手でつまんでいるせいか、その様子が、なんとなく、真夏の星空に魔法をかけているように見えて——。

俺は、幼稚な空想をしている自分に苦笑した。そして、少し自戒を込めて言った。

「ミリオンの性格は、俺たちがいちばん分かってんのにな」

パン子は、俺の言葉には答えず星空に魔法をかけ続けていた。そして、次の瞬間、「ふう」と声に出して、上げていた両手をストンと元に戻した。

「やっぱ、マックはさ、いまの本心をお母さんに伝えた方がええんちゃう？」

「また、いきなりだな……」

「あはは。せやね。でも、ほら、あたしはさ、事故で亡くした両親に、色んなことを伝えられないまま永遠に会えなくなったんよ」

「…………」

俺は、すぐには返事ができなかった。

するとパン子は、ふたたび星空を見上げた。

「多分、やけど――、誰かに伝えたいことを伝えられるって、それだけできっと幸せなことやん？」

この台詞を耳にしたとき、一瞬、呼吸を忘れた気がした。

「そう……かもな」

背後の草むらで一匹の夏の虫がリリリと鳴きはじめた。

闇を渡ってくる生ぬるい南風がパン子の前髪をかすかに揺らす。

「そういえば、春の夜中にさ」ふいにパン子が話題を変えた。「小さな海辺の公園に、バイクで連れてってもらったやん？」

「あぁ、うん」

「あのとき、あたし、自分の人生の主役とか脇役とか、そういう話をしたの覚えとる？」

「もちろん、覚えてるよ」

と答えたら、パン子は少し安心したように頷いた。

「いま、ふと思い出したんやけどな、あたしが左脚を失くして入院してたときに、母方のばあちゃんが一人でお見舞いに来てくれたんよ。で、当時、まだ、凹みまくってたあたしの背中を撫でながら、ばあちゃん、やさしく言ってくれてん。『玲奈ちゃん、生まれ変わるなら生きてるうちにやでぇ』って」

生まれ変わるなら、生きているうちに――。

俺は心のなかで復唱した。

「なんか、いい言葉だな」

「せやろ。長渕剛の『人生はラ・ラ・ラ』って曲の歌詞なんやって」

「そうなんだ」

「うん」と小さく頷いて、パン子は続けた。「あたりまえやけど、人は死んだら終わりやん？　せやから、生きとるうちに、自分の人生の脚本を自分で書き換えて、好きな自分に生まれ変わらなあかんよって」

「あのさ」

「ん？」

「もしかして、前に話した主役とか脇役とかって話も、そのおばあちゃんの教え？」

「正解！」

「そっか。なんか、格好いいおばあちゃんだな」

「うん。ほんまに格好よかったわ。ちょっぴりやけど、千鶴バアと雰囲気が似ててな、あたし小さい頃から大好きやってん」

パン子は過去形でそう言ったけど、その意味については、あえて訊かないことにした。

「ほんまはな、あたし、両親を失ったあと、このばあちゃんと暮らしたかってん。でも、ばあちゃんは一人暮らしで生活力ないし、あたしもまだ子供やったから、父方の伯父さんの家にあずけられたんよ」

パン子は、過去の自分を慰めるような目で言った。

「そうだったんだ……」

「うん。でな、人生の脚本の話を教えてもらってたとき、あたし、ばあちゃんに訊かれてん。『玲奈ちゃん、感動的ないいドラマに共通する〝見せ場〟はどこか知っとる？』って」

パン子は、じっと俺を見て、視線で答えを催促《さいそく》した。

「そりゃ、やっぱり、最後のクライマックスじゃないの？」

俺は、陳腐《ちんぷ》な答えを口にした。

するとパン子は、「まあ、それもそうなんやけど」と苦笑して続けた。「そんとき、ばあちゃんがあたしに教えてくれた正解は、主人公が逆境に陥《おちい》ってからのシーンなんやって」

「逆境……」

「うん。その逆境から主人公がどうやって這い上がっていくか。そこがドラマのいちばんの見せ場なんやでって」

「……………」

「じつはな、うちのばあちゃん、めっちゃ苦労人なんよ。若い頃に死産を経験して、やっと子どもを産めたと思ったら、今度は旦那さんを亡くしてん。しかも、シングルマザーとして頑張って働いてた職場が倒産して、転職した後は、働きすぎで大病して倒れて……」

「なんか、ドラマより大変な逆境だな」

「せやろ？　しかも、ばあちゃんがあたしに『人生の脚本』の話をしてくれたのって、必死に育て上げた実の娘を亡くしてすぐやから」

そうだった。パン子は左脚と同時に両親も失っていたのだ。

「おばあちゃん、強いんだな……」

「うん。あたしの知ってる人のなかでは最強やし、いちばんのおせっかいやったわ」

また過去形で言ったパン子は、少し遠い目をして微笑んだ。

「この『人生の脚本』の話、当時のあたしには、めちゃくちゃ響いてな――、病院のベッドの上でわんわん泣いちゃったんよ」

言いながら感極まったのか、パン子の瞳がわずかに揺れた。

「パン子――」

俺がつぶやくように言ったら、パン子は「あはは」と泣き笑いみたいな顔をした。

「ようするに、あたしが何を言いたいかっていうと――、逆境が来たら、そのときが生まれ変わるときやでっていう、最強のばあちゃんからの教訓や。それと、大事な人には本心を伝えた方がええってこと」

「おう」

しっかりと俺が頷き、パン子が親指で目元を拭ったとき――、
べちゃ……。

俺の足元で絶望的な音がした。

「あっ」

と、パン子が声を上げた。

「えーっ」

俺も足元を見ながら声を上げていた。

食べかけのかき氷が溶けて、バーから落ちてしまったのだ。

「まだけっこう残ってたのに……」

俺は、思わずパン子を見た。

するとパン子は、半笑いで言った。

「さっそく逆境やな」

その台詞に軽く吹き出して、俺は答えた。

「よし。俺、いま、生まれ変わる」

パン子も吹き出した。

ひとしきりくすくす笑い合っていたら、俺たちの背後を貨物列車が通りはじめた。それは、長い、長い、列車で、最後の一両が通り過ぎるまでに一分近くもかかった気がした。

やがて貨物列車の音が遠ざかると、パン子は、ひとつ深呼吸をした。そして、なぜか姿勢を正して、こちらに向き直った。

「あのな、マック」

「……？」

「じつは、ちょっと、聞いて欲しいことがあんねん」

少し首をすくめるようにしてパン子はそう言った。

「え？　なんだよ、急にあらたまって」

「あはは、ごめんな」パン子は面映ゆそうに笑ってみせると、言葉を選ぶようにしゃべりはじめた。「もう半月くらい前のことなんやけど」

「うん」

「あたしのSNSのDMに、東京のレコード会社の人から連絡があってん」

「え――」

「なんか、その人な、あたしの動画を観て、めっちゃ気に入ってくれたみたいで」

この流れは。まさか……。そう思っていたら、そのまさかをパン子は口にしはじめた。

「うちの会社から、デビューせんかって」

「誘われたの？」

「うん……」

「で？」

「あたし、それからずっと、どうしようか迷ってて。みんなには内緒にしとったんやけど、さっき思い切って風香に打ち明けたら、とにかくマックに相談しなよって……」

ようやく理解した。パン子が、こんな夜中にコンビニに行きたいなんて言い出したのは、これを俺に伝えるためだったのだ。

「パン子は、その人になんて？」

「あんまり急やったから、ちょっと時間を下さいって」

「え……、夢を叶えるチャンスなのに？」

「……まあ、そうなんやけど」

「っていうか、いまが、まさに『人生の脚本』を書き換えて、生まれ変わるときじゃないの？」

そこでパン子は、小さなため息をついた。

「でもな、デビューするなら、あたし東京に引っ越さな……」

引っ越し——。その単語を耳にしたとき、胸のなかの蜜蜂が針を突き立てて苦い毒を注ぎ込んだ。

「しかもな、ライブもガンガンやって欲しいって言われて。あたし……」

そこまで言って、パン子は口を閉じた。

「パン子、人前で歌うのは避けてきたもんな」

「………」

パン子は声に出さず、小さくコクリと頷いた。

「その理由、俺に話せるか？」

ずっと前から気になっていたことを、俺は、はじめて口にした。

するとパン子は、少ししおらしい声で「あたしな、ちょっと情けないんやけど」と言いながら、両手を左膝の上に置いてさするようにした。「正直、怖いんよ……」

「怖い？」

「あたしの動画を観てくれてる人たちに、まだ、義足のことを伝えてへんし」

「………」

「ずっと隠してたみたいに思われるのも嫌やし、騙されたって思われるのも怖いし。いちばん怖いのは、あたしがデビューして、知らない人たちの前で歌ったら──」

そこでパン子は、続く言葉をのみ込んで、少し俯いてしまった。

「歌ったら？」

俺は、なるべく穏やかな声色で先を促した。

「こっちに、注目されるんやろうなって……」

パン子はか細い声で答えながら左の膝を両手で撫でた。

もしも、パン子の言う通りになったら、下手すると『義足のシンガーソングライター』みたいな売り出し方をされるかも知れない。そして、それは、パン子にとっては望ましくないどころか『怖い』ことなのだろう。

「あたしがステージに立ったら、みんなの視線も、意識も、脚に集まりそうやし、そんな状況やったら、あたしの歌、誰にも届かん気がして……」

「うーん、そんなもんかな？」

言いながら俺は腕を組んだ。義足だろうが何だろうが、パン子のあの歌声なら、余裕で届くんじゃないか、というのが俺の正直な気持ちだった。でも、いま、それを口にすべきかどうか——、と考えていると、先にパン子が口を開いた。

「あたし、高校の文化祭のときにな、周りのみんなにぐいぐい背中を押されて、飛び入りで弾き語りをさせられたことがあるんよ……」

「うん」

「そんとき、義足のあたしがギターを抱えてステージの袖から登場しただけで、すうっと体育館ぜんぶの空気が重くなってん。それまではロックバンドの演奏でガンガンに盛り上がってたのに、いきなり冷めたんよ。で、あたしが歌いはじめたら、お客はみんな『いい人』になって、まじめに聴いとるし、歌い終わったあとの拍手まで、なんか、こう『これは誠実な拍手ですよ』って感じで……。あたし、それがショックで膝が震えちゃって、ステージの袖に戻ろうとして歩きはじめたら、みんなの前でコケてもうて」

「え……」

「ふつうなら、そこは笑うとこやん？　なのに、あたしは、めっちゃ心配されて、六人くらいが駆け寄ってきて。で、余計に客席の空気が重たなって――」

俺は慰めの言葉が見つからず、ただ「そっか」とだけつぶやいた。

「その文化祭の最終日にな、グラウンドでキャンプファイヤーとフォークダンスがあったんよ。でも、あたしは跳んだり踊ったりするのは苦手やから、一人で遠くから炎を眺めてて。そんとき、ふと思ってん。あたしの歌は、義足に負けちゃうんやなぁ……って」

そこまで言うと、パン子は自嘲の笑みを浮かべながらため息をついた。

「パン子……」

「まあ、そんなしょーもない記憶やけど、でも、きっと、あれはあたしのトラウマなんよ。思い出しただけで膝が震えそうになるし。せやから、あたし、いまでも人前ではよう唄わんし、ステージに立つのを想像しただけで息苦しくなって……」

「…………」

「偉そうにミュージシャン志望なんて言っとるくせに、情けないやろ？」

そう言ってパン子は、俺から視線を外し、苦笑した。

俺は、そんなパン子の横顔を見ながら「類友だな」と言った。

「え？」

「俺も、本心を口にできない情けない奴じゃん？　だからパン子とは類友だなって。つーか、俺がもしもパン子の立場だったとしても、やっぱり同じようにトラウマになると思うわ」

本音で俺はそう言った。でも、パン子は小さく笑うだけで、何も言わなかった。だから俺は話を元に戻すことにした。

「で、レコード会社の人には、義足のこと伝えたのか？」

「うん、一応は……」

「その人は、なんて？」

「むしろ、いいじゃん、それがキミの個性だよ。義足はフックになるからガンガン使っていこう——って。なんか、勝手に喜んでたわ」

なるほど。パン子がデビューをためらった理由が痛いほどに分かる。

「ちなみに、そのレコード会社って、どこ？」

もしも、怪しいインディーズとかだったら、迷わず「やめとけ」と言うつもりだった。でも、パン子の口から出た社名は、驚くほどの大手だったのだ。

「オール・アップ・エンターテインメントっていう会社やけど」

「え……」

「マック、知っとる？」

「オール・アップって……、そりゃ、日本人なら誰だって知ってるよ」

言いながら俺は、パン子をまじまじと見た。そして、無意識に「すげえな、パン子」とつぶやいたとき、俺とパン子の距離がすうっと遠くなった気がした。

「ねえ、マック」

「え……」

「ちょっと変なこと訊いてもええ？」

「まあ……、俺が、答えられることなら」

するとパン子は、両手を膝に置いたまま言った。

「マックはさ、あたしのこの脚を『個性』やと思う？」

あまりにも予想外でセンシティブな難問に、俺はじっとパン子の横顔を見た。

「…………」

「あたし、自分でもよう分からんから――。変な気ぃ遣わんで、マックの正直な気持ちを答えて欲しいんやけど」

そう言って小首を傾げたパン子は、切実で、とても真剣な顔をしていた。

いま、パン子に嘘をつくのはやめよう。

俺自身にも嘘をつくのはやめよう。

これを言ったら傷つけるとか、やさしい嘘とか、そういう『誠実な拍手』みたいなモノは、きっといまは必要ないはずだ。

そう思った俺は、自分の内側にある正直な想いを手探りしながら、ゆっくりと言葉をつかみ出していった。

「俺は、もう、パン子の義足には慣れちゃってるから、『個性』というより、ふつうに『パン子の脚』って感じかな。いまさら『義足は個性』とか言われると、ちょっと違和感があるかも」

「…………」

パン子は、黙ったまま俺の目を見ていた。俺は続けた。

「ときどき思うのは、不便だろうな、とか、夏だからシリコンのなかが蒸れてるかな、とか――。あと、過去の辛かったときを思い出すきっかけになっちゃうこともあるだろうな、とか、やりたいことができない理由になることもあるだろうから、ふと、可哀そうだなって思うこともあるかも」

「可哀そう？」

「うん。気に障ったら、ごめん。でも、ときどき、そう思っちゃうことがあるのは事実かな」

「…………」

「ようするに、パン子の義足は『個性』というより、パン子にとって純粋に『不便な点』で、しかも、辛い記憶とつながっている部分――。俺は、そんな風に思ってるかも」

「…………」

パン子は、なぜか、まばたきを忘れたように、ぽかんとした顔で俺を見ていた。そして、その目が潤みはじめたことに俺が気づいたとき、パン子は二つ目の質問を口にした。

「マックは、あたしが東京に行ってもええの？」

「え？」

暗がりから漂ってくる夏の虫たちの哀歌が、すうっと遠くなった。

「えっと、俺は……」

夏の虫の代わりに、胸のなかの蜜蜂の羽音がじわじわと大きくなっていく。

その羽音が、俺の内側から声を押し出させた。

「パン子には――」

「え？」

「大学一年の春から好きな人がいるんだよな？」

一瞬、驚いたような顔をしたパン子は、少し間を置いてから、ゆっくりと頷いた。

「……おるよ」

だよな、やっぱりそうだよな、と俺がため息を堪《こら》えていると、

「その人の、写真もあるよ」

とパン子は、どこか照れ臭そうに言った。

「えっ？　その写真、俺が見たら、その人が誰か分かる？」

「うーん、分からんと思う」

俺の知らない男――。

蜜蜂の羽音が遠くなっていく。

俺は、少し慌てて話題を変えた。

「そっか。まあ、それはいいや。で、えっと、パン子が東京に行くことに賛成か反対かの答えだけど――」

「うん……」

「いまは、答えられない、かな」

「え？」

パン子は、俺の言葉の意味を測りかねたような目をして小首をかしげた。

「俺、正直、まだアルコールが残ってるし。酔った状態でパン子の夢にたいして意見をしたくないから」

「…………」

俺は、嘘と綺麗ごとを混ぜこぜにした、クソみたいな台詞を口にしていた。

パン子は何も言わず、わずかに視線を下げた。

情けない俺は、「ってことで――」と言いながら、すっくとベンチから立ち上がった。

「とりあえず、その答えは保留な」

「え、もう……、帰るん？」

座ったまま、パン子は俺を見上げた。

「さすがに、いい時間だし」

甘やかさを失った蜂毒は、俺に心ない台詞を吐かせた。

第七章　金色の文字

【夏川　誠】

翌朝、俺は、ご〜う、ご〜う、という騒音で目を覚ました。

仰向けのまま、ゆっくり薄目を開けると、どこか違和感のある天井が見えた。

そうか。実家に帰省してたんだっけ——。

俺は、そっと寝返りを打ち、ベッドから床を見下ろした。マスターとミリオンが背中合わせに寝ている。俺を起こした騒音の正体はミリオンのいびきだった。そして、そのいびきと重なって、階下から懐かしい音が聞こえていた。厨房で母が働いている音だ。

枕元のスマホを手にして時刻を確認した。

六時四二分——。

もっとゆっくり寝ていたかったのにな、と思いつつ、ベッドの上であくびをひとつ。そして、昨夜のパン子との会話を思い出してため息をこぼした。

俺はマスターとミリオンを起こさないよう静かに起き上がり、部屋を出た。と、その瞬間、思わず「暑《あ》っちぃ……」とつぶやいた。エアコンのない廊下は、何もしなくても汗が吹き出すような気温と湿度だったのだ。天気予報によれば、今朝は最低気温が三〇度を下回らないことになっていたから、それも頷ける。

とにかく俺は一階に降りて洗面所で顔を洗い、歯を磨き、いくらか気分をシャキッとさせたところで廊下から厨房に出た。

厨房はすでに美味そうな匂いが充満していた。

「おはよう」

母の背中に声をかけた。

「あら、おはよう。寝坊助の誠にしては早起きじゃない」

こちらを振り向いた母は、とろ火にかけたミネストローネの鍋をかき混ぜているところだった。ずいぶんと早起きをして、俺たちの朝食を作ってくれていたようだ。

「うん、なんか、目が覚めちゃってさ」

言いながら俺は、母の顔色をチェックした。少し気怠そうにも見えたけれど、声にはしっかりとした張りがあった。

「他のみんなは、まだ寝てるの？」

「二階はぐっすり。平和そうにいびきをかいてるよ」

「ふふ。平和がいちばんね。エアコンはかけてあるんでしょ？」

「うん。つけっ放しにしてある」

「ならいいけど。お母さんはエアコン消して寝てたから、暑すぎてあんまり寝られなかったわよ」

母は、やれやれという顔で苦笑した。どうやら気怠そうに見えたのは寝不足が原因らしい。

「なにか、俺も手伝うよ」

「じゃあ、そうねぇ……」母は、おたまを鍋の縁に引っ掛けて火を止めると、腕を組んだ。

「スクランブルエッグは作れる？」

「まあ、うん、それくらいなら」

俺でも作れる――はずだ。

「じゃあ、お願いね」

母はそう言って、冷蔵庫から出して常温にしておいた卵とバターを指差した。

「オッケー」

それから俺と母は、それぞれの持ち場で調理にいそしんだ。

久しぶりに「親子水入らず」になったせいか、母はノンストップで口を動かした。やれ親戚の娘さんが年下の外国人と結婚したとか、韓流ドラマが泣けるとか、散歩中に犬に吠えられて心臓が止まりそうになったとか、泥酔《でいすい》したお客さんを帰すのに苦労したとか……。

そんなどうでもいいことを嬉しそうに話す母の横顔を見ていたら、シミの浮いた目尻に深いシワが寄っていることに気づいた。

そのとき、ふと、昨夜のパン子の台詞を思い出した。

――誰かに伝えたいことを伝えられるって、それだけできっと幸せなことなんよ。

俺は、母の目尻のシワから視線を外して、ひとつ呼吸をすると、肚に力を込めて呼びかけた。

「あのさ――」

ニンジンの皮を剝きはじめていた母は、ピーラーを動かしたまま「ん？」とこちらを見た。少し細められた母の目――それを見たとき、俺の脳裏に「慈愛《じあい》」という言葉が浮かんだ。思えば俺は幼い頃からずっと、この穏やかな眼差しを向けられながら生きてきたのだ。いつも美味しそうな匂いで満たされた、愛着あるこの空間で。

そして、何かに背中を押されたように、俺はしゃべりはじめた。

「俺、小さい頃さ、おとうとおかんが、この厨房で並んで仕事をしているのを見てると、ふしぎと気持ちが安らいだんだよね」

「…………」

母は微笑みを浮かべたまま、黙ってピーラーを動かし続けた。

シャッ、シャッ、とニンジンの皮がむける音だけが厨房に響く。

「兄貴は、二人を誇らしく思ってたし」

「そうなの？」

にっこりと深めた母の笑みのなかに、喜びと淋しさが見え隠れした。

「えっと……、俺さ――」

いよいよ核心に触れようとした刹那――、廊下からパタパタと足音が聞こえて、厨房につながるドアが開かれた。

「おはようございます」

「おはようございまーす」

風香とパン子が顔をのぞかせて、明るい声を厨房に響かせた。

「あらぁ、二人とも、おはよう。よく眠れた?」

母の表情も明るさを増した。

二人はそろって「はい」と微笑んでみせた。

そして、そこから先は俺の予想どおり、朝食作りに二人が加わって、せまい厨房が賑《にぎ》やかになった。

正直、昨夜のことを思うと、俺はパン子にたいして多少なりとも気まずさを覚えてしまうのだが、パン子はなぜか何事も無かったような顔でこちらに近づいてくると、腕と腕が触れ合いそうな距離で並んで立って俺を見上げた。

「ねえマック」

「ん?」

「今日の帰りも、いっぱい寄り道して、みんなで遊んで帰ろ」

朝っぱらから蜜蜂に刺された防御力ゼロの俺は、なんとか「おう、いいね」と答えたものの、すぐに続けて「あ……」と短く声を洩らしていた。焼きすぎたスクランブルエッグが煙を上げていたのだ。

＊　＊　＊

八時を少し過ぎた頃、俺たちは朝食を食べはじめた。

いつもなら、みんなの冗談がテーブルの上をぽんぽん飛び交うところだけれど、今朝は会話が少なく、ちぐはぐで、空気も重かった。相変わらず俺はパン子を見れば気まずいし、マスターとミリオンのあいだで交わされた秘密の会話の内容も気になっていた。さらに、昨夜の行きすぎた発言のせいか、ミリオンが、みんなから微妙に浮いた感じになっているのも空気を重くする原因に違いなかった。

それでもミリオン以外の四人は、この雰囲気を変えようと手を替え品を替え楽しげな話題を口にして場を盛り上げようとした。しかし、どういうわけか今朝は歯車がうまく嚙み合ってくれないのだ。

当のミリオンは、いつも通りタブレットを眺めながら、がつがつと朝食をむさぼり食っていた。そのふてぶてしい態度を見ていたら、わりと温厚なはずの俺も徐々に苛ついてきて、つい口数を減らしてしまう。そして、そんな俺の変化を敏感に察知した風香とマスターは、いっそう気が休まらない様子になって……。

そんななか、母が厨房からひょっこり顔を出した。

「あら？　みんな、今朝はなんだか静かじゃない？」

すると、パン子が器用に笑いながら答えた。

「ご飯が美味しすぎて、カニを食べるときみたいに無言やったんですぅ」

母は、その冗談にくすっと笑うと、俺に向かって言った。

「ちょっと業務用スーパーで買い出ししてくるから。あとは適当によろしくね」

「うん、わかった」

「じゃあ、みなさん、ごゆっくり」

そう言って母は出かけて行った。

母がいなくなると、ふたたびテーブルの上に沈黙が降りた。でも、食後のコーヒーを飲みはじめる頃になると、少しずつだけど空気がほぐれはじめ、会話の数も増えてきた。肝心のミリオンはというと、やはり、ほとんど会話に加わらず、むしろ難しい顔でスマホをいじっているのだった。

「おい、ミリオン、眉間にシワを寄せてると幸運が逃げてくぞ」

少しでも空気を軽くしようと、俺から話しかけてみたのだが、ミリオンは眉ひとつ動かさずにスマホから顔を上げた。そして、いきなり椅子から立ち上がってこう言った。

「ちょっと、急用ができた」

「え、なんや急に。どうしたん?」

パン子がミリオンを見上げながら訊いた。しかし、ミリオンは、その質問には答えず、「しばらく実家に帰省する」とだけ言うと、すたすたと大股で店から出て行ってしまった。

テーブルに取り残された四人は、しばらく呆然としていたけれど、その沈黙を破ったのは俺だった。

「いま俺、ミリオンに、なんか悪いこと言ったかな？」

するとマスターが首を振ってくれた。

「全然そんなことないよ。でも、とにかく、ミリオンの様子を見に行かない？」

「うん……」

俺は、気が乗らないまま頷いた。

「パン子、わたしたちも行こ」

「せやな」

結局、四人そろって席を立つと、急いで厨房の扉から廊下へと上がった。そして、俺の部屋に向かって階段を上りはじめたところで、上から降りてきたミリオンと鉢合わせになった。ミリオンは肩に大きな鞄をかけていた。どうやら本当に帰るつもりらしい。

「なんだ、お前ら。見送りはいいから、どいてくれ」

ミリオンの口調は低く、断固とした響きを持っていた。その声に気圧された俺たちは、思わず身体を左に寄せてミリオンを通させた。

「ねえ、ほんと、急にどうしたの？」

風香がミリオンの背中に声をかけた。

「お前らには関係ない」

こちらを振り向かずに答えたミリオンは、そのまま玄関でくたびれたサンダルをつっかけた。

そして、ドアノブに手をかけたとき――、

「おい」俺の口から硬い声がこぼれ出していた。そして、その声色が、俺の感情のフタを開けてしまった。

「俺たちには関係ないって、お前、ナニサマだよ？」

ハッとしたパン子が「ちょっ、マック？」と小声で言いながら俺の手首をつまんで軽く引いた。それでも、いったんあふれ出した感情は抑えられなかった。

「勝手に俺たちの空気をぐちゃぐちゃにしといて、そのまま一人で逃げんのかよ」

しかし、すでにドアノブに手をかけていたミリオンは「ふう」と肩で息を吐くと、何も言わずにドアを押し開けた。

レモン色の朝の光と、ミンミンゼミの声がなだれ込んでくる。

そして、長身のシルエットが、真夏の光のなかへと消えた。

誰もいなくなった玄関のドアがゆっくりと閉じて、カチャ、と無機質な音を立てた。パン子の手が、俺の手首を放した。俺の心臓は乱暴に動いて、耳の奥にまでその鼓動をドクドクと響かせていた。

「いったん、お店に戻ろう」

マスターが、ため息まじりに言った。

「うん」

と風香が消え入りそうな声を出したとき、俺の短パンのポケットから場違いな電子音が鳴り響いた。電話だ。

もしかして、ミリオンか？

そんなことを思いながら俺はスマホを手にした。しかし、画面に表示されていたのは見知らぬ固定電話の番号だった。

「もしもし……」

訝しみながら電話に出ると、相手は野太い声をした男で、「突然すみません。夏川誠さんでしょうか？」と、やや早口に言った。

「そう……ですけど」

すると男は、「よかった、出て下さって」と言ってから、自分の身分と、いま俺に電話をかけた理由を簡潔に説明しはじめた。

その説明を聞いているあいだ、俺の口は、壊れたロボットみたいに「はい」という二文字を何度も繰り返していた。

やがて通話を終えると、パン子が不安げに俺を見上げた。

「マック、なんか、あったん？」

俺は小さく頷いた。そして、ぼうっとした頭のなかに浮かんだ単語をそのままつらつらと口にした。

「えっと、とりあえず、風香がハイエースを運転してさ、みんなで先に新海に帰っててくれるかな」

「えっ？　マック、どういうこと？」

言いながらマスターが俺の顔を覗き込むようにした。

「俺、すぐに病院に行かないと――」

薄暗い階段に、短い沈黙が降りた。

「せやから、なにがあったん？」

パン子が、また俺の手首をつまんだ。

「いや、なんか、外でおかんが倒れて、救急車で病院に運ばれたって……」

なぜだろう、自分の口から出た言葉が、変に遠く、嘘っぽく聞こえた。だから俺は、あらためて自分にきちんと言い聞かせるように、さっきと同じ台詞を繰り返した。

「とにかく、俺、すぐに病院に行かないと」


汗だくになって駆けつけた病室は六人部屋だった。

母のベッドは右奥の窓際で、カーテンで仕切られたその小さな空間は自然光で満たされていた。

俺は、息を弾ませたままベッドの脇の丸椅子に腰掛けて母を見下ろした。母は眠っていた。

眉間にシワを寄せ、少し苦しそうに口呼吸をしているけれど、担当医によれば、すでに容体は安定傾向にあって、もう心配はいらないとのことだった。

母が倒れた理由は、まさかの熱中症だった。

炎天下に自転車を漕いでいたら、徐々にふらつきはじめ、そのうち呼吸が激しくなり、目指す業務用スーパーに着いた頃には、まともに立っていられなくなっていたらしい。母は、スーパーの入り口から少し離れた場所にあるベンチに腰掛けて、俺に電話をかけようとしたのだが、今日に限ってスマホを家に忘れてきたことに気づいた。ベンチから動けず、しかも、誰にも気づいてもらえない——時間の経過とともに症状は悪化し、ついには座っていることもままならず、ベンチの上に横たわった。すると、そこへ、たまたま中学生の少女が通りかかって母に声をかけてくれた。その少女は、尋常でない母の様子に気づくやいなや、急いでスーパーの店員に声をかけ、その店員が救急車を呼んでくれたのだった。

救急隊員に応急処置を受けながら運ばれた先は、業務用スーパーからほど近い——かつて兄が亡くなった、あの総合病院だった。

ぽた、ぽた、ぽた、ぽた、ぽた、ぽた……。

点滴《てんてき》のしずくが音もなく落ちては、母の手の甲の血管へと吸い込まれていく。

俺は心の隅っこを「青の世界」の静謐に侵されたまま、落涙《らくるい》のような点滴をぼんやりと見詰め続けた。


点滴は二時間ほどで終わった。

担当医の言葉どおり、その間に母は目覚めて顔色もよくなってきた。会話も交わせるようになり、呼吸も整った。とはいえ、さすがに、まだ、その表情はぐったりと疲れ切っていた。

目覚めたとき――、母は俺の顔を見るなり「誠、ごめんね……」と掠《かす》れた声を出すと、白い布団のなかから手を伸ばしてきた。母が何にたいして謝っているのかは俺にはわからなかったけれど、とにかく俺は「大丈夫だよ」と頷いて、母の手を両手で包むように握った。母の手は火照《ほて》っていた。熱中症で体内にこもった熱が、まだ完全には引いていないのだろう。

兄が亡くなった病院と、点滴の落涙。

白いベッド。白い布団。

そして、そのなかから伸びてくる手。

俺は「青の世界」で握る、枯れ枝の手の熱さを思い出した。

しかし、いま俺の両手が包んでいるのは、現実世界で生きている母の小さな手だ。それは、俺が生まれたその日から、ずっと休むことなく育ててくれた強い手でもある。

「手が熱っぽいけど、大丈夫?」

「うん。少し、身体がジンジンして重たいけど」

しゃべった後、母は、ふう、ふう、と呼吸を整えるように息をした。

「ジンジンするの?」

「なんだか、全身に熱い粘土を詰め込まれたみたいな感じ」

「それは嫌だなぁ」

俺が苦笑してみせると、母も同じ顔をした。

「さっき、俺、担当医と話をしたんだけどさ、最低でも二〜三日は入院になるって」

「そう……。じゃあ、お店は開けられないか」

「そりゃそうだよ。熱中症で倒れたんだから。しかも、そこそこ重症だったらしいよ」

「そっかぁ。参ったなぁ……」母はふたたび、ふぅ、と息をして続けた。「うちのお店、畳むことになるのかなぁ——って思ってから、ときどきお父さんのことを思い出すんだよね」

「…………」

「一緒に楽しく働いてたときのこととか、亡くなる少し前に『店は任せる』って言われたときの絶望感とか」

そう言って母は視線を天井に向けた。まるで天井に当時の映像が映っているような顔をしている。そんな母の顔を眺めつつ、俺はひとつ深呼吸をした。そして、ようやく肚《くく》を括れた。

「あのさ——」

「ん？」

母の視線が天井から俺に戻ってきた。俺は、熱っぽい母の手を握ったまま続きを話した。

「じつは俺も、兄貴が死ぬちょっと前に、託されたんだよね」

「託された？」

「うん。おかんのことと、店のこと」

俺は、母の表情を窺った。すると母は、思いがけず穏やかな笑みを浮かべて「で？」と先を促した。

「俺、そのときも、こんな感じで兄貴の手を握っててさ。そしたら兄貴、枯れ枝みたいになった手で、俺の手をぎゅって握り返してきて」

「うん」

「で、俺、そのとき約束したんだ。おかんのことも、店のことも、兄貴の代わりに守るって」

「そっか」

「うん……」

「わたしの知らないところで、そんなことがあったんだね」

母は、小さいけれど、とても感慨深そうなため息をついた。

「あのときの兄貴、たぶん人生ではじめて、俺に本気の頼みごとをしたんだと思う。それこそ、命懸けで」

「…………」

「それなのに、俺、なんていうか――」

思わず言葉を詰まらせたとき、母の手に少し力がこもった。きゅっ、と俺の手を握り返してきたのだ。

「ありがとね、誠」

え……。

「お母さん、わかってるよ」

何を？　と言いたいのに、声にならなかった。

「誠は、ずっと悩んでくれてたんだよね」

「………………」

「お兄ちゃんとの約束が気になって、ずっと身動きが取れなくなってたんでしょ？」

「俺……」

母は、なんでもお見通しだった。お見通しすぎて、俺には続く言葉が出てこなかった。

「誠は小さい頃から、まじめで誠実だったから。ほんと、おとうさんが付けた『誠』っていう漢字のとおり。そういう性格だから、人との約束を守れないと苦しくなって、つい、誰かのために自分を犠牲にしようとしちゃうの」

母の顔に、恵み深いような微笑みが浮かんだ。

「ねえ、誠」

「……？」

「お母さんが、ずっとお店を続けてきたのはね、お父さんから託されたからじゃないの」

「え……」

「理由はふたつあってね、まず、ひとつは、当たり前だけど、わたしと誠の生活のため。で、もうひとつは、単純に楽しいからなの。生前のお父さんが、よく言ってたでしょ。『お客さんの笑顔を見るのが幸せだ』って。お母さんも、それとおんなじ」

たしかに、考えてみれば、昨夜もそうだった。母は、ロールキャベツを頬張る俺たちを見ながら、とても満足そうな顔をしていたのだ。

「あと、これだけは、絶対に間違いのないことなんだけどね」

「うん」

「亡くなったお父さんも、お兄ちゃんも、わたしも――、とにかく誠に幸せでいて欲しいの。それが家族みんなの第一希望」

「…………」

「だからね、やさしくて誠実な末っ子が、いちばんに守るべきことは、まず『自分が幸せでいること』。お兄ちゃんとの約束は、その次でも、さらにその次でもいいと思う」

「…………」

「誠は、誠の人生を楽しんで」

「うん……」

頷いた俺を見て、母は少しホッとしたように微笑みを深めた。その表情を見た俺もまたホッとしていた。長いあいだ、心のずっと奥の方で固く結ばれていた感情の紐が、するりと緩んだような――、そんな感覚を味わっていたのだった。

ふと俺は、窓の外を見た。

四角いガラスの向こうには、青い、青い、夏空が広がっている。

「俺さ――」

「ん？」

「好きに生きるよ」

まだ何が「好き」なのかもわからないけど、とにかく自分を「人生の主人公」にして、きちんと腑に落ちる生き方を探しながら、俺らしく生きていく。

「うん」

目を細めて小さく頷いた母を見たとき、胸のなかに可愛い羽音が響きはじめた。そして、その羽音が、いま俺が伝えるべき言葉を思い出させてくれた。

「俺さ、いつ、おかんが店を閉めたとしても、ずっとあの店のことが好きだし、あの店で育ててもらったことは幸せだったと思ってる。だから――」

「…………」

「ありがとね」

そう言ったとたん、心のなかに、あたたかい点滴のしずくが、ぽた、ぽた、ぽた、と落ちて、生ぬるい水たまりができはじめた――と思ったら、なんだか急に照れ臭くなって「はは」と小さな声を出して笑ってしまった。

すると母もまた照れたように微笑みながら言った。

「相変わらず誠は涙腺がゆるいね」

「いや、これは、おかんの遺伝だから」

二人で目元をぬぐって笑い合った。

俺は、面映ゆいような、でも、どこか晴れ晴れとしたような気分になって、知らず識《し》らず「はあ」と嘆息して顔を上げた。そして、ふたたび窓を見ると、さっきまで青一色だった夏空に、銀色に縁取られたマッチョな入道雲が顔を出していた。

◌ ◌ ◌

それから俺は、少なくとも一週間は実家に泊まることにした。

店の入り口のドアには『夏季休暇中です』の張り紙を貼り、チェアリング部の仲間たちにはメッセージで母と俺の状況を伝えておいた。忠司さんには電話で事情を話し、直近のアルバイトの予定をすべてキャンセルしてもらった。

というわけで、いきなり暇を持て余すことになった俺は、数少ない地元の友人たちに声をかけてみた。しかし、皆それぞれに予定が入っていて、あっさりフラれてしまった。仕方なく、書棚にある本を読み返してみたり、スマホで動画を観たり、ゲームをやったりして、間延びした時間をやり過ごすのだった。

母の見舞いには三日連続で行き、四日目には退院となった。

「ああ、すっかり休んで、前より元気になっちゃった」

病院の玄関口から真夏の日差しの下に出たとき、母は気持ち良さそうに伸びをしてそう言った。

「だからって、しばらく店は開けちゃ駄目だからね」

放っておくと無理をしそうな母に、俺は釘を刺した。

「わかってるわよ」

と、母は苦笑する。

担当医によると、熱中症は、重度になると臓器をはじめとした全身に深刻なダメージを与えるので、完全に本調子に戻るには、もう少し時間がかかるとのことだったのだ。


俺が『シェアハウス龍宮城』に向かったのは、母が退院してから一週間後のことだった。

その日は、朝から天気がぐずつき、薄墨色の雲が低く垂れ込めていた。午前中に実家を出た俺は、久しぶりに快速列車に揺られ、シェアハウスに到着したのは昼過ぎだった。

「おいーっす」

なるべく明るい声を出しつつ玄関を上がり、俺は居間に顔を出した。すると、そこには、大きめのリュックを背負ったマスターが立っていた。

「あっ、マック、お帰り。色々とたいへんだったね」

「うん。でも、もう医者も心配ないって。ミリオンは？」

俺の問いかけに、マスターは無言のまま首を横に振ってみせた。

「連絡も？」

「無いよ。メッセージを送っても未読のまま」

「そっか……」

もしかすると、ミリオンは俺たちに——、いや、俺に嫌気がさしてしまったのではないか？

そう考えると、罪悪感によく似た感情が俺の内側を重くした。しかも、ミリオンとマスターがしていた内緒話も気になっていて……。

「っていうか、マスター、出かけるの？」

「うん。マックとバトンタッチで、今度は、ぼくが実家に帰るよ」

「え……、なんで？」

「昨日、また兄さんから連絡が入ってさ、すぐに帰ってこいって。今回は、父さんと兄さんを相手にガチンコ勝負になっちゃうかも」

そう言ってマスターは、やれやれという顔をしてみせた。

「ガチンコ勝負って――」

「例の件について、二人がぼくと話したいんだってさ」

つまり、マスターが実家の病院の事務方をやらされることになるか、あるいは喫茶店経営という夢を追い続けられるか――、今回の帰省は、その分水嶺《ぶんすいれい》となるのだろう。

「マスター、大丈夫か？」

頭の回転が早いマスターが本気を出せば、口喧嘩《くちげんか》なら負けない気もする。でも、やたらと怒《ど》鳴《な》り散らすらしい父親と、その腰巾着みたいな兄をまとめて相手にすると思うと、さすがに心配だ。

「わかんないけど。まあ、なんとかするよ」

首をすくめたマスターは、どこか他人事《ひとごと》みたいに言った。

「マスター」

「ん？」

「絶対に、負けんなよ」

俺はマスターの目を見て、真剣にエールを送った。

「うん。ありがと、マック」

言いながらマスターは右手を挙げた。俺はその手を右手で叩いた。パンッ、と強い音が居間に響いた。

「じゃ、行ってくるね」

「うん」

俺は玄関まで出て、マスターの小柄な背中を見送った。


夕方、降り出した雨が一気に激しい横殴りになった。

俺は、ひとりクーラーを効かせた自室のベッドに横たわり、ミステリ小説を読んでいた。その本を読了したら、いよいよ本当に退屈になってしまった。枕元に本を置き、天井に向かって「暇だぁ」とつぶやいたら、胸の奥の方で蜜蜂の羽音がした。

俺は、本の代わりにスマホを手にした。そして、いったん深呼吸をしてから、パン子にメッセージを送ってみた。

『おっす。いま何してる？』

するとパン子は、思いがけないレスをよこしてきた。

『風香と旅行中やで』

旅行？　そんなの、聞いてないけど……。

『マジで？　どこにいるの？』

若干の「置いてけぼり感」を味わいつつ送ったメッセージのレスは、パン子にしては珍しくつれないものだった。

『内緒』

って、たったの二文字かよ――。

ため息をついた俺は、仰向けのまま大の字になって天井を見上げた。

ミリオンとマスターは、それぞれの実家。

パン子と風香は、女同士の小旅行。

そして、俺は――。

「なんだ、この、夏休みの浪費感」

いつもより高く感じる天井に向かってぼやいてみたけれど、かすれた俺の声は、窓を叩く雨音にあっさりかき消されてしまった。

なんだかなぁ……。

今度は胸のなかでぼやいて、眠くもないのに目を閉じた。世界が暗転すると、雨音の輪郭がくっきり鮮明になった気がした。

エアコンの涼しい風が、さらさらと俺のおでこを撫でる。その心地いい感触を味わっていたら、鮮明な雨音が曖昧な意識のなかにまで沁み込んできた。

俺は、閉じていた目を開こうとした。でも、上下のまぶたは、揺るぎない力でくっついて離れなかった。

ああ、雨の音って、やさしくて、淋しいな……。

目を閉じたまま、俺は、だんだんと耳だけの存在になっていき——、ほどなく、背中からずぶずぶと眠りの海へと沈んでいった。

＊　＊　＊

目を覚ましたとき、俺は暗闇のなかにいた。

夜——？

窓の向こうから洩れ聞こえてくるのは、蟬の声でも雨音でもなく、鈴虫の恋歌だった。どうやら雨は上がったらしい。

手探りで枕元のスマホを摑み上げ、時刻を確認した。

驚いたことに、すでに午後九時を回っていた。

どんだけ寝るんだ、俺——。

のそのそと布団の上で起き上がり、照明を点けた。

やけに腹が減っているな、と思ったけれど、それも当然だ。朝から何も食べていないのだから。

とりあえず、台所に備蓄してあるカップラーメンで胃袋を落ち着かせ、風香が差し入れてくれたと思われるスイカを冷蔵庫から出して食後のデザートにした。

充分すぎるほど眠り、腹も満たされた俺は、誰もいない居間で「さてと……」とつぶやいて立ち上がった。

と、そのとき、ふいにブーンと羽音がして、庭に面した網戸に一匹の虫がとまった。一瞬、クワガタかな、と思ったのだが、よく見るとカナブンだった。

「お前がいてくれるだけでも、少しはマシだよ」

カナブンに向かってつぶやいた俺は、ため息をこらえつつ自室へと戻った。

机に着いてパソコンを立ち上げ、就職情報サイトを開いた。そして、様々な業種の会社情報を眺めていった。

そのまま一時間ほどパソコン画面とにらめっこし続けてはみたけれど、正直、ピンとくる会社は見つからなかった。

仕方なく俺は、気分のリフレッシュを兼ねてサイトのなかにある「適職診断」をやってみたり、俺と同じように就活で悩んだ人のブログを読み漁ったりしてみた。そして、しまいには『フリーランスで生きていくには』をキーワードに検索してみたけれど、ヒットしたページを読めば読むほど、可能性の低さとリスクを目《ま》の当たりにするハメになるのだった。

「はぁ。駄目だ。いったん休憩」

俺は声に出して椅子から立ち上がると、そのまま部屋を出て台所に行き、冷蔵庫の扉を開けた。そして、マスターがポットに淹れておいてくれた水出しアイスコーヒーをグラスに注ぎ、それを持って自室へと戻った。

ふたたびパソコンの前に座った俺はアイスコーヒーに口をつけた。フルーティーな香りと酸味、そして、豊かな豆の甘みが俺の舌を一瞬にして幸せにしてくれた。

やっぱり、マスターが磨いてきた技術は凄い。こうもあっさりと人を幸せにしてしまうのだから。

俺は、実家にいるマスターを想った。まさにいま、傍若無人《ぼうじゃくぶじん》な父と、その腰巾着の兄と闘っているのかもしれない。

俺はクーラーを止めて、窓を網戸にした。

湿気を含んだ夏の夜風が、ふわっと室内に入り込んでくる。

その風は、かすかに海の匂いをはらんでいた。

鈴虫たちが涼やかな恋歌で闇を彩り、近くの田んぼからは愉快そうなカエルたちの合唱が聞こえてくる。

俺はスリープ状態になっていたパソコンを起こした。そして、就職にまつわるサイトの画面をすべて閉じて、代わりに「あおぞら絶景カフェ」のホームページを開いた。気分転換に、前々から気になっていたページを改良しようと思い立ったのだ。

まず手をつけたのは「最新情報」の更新だった。それが終わると「思い出の写真」コーナーに新しい写真を加えた。さらに、いくつかの項目のデザインにメリハリをつけたり、トップページの写真を加工してみたり、チェアリングを紹介するための文章をリライトしてみたりもした。

このホームページを訪れてくれた人が、「見やすい」「使いやすい」「分かりやすい」と感じてくれるように——、いや、そんな感じすら抱かないくらい、すんなりと気持ちよく直感的に使ってもらえるレベルにまで昇華させたくて、俺は思いつく限りの工夫を凝らし、ひたすらに修正を加えていった。

そのまま、作業に没頭していたら——、
ミーンミンミンミン……。

蟬の声が聞こえて、俺はハッとした。

いつの間にか、夜が明けていたのだ。

網戸の向こうからは、小鳥たちのさえずりも聞こえてくる。

「んあぁぁ……」

椅子に座ったまま、思い切り伸びをした。そして、改良が進んだホームページ画面をあらためて眺めてみる。

うん。どこをどう見ても、よくなった——と思う。

刷新したこのホームページを見たら、みんな喜んでくれるかな。

チェアリング部の仲間たちの笑顔を思い浮かべた俺は、背もたれに上体をあずけて大あくびをした。

それから三日後の午前十時すぎ――。

コンビニで買ってきた惣菜パンを居間の卓袱台《ちゃぶだい》で齧《かじ》っていたら、ふいにガラガラと玄関の引き戸が開く音がした。

「ただいまぁ」

マスターの声だ。

「おお、マスター、お帰り」

俺は玄関に向かって声を上げた。

居間に入ってきたマスターは、背負っていたリュックを床に置くと、「はぁ」と深いため息をこぼして俺の向かいに腰を下ろした。

「なんか、疲れた顔してるけど……、大丈夫？」

俺は、いろんな意味を込めてそう訊いた。するとマスターはリュックのなかから炭酸の入った栄養ドリンクを取り出しながら、「やっぱり、いろいろあったから」と言った。そして、ドリンクのフタを開けてひとくち飲んだ。

俺は何も言わず、マスターの次の言葉を待った。

するとマスターは、意外な話をしはじめたのだった。

「昨日さ、実家に置いてあったミステリ小説を読んだんだけど」

「ミステリ小説？」

「うん。ぼくらが生まれる前に出版された古い小説なんだけどね、それを読んでて、ふと、思ったんだよね」

「…………」

「ぼくらの人生って、小説とは違って、とくに何も起きないんだよなぁって」

俺は、マスターの意図するところがわからず、小首を傾げて先を促した。

「例えばさ、リアルに命を懸けた勝負とか、絶体絶命のピンチとか、名探偵が解決するような殺人事件とか、そういうのって、ほとんどの人は経験しないまま人生を終えるわけでしょ？」

「まあ……、そりゃ、そうだよな」

「ってことはさ、小説にするほどのことすら起きてないのに——、ぼくらって、ほんと些細なことで悩んだり、泣いたり、怒ったり、苦しんだりしてるってことだよね」

「…………」

「ごめんね、急に。意味わかんないよね？」

そう言ってマスターは、珍しく自嘲ぎみに笑った。

「いや、わかるよ。すごく。たしかにそうだなって思った」

俺は、できるだけゆっくり誠実に言った。するとマスターは残りの栄養ドリンクを一気に飲み干して、空いた瓶を卓袱台の上に、コト、と音を立てて置いた。

「ぼくらの人生には、たいしたことは起きてない。それなのに——」

「うん」

「うちの父さんと兄さんってさ、すぐに『殺《や》るか、殺られるか』みたいな感じで相手と渡り合おうとするんだよね」

「…………」

「でも、ぼくは違う。殺すって書く『殺るか、殺られるか』じゃなくて、自分のやりたいことを『やるか、やらないか』で生きていくって決めたから。他人じゃなくて、自分と勝負しながら未来を切り開いていくって、ぼくは――」

マスターの語尾が潤み声になって揺れた。

「うん」

「今回の帰省でさ、きっちり考えをまとめてきたから」

「うん」

「だから、もう、何も迷うことはないよ。ぼくは大丈夫」

「そっか」

「うん」

小さく頷いたマスターは、俺を見ながら泣き笑いをしていた。

ポンコツな俺の涙腺も、さっそく弁が緩みはじめた。

「ということで――」マスターは、意を決したように言って、立ち上がった。「ぼく、ちょっと、シャワー浴びてくるね。外、すごく蒸し暑くてさ、駅から歩いてきただけで汗かいちゃったから」

そう言って、床に転がっていたリュックを拾い上げたマスターは、いったん自室に消えた。

そして、着替えを手にして浴室へと向かった。

間もなく浴室からシャワーの音が洩れ聞こえてきた。

きっと、マスターは、いま、無数のしずくのなかで泣いているに違いない。でも、それはきっと勝利の涙だ。マスターは自分の尊厳と自分の未来を死守して戻ってきたのだから。

親友として、誇らしいよ――。

と胸裏でつぶやいたとき、ふいにガラガラと玄関の引き戸が開く音がした。

ハッとした俺が、あぐらをかいたまま固まっていると、ぼさぼさ頭のノッポがぬうっと顔を出した。

「おう、なんか、久しぶりだな」

ミリオンは、俺とのあいだに何もなかったかのような口調でそう言うと、肩に背負っていた旅行用のバッグを床の上に置いた。

「ってか、ミリオン、お前さぁ――」

と不満を口にしかけた俺を見て、ミリオンは、「ん?」と軽く首を傾げた。そして、卓袱台を挟んだ正面であぐらをかいた。

なんで誰にも連絡を返さなかったんだよ――、そう言いそうになったけれど、俺はその台詞をぐっと飲み込んで、別の言葉に切り替えた。

「えらく疲れてるみたいだけど、大丈夫か？」

「まあ、実際、疲れたからな」

他人事みたいにぼそっと言いながら、ミリオンはいつものようにタブレットを取り出した。

そして、電源を入れると「ん？」と眉間にシワを寄せた。

「充電が切れそうだ……」

つぶやいたミリオンは、面倒臭そうにのそのそと立ち上がると、ふたたび旅行用のバッグを手にして「部屋で充電してくるわ」と言った。そして、そのまま自室に消えてしまった。

ひとり居間に取り残された俺は、思わず「はあ」と息を吐いて天井を見上げた。ミリオンがシェアハウスに帰ってきたこと。しかも、違和感なく会話をしてくれたことに、どうやら俺は安堵を覚えたらしい。

と、そのとき、卓袱台の上のスマホが振動した。

見ると、パン子からのメッセージだった。

『ヤッホー！　サイコーな女子旅から、ただいまやでっ♪』

このハイテンションな文章を読んだ俺は、すぐさま返信した。

『パン子、お帰り。ちょっと急だけど、いまから五人で前浜に集まってチェアリングしない？』

楽しい旅の余韻に浸っているあの二人なら、疲れたミリオンとマスターを元気付けてくれるような気がしたのだ。

この日の前浜は、空も海も灰色だった。

それでも俺たちは、久しぶりに各自の椅子を持ち寄り、車座に置いて座った。

俺の狙いどおり、はじめは口数の少なかったミリオンとマスターも、パン子と風香の会話に釣られて少しずつ表情が明るくなっていった。

やっぱり五人が揃うと違うな——。

と、ホッとしていたら、ショートパンツのポケットに入れておいたスマホが振動した。画面を見たら「母」と表示されていた。

まさか、また体調が悪化したんじゃ……。

「もしもし」

俺は少し慌てて電話に出たのだが、母は、あっけらかんとした声を返してきた。

「ねえ、誠。あんた、本当にいい友達を持ったねぇ」

え……？　いい友達？

「急に電話してきて、なに？」

「うふふ。内緒」

「は？」

と、固まっている俺に、母は続けた。

「それよりさ、ミリオンくんに伝えて欲しいことがあるの。彼ね、うちを心配して、本当に事業再生の計画書を作ってきてくれたのよ」

「なにそれ？　俺、全然聞いてないけど」

ミリオンをちらりと見ながら立ち上がった俺は、いったん五人の輪から外れて距離を取り、背を向けた。

「その計画書、じっくり読ませてもらったんだけどね――」

母の説明によれば、まずはチェーン店にフランチャイズ加盟して経営を学び、その後、また独立するという内容らしい。

「でも、うちは、ほら、そういうのは、もういいかなって」

つまり母は、俺からやんわりとミリオンに断って欲しい、と暗に言っているのだ。

俺はもやもやする感情を抑えながら、母との通話を終えた。そして、五人の輪に戻ると、一度、深呼吸をしてからミリオンを見た。

「ミリオン、ちょっといいか」

「ん？」

ミリオンは、とぼけたような顔で俺を見た。

「お前、なんで俺にひと言もなしで、うちの実家に事業再生の計画書なんかを渡したんだ？」

なるべく穏やかに言おうとしたのに、つい棘《とげ》を含んだような言い方になってしまった。

「そりゃ、お前の母ちゃんが、いい再建計画があれば――って言ったからだろ」

「まあ、たしかに、あのときはそう言ったけどさ……」

「なんだ？　先に、マックに言えばよかったのか？」

ミリオンは、また、とぼけたような顔をして言った。

「そういう問題じゃねえだろ。お前、ふざけてんのかよ？」

「ふざけてる？　俺が、か？」

俺のなかで、もう一人の俺が、抑えろ、抑えろ、と言っていた。でも、この瞬間、俺は内側からイライラの炎に焼かれて、自制が利かなくなっていた。

「まずはフランチャイズで学べって――、お前、何様なんだよ」

完全に喧嘩腰な口調で俺は言った。パン子と風香とマスターは、呆然としていたけれど、なんだかもう、どうでもよくなっていた。

「俺は、何様ってほどじゃないぞ。でも、うちの親父――いや、うちの実家が、ステーキのチェーン店をやっててな、現状、まずまずの黒字経営なんだ。だから――」

「お前んちの傘下《さんか》に入れってか？」

「ちょっと、マック」

あいだに入ろうとしたマスターを目で制した俺は、以前から溜まっていたストレスを吐き出すように雑言をミリオンにぶつけた。

「お前、馬鹿なのか？　うちの実家に来たときのこと、一ミリも反省してねえのかよ？」

するとミリオンは、珍しく哀しげな目をして口を閉じた。そして、おもむろに立ち上がった。

「ちょっと、コンビニでトイレを借りてくる」

そう言って踵を返したミリオンは、いつものように大股で国道の方へと歩いていった。その後ろ姿をしばらく見詰めていたマスターが、眉をハの字にして「マック」と俺に向き直った。

「いまのは、さすがに言い過ぎだよ」

「いや、だってさ――」

「だって、じゃないよ。言葉の使い方がマックらしくないし、完全にアウトな発言だよ」

「…………」

出会って以来、はじめてマスターに叱責《しっせき》された俺は、正直、軽く面食らっていた。するとマスターは、やれやれ、といった感じで嘆息すると、ゆっくりみんなを見渡した。そして、いつもの穏やかな声で言った。

「あのね、これ、本当は内緒にしとくはずだったんだけど――、ミリオンはさ、シェアハウスの共同財布に集めた三人のお金の一部を倉持教授のコピートレード分として、ずっと運用してくれてたてさ。で、この間、その運用益をまるごと全部『かもめ亭』再建の足しにしてもいいかって、こっそりぼくに訊いてきたんだよね」

「え……」

想定外のエピソードに呆然としている俺を見て、マスターは、いっそう口調をやわらかくした。

「マックの実家に泊まった日の夜、マック、夜中にこっそり部屋を出て行ったよね」

「え？　あ、うん……」

頷いた俺は、ちらりとパン子を見た。

「あのとき、ぼく、ミリオンに言われたんだ。もしもマックがお店を継ぐことになったら、一緒にサポートしてやろうぜって」

ずっと気になっていた二人の内緒話の中身が、まさか、そんな内容だったなんて……。

俺は、ミリオンの折りたたみ椅子を見た。主のいない椅子は、ぽつんと孤立して見えた。

「大学に入学してすぐの頃にさ、ぼくとマックは、話のノリで『ぼくらも倉持教授の投資術に懸けてみたいよね』って、ミリオンに言ったんだ。そしたらミリオン、それを真に受けて本当に実践してくれてたんだよ」

俺は、ふと、奴の口癖を思い出した。


――金はエネルギー。自分と誰かの願いを叶えるためにある。

「もちろん、ぼくも、その運用益を『かもめ亭』のために使うことには賛成したんだけど、そしたらミリオン、すごく嬉しそうに『マック、喜ぶだろうな』って言ってたよ。そういう流れがあって、ミリオンは実家に帰っている間に『かもめ亭』の事業再建計画書を作って……。ミリオンは、そういう奴なんだよ。人の言葉をいつも真に受けて、よかれと思って、そのまま真っすぐ行動しちゃうんだよ」

俺は何も言えず、ただ「ふう」とゆっくり息を吐いた。

パン子も風香も、言葉を発しなかった。

マスターは、さらに続けた。

「ミリオンは、ああいう人だからさ、子供の頃から他人と上手くやるのが苦手で、ずっと友達がいなかったんだって。でも、大学に入って、人生ではじめて友達ができたって言ってた。最初は、マックとぼくで、その後、風香とパン子が登場してくれてさ。ああ、仲間ってこういう感じなのかって」

「そっか。ミリオン、ずっと淋しかったんやね……」

潮騒にかき消されそうな声でパン子が言った。

「うん。きっと腰の重いミリオンがチェアリング部に入ったのも、人生ではじめての『友達と楽しめるチャンス』を大事にしようと思ったからじゃないかな」

マスターの言葉に、風香はそっと嘆息して、下唇を噛んだ。

「マックの実家でさ、ぼく、ミリオンに訊かれたんだ。『友達が一人もいない教室に入るときの気分を想像できるか？』って。それを言われたとき、ぼくのなかでミリオンを見る目が少し変わったんだよね。なんて言うか、孤独から逃げないで、ひたすら乗り越えてきた人なんだなって……」

マスターの言葉を聞きながら、俺はミリオンの椅子を見詰めていた。

ふいに海から生ぬるい風が吹いてきて、足元の白砂がさらさらとサンダル履きのかかとを撫でていく。

「ぼくがマックに――、ううん、みんなに伝えたい話は、以上だよ。長くなってごめん」

パン子も風香も俺も、黙ったまま小さく首を振った。

すると、国道の方からミリオンの声が聞こえてきた。どうやら歩きながらスマホで誰かと話しているようだった。

やがてミリオンは俺たちの目の前まで来て、通話を切った。

そして、何かを決意したように「ふう」と息を吐くと、仁王立ちをした。

「いきなりだけどな、俺、大学を辞めることにした」

この突拍子もない告白に、俺たちは目と口を開いたままフリーズしてしまった。

「じつはな、このあいだ親父が死んで、代わりにオカンがうちの会社の代表になることになってな。で、財務面は俺が見ることになったんだ。と言っても、経験のない俺だけだと不安だから、倉持教授に社外取締役として入ってもらうことが決まった」

ミリオンの説明はショッキングな情報の詰め合わせだった。だから俺たちは、引き続きフリーズしたままだった。

そんななか、なんとか我に返って口を開いたのはパン子だった。

「っていうか、え、ちょっ――、ミリオンのお父さんが亡くなったなんて、うちら聞いてないやん」

パン子は少し怒ったように言った。

「ああ。じつは、マックの実家で朝食を摂ってるときに、訃報《ふほう》のメッセージが届いてな」

「え——、それで、あのとき、急に実家に帰っちゃったの?」

驚いて目を丸くした風香が訊いた。

「まあ、そういうことだ」

「じゃあ、あれから、しばらくシェアハウスに帰らなかったのは……」

答えが容易に想像できる質問を、俺は口にしていた。

「葬儀やら、会社のごたごたやら、仕事の引き継ぎやらで、死ぬほどバタついててな」

ミリオンが、あんなにも疲れた顔をして帰ってきた理由が分かった。俺のなかでパズルのピースがハマっていく。

「ってことは——、これまでちょくちょくミリオンが実家に帰ってたのも」

「親父が入退院を繰り返してたからな。何度か、いよいよヤバそうだって連絡が来て、そのたびに帰ってたんだ」

「ってか、ちょっと待ちいや」と、強めの声を出したのはパン子だった。「そういう大事なことを、なんでうちらに黙っとるん? ミリオンは、いつだってひとこと足りないんよ、ほんまに」

いつものマスターの台詞をパン子が代わりにぶつけた。

「お前らに言っても心配させるだけだし、親父の病気は治らないだろ?」

「そりゃ、まあ、そうやけど——。なあ、マスターも言ってやりぃや」

すると、パン子に振られたマスターが、なぜか急に申し訳なさそうな顔をしたのだった。

「あのね——、ごめん。じつは、ぼくも、みんなに黙ってたことがあって」

「え……、ちょと、やだ。今度は、なに？」

風香は、怪談話を聞く直前の少女みたいな顔をした。

「結論から言うと、ぼくも大学を辞めることになりそうなんだよね」

「は？　ちょっ……、マスター、ナニ言ってんの？　冗談だろ？」

俺の言葉に、マスターは苦笑しながら首を横に振ってみせた。

「実家でさ、やっぱり父と兄と喧嘩になっちゃって。そのとき、ぼく、思い切ってカミングアウトしたんだよね。そしたら——」

マスターの父は侮蔑の視線を向けて「お前のせいで頭が痛くなってきた。もう、うちには帰ってこなくていい」と捨て台詞を吐き、席を立ってしまったのだという。さらに、兄にまで「お前、なにふざけたこと言ってんだ」と嘲笑《ちょうしょう》されたのだそうだ。

「あかん。ひどすぎる。完全にアウトやわ、それ——」

眉間にシワを寄せたパン子が、信じられない、といった感じで首を横に振った。

「とにかく、そんなこんなでさ、もう、ぼくの学費は出すつもりはないって。いまどき珍しく勘当されちゃったんだよね」

マスターは、自分の境遇に愛想を尽かしたように「ほんと、やれやれな家族でしょ？」と苦笑した。

すると、あらためてミリオンが口を開いた。

「で、マスターは、これからどうするんだ？」

「とりあえず、ヘブンでバイトを続けながら、しばらくはフリーターかな。家賃は安いし、なんとかなると思うから」

「そうか。俺も、財務の仕事は基本的にリモートでこなすから、シェアハウスからは出ずにいようと思ってる。あの家賃は破格だからな」

「じゃあ、とりあえず、わたしたち、二人とお別れをしなくて済むってこと？」

不安そうな顔をした風香の問いかけに、ミリオンとマスターは、それぞれ小さく頷いた。

そうか、よかった——と、つぶやきそうになった俺は、しかし、その言葉を飲み込んだ。これからも一緒に暮らせるとはいえ、彼らは大学を辞めてしまうのだ。

五人の間に、とても気鬱でウエットな沈黙が降りた。

仁王立ちしていたミリオンが、ゆっくりと椅子に腰を下ろす。

と、そのとき、パン子が控えめな声を出したのだった。

「じつはな、あたしも、大学を辞めないかって言われてん……」

みんなの視線がパン子に集まった。

「東京のレコード会社のプロデューサーから連絡が来てな、さっさと契約してデビューの準備をしようって、せかされて」

「それ、いつ？」

間髪を容《い》れず、俺は訊いた。

「昨日の夜。また電話が来たんよ」

「え、ちょっと、それって――」

とマスターが目を丸くした。ミリオンもポカンとしている。

「内緒にしてて、ごめんやけど――」

パン子は二人にざっくりと今回のスカウトの件について説明をした。

するとマスターとミリオンは、驚きつつも「すごいよパン子。チャンス到来だね」「やったな、お前」と頬を緩めた。その祝福の言葉を聞きながら、俺は、ひとり密やかに蜜蜂に刺されていた。

「で、パン子は、なんて答えたの？」

マスターが核心の問いを口にした。

「とりあえずは、保留にしてもらったんやけど」

答えたパン子は、ちらりと俺を見た。でも、その視線はすぐに足元の砂へと向けられてしまった。

――マックは、あたしが東京に行ってもええの？

俺の内側でパン子の声が甦る。でも俺は、まだ納得できる答えを見つけていなかった。いや、そもそも、パン子の未来を決めるのはパン子であるべきだし、たとえ俺が「部長」だとしても、口出しすべきではない。ただ、もしも――、俺が、パン子の恋人だったりしたら――。そこまで考えて、俺は思い直した。パン子には二年前の春から想い続けている人がいるのだ。

「とにかく、俺たちは、パン子の決定を尊重するし、応援するよ」

蜜蜂の毒にやられて、いっそう臆病になった俺は、いちばん当たり障りがなくて、もっともみじめな「部長の言葉」を吐いていた。


その夜は、天候が荒れた。

マスターは、前浜から戻るなり、急に高熱を出して寝込んでしまった。きっと、ここ数日のストレスにやられたのだろう。

一方のミリオンはというと、狙いどおり株が爆上がりしたと上機嫌になり、ひとり土砂降りのなかコンビニに行って、酒とつまみを買って戻ってきた。そして――、

「よし、マック、飲むぞ」

と、居間の卓袱台を挟んで言った。

「いいけど、これ、ミリオンのおごりだよな？」

「いや、共同財布からの出費だ」

「おーい！」

となるのは、いつものことだ。

「そういえばマック、ホームページのデザインを変えたな」

「あ、うん。色々と変えちゃったけど……」

「前より、かなりいいと思うぞ」

まっすぐ褒められた俺は、変にくすぐったくて、ただ親指を立ててみせた。

それから俺とミリオンは缶ビールで乾杯すると、ごくごくと喉を鳴らし、ぷはぁ、とやった。

「そういえばさ、ミリオンは、よく『金は自分と誰かの願いを叶えるエネルギー』みたいなこと言うだろ？」

俺は、昼間にマスターから聞いた話を思い出しながら訊ねた。

「ああ、あれは倉持教授の受け売りだけどな」

「受け売りなのは知ってる」と俺は笑って続けた。「なんで、自分だけじゃなくて『誰かの』って言葉が入っているのか、気になってたんだけど」

「それは単純な話だ。金儲けの基本は『徳集め』だからな」

「徳集め？」

「まあ、これも倉持教授の受け売りなんだけどな」

そう言ってミリオンは、スマホの待ち受け画像を俺に見せた。赤地に金色で文字が書いてある。俺は、それを読み上げた。

「徳が集まるところに、得が集まる――」

「おう。それが教授の持論なんだ」

「えっと……」俺は心が汚れているのだろうか、脳裏に「綺麗事」という単語をチラつかせながら訊いた。

「現実も、そんなもんなのか？」

「多分な。教授の授業が、それを実証してくれてるし」

「実証？」

「ああ」

「ちなみに、どんな授業をやってんの？」

「授業のメインは、これまで教授が投資した会社の経営者たちと教室をリモートでつないで、成功したビジネスにまつわる話を聞かせてもらうことだな」

「マジか。すげえな」

「だろ。まあ、事前に録画した映像を流すときもあるけどな。いずれにせよ、投資すべき会社は、志と徳を備えた社長がいる会社だってことを教え込まれるんだ」

「それで、徳か——」

「教授は俺たちに『本物の大人』を見せることで、人を見る目、生き方や本質を見る目を育てて、結果的に、人に喜ばれる企業こそが儲かる企業だってことを実感させてくれるってわけだ」

「なんだよ、マジで、いい教授じゃんか」

「だから、ずっと前から俺は絶賛してただろ」

「あはは。たしかに、そうだよな」

「いまだから言うけどな、うちの実家のステーキ屋は一回、倒産してるんだ。で、俺たち家族が貧乏のどん底にいたとき、親父の親友の倉持教授が颯爽《さっそう》と現れて、あっさり親父の店を買い取ったと思ったら、儲かってるチェーン店と契約して、親父をオーナーに据えてくれたんだ。教授は、もちろん、そのチェーン店の株主だぞ」

驚いた。倉持教授とミリオンの父親は親友だったのだ。

「それで?」

と、俺は先を促した。

「親父は儲かってるチェーン店から経営のイロハを学ばせてもらったあと、あらためて独立させてもらってな――」

「って、おい。それ、ミリオンが『かもめ亭』用に作った企画書と」

「ほぼ同じだな」にやりと笑ったミリオンは、チューハイの缶を開けてガブリと飲んだ。「地獄みたいな貧乏と、そこから脱した経験とノウハウを少しでも役立ててもらえたらと思ってな」

「ミリオン、やっぱ、お前さぁ」

「ん?」

と、こちらを見たミリオンの目には、一ミリの邪気すら感じなかった。

「ほんと、ひとこと足りないんだよ、いつも」

すでに俺は、下まぶたにしずくをためていた。でも、ミリオンはそのことには突っ込まず、他人事のように返した。

「ああ、どうも昔からそうらしい。そのせいで俺は友達ができないし、すぐ女にフラれるし、マスターには叱《しか》られっぱなしだ」

「あはは。少しは学習しろよ」

笑いながらも、うっかり語尾が潤み声になってしまった。

「お前は、ガキみたいにすぐ泣くな」

「泣いてねーし」

と俺は親指で目尻をぬぐう。

それから卓袱台の上に、やたらと照れ臭い空気が流れて――、俺たちは思わずプッと吹き出していた。そして俺は、昼間からずっと言えずにいた言葉を、ようやく口にすることができたのだ。

「ミリオン――」

「ん?」

「なんか、色々と誤解してて、ごめんな」

するとミリオンは、いつも通り、そ知らぬ顔で小さく笑ったと思ったら、ふいに話題を変えたのだった。

「そういえば、お前、いいのか？」

「え……、なにが？」

「パン子、東京に行っちまうんじゃねえか？」

横殴りの雨滴が窓ガラスを叩いてバラバラと音を立てた。

俺は、何も言わず、ミリオンが飲んでいたチューハイの缶に手を伸ばすと、それをごくごくと飲んだ。

「おい、なんで、いきなり俺の酒を飲む？」

「お前のモノは、俺のモノだからな」

真顔で俺が言うと、ミリオンはくすっと笑った。

「じゃあ訊くけどな――」

「ん？」

「パン子は、誰のモノだ？」

俺は、手にしていた缶をそっと卓袱台の上に置くと、胸のなかでどんどん大きくなっていく蜜蜂の羽音を無視して答えた。

「パン子は――、モノじゃないよ」

第八章　ブルートパーズ色の海

【王丸玲奈】

ミリオンとマスターとわたしが、三人そろって退学の話を打ち明けたあの日から三日が経った。急な発熱で床に伏していたマスターはすっかり元気になり、新海町を覆い尽くす暴力的な夏空も、目を射るようなまぶしいブルーを取り戻していた。

そして今朝、わたしは「計画」どおり、マックのスマホにメッセージを送った。内容は、『マックに話したいことがあんねん。バイクで龍宮岬公園に連れてってくれへん？』だった。

というわけで――、いま、わたしとマックは、はじめてチェアリングをした公園のベンチに座って、真夏の海風に吹かれていた。

ここに来てからしばらくのあいだ、わたしたちは軽い世間話やジョークで笑い合っていた。でも、ふと会話が途切れたとき、マックは大事なことを思い出したように言った。

「そういえばパン子、俺に話したいことって？」

「あ、うん。えっと……」

言葉を詰まらせながら、わたしはマックを見た。マックの表情には、かすかな不安が見え隠れしていた。そりゃ、そうだろう。なにしろ朝っぱらから意味深なメッセージを受け取って、結果、わたしたちはここにいるのだから。

　でも、いま、本当に不安なのは、わたしの方だと思う。なぜなら、これからわたしは、わたしの消し去りたい過去を吐露するのだから。

「じつは、あたしな」わたしは少し声のトーンを落とした。「ずっとマックにも言ってなかったことがあんねん」

「え？」

　マックは眉尻を下げて、じっとわたしを見た。

「前に、あたしの人生は偽物だらけやって話したの、覚えとる？」

「ああ、うん。バイクで行った夜の公園で……」

「そう。あれな、じつは、あたしの義理の家族のことやねん」

「義理の家族？」

「うん。事故で孤児になったあたしを引き取ってくれた伯父さん夫婦と、あたしのふたつ下の娘さんの三人なんやけど」

「うん……」

　あの「家族」の顔が脳裏にチラつく。

　わたしは少しお腹に力を込めて続けた。

「あの家の人たち、めっちゃ優しくてな、いつも、よそ者のあたしに気ぃ遣《つこ》うてくれてててん。でも、この三人に嫌われたら、あたし、もう行くとこないわけやん？　せやから、それがめっちゃ怖くてな――」

当時のわたしは、とにかくこの「家族」に好かれなきゃ、完璧ないい子でいなきゃ、と日々、心を砕いていたのだった。

そんなある日のこと、わたしが帰宅していることを知らない義理の家族三人が、夕方、リビングに集まって談笑していた。わたしもその談笑に加わるべきだと思ってリビングに入ろうとしたとき――、義母が、とても楽しそうな声で言ったのだ。

「さっきな、武上《たけがみ》さんから美味しそうなゼリーをもろたんよ。でも、三つしかないから、Rが帰ってくる前に食べなあかんね」

わたしはリビングの手前で足を止め、壁の裏から密かにその言葉を聞いていた。武上さんというのは、近所に住んでいる義母の知人の苗字だが、それはともかく「あーる」って?

R――。

それが、わたしのイニシャルだと気づくのに、さほど時間はかからなかった。

「あははは。せやな。Rにバレる前に急いで食べよ」

義妹は、とても愉快そうに笑った。

せめてこの人だけは――と願った義父も、結局は、さらりと残酷な台詞を口にしたのだった。

「食べ終えたら、Rにバレんよう、容器を隠して捨てなあかんな」

「大丈夫やろ。いくらRでも、ゴミ箱を漁ったりはせんよ」

「たしかにぃ！」

義母と義妹は、そう言って吹き出した。

いつのまにか脚が震え出していたわたしは、決して足音を立てないよう、そっと二階の自室に向かおうとしたのだけれど、でも、踏み出した左脚の義足が小さく、カチャ、と音を立ててしまったのだった。

その瞬間、リビングの中が静まり返った。

バレた。完全に。

盗み聞きをしていたと思われたに違いない。

わたしの心臓は一瞬で凍りつき、全身も固まりそうになった。

でも、とにかく、ここから逃げなくてはならない。

そう思って、わたしは急いで自室へと続く階段を上っていったのだった。

と——、そこまでマックに話したわたしは、なんとなく左膝を両手で撫でながら、なぜか
「ふふっ」と小さく笑っていた。

「とくに義母はな、あたしに向かって何度も、何度も『玲奈ちゃんは、うちの本物の家族やからね』って言ってくれてたんやで」

「…………」

「でも、あたしがいないところでは『R』って。笑えるやろ?」

マックは何も言わずに、ゆっくりと首を横に振った。

「あのとき、あたし、部屋のベッドに突っ伏して、『んー、んー』って、声を殺して泣きまく

ったんよ。なんか、泣き声を聞かれたら全部が終わるみたいな気がしてな」

「その後は、『家族』と気まずくならなかったのか？」

「もちろん、よそよそしくはなったけどな、でも、お互い、暗黙の了解みたいに『アレはなかったこと』って感じにしてたんよ」

「そっか……」

「それしかないやん？　向こうは気まずいだろうし、あたしには逃げ場がなかったし」

「パン子……」

マックは、つぶやくようにわたしのあだ名を口にした。

その声色が真綿のようにやさしかったから、わたしは、ゆっくりとマックの方を見て、なるべく明るめに微笑んでみせた。

「というわけで、あたしの人生は、幸せなフリだらけの偽物の人生やってん」

「…………」

「あ、もちろん、孤児なうえに義足のあたしの面倒を看てくれた義父母には、ちゃんと感謝しとるんやで。陰で何を言ってたかは知らんけど、衣食住を与えてくれたんやもん。そこは、感謝せなね。せやけど、よーく自分を観察してみると、周りにいるのは、義父、義母、義妹。そんで、この義足――って、なんか『義』だらけやんか。しかも、義足だってこと、動画のファンには隠しとるし、そもそも、あたし、パン子ですらないから呼び名も本物やないし」

「なあ、パン子」

「ん？」

「なんていうか……自分のことを、そんな風に言わなくても――」

「うん。わかっとるよ」と、わたしは言葉をかぶせた。「ちゃんとわかっとるから、こうやってマックに話せるようになったし。せやから、いまのあたしは大丈夫。心配せんといてな」

「…………」

「ただ、マックには、ちゃんと伝えておきたかったんよ。これまでのあたしのことを」

「え――」

「その上で、これからのあたしは、なるべく偽物やない人生を生きたいなぁって思っとることも、伝えたかったんや。ちゃんと」

「それ、どういうこと？」

相変わらず不安そうな顔で、マックは首を傾げた。

「あたしな」

「うん」

「そろそろ『パン子』を卒業してもええかなって」

これからのわたしは、自分の心をちゃんと大切にして、嫌なことは嫌だと言い、好きなものは好きだと言う。そして、そろそろ「元パンクロッカー」のスーツを着た女の子としてのあだ名「パン子」を返上してもいいかな、と思えるようになったのだ。風香のアドバイスをきっかけに身に着けた想像のスーツは、もう完全にわたしの人格の一部になっている。だから、もう、人の目を気にして、控えめで、弱々しくて、できないことを何でも義足や他人のせいにして、心のどこかで卑屈になっていたあの頃の呼び名、「玲奈」に戻しても、いまのわたしはきっと大丈夫。

この義足は、わたしにとって、たしかに「不便な点」だし「R」を思い出させるトリガーでもある。それでも、わたしは、その変えようのない事実をそのまま受け止めたうえで、欠損した部分を埋めようとする人生ではなく、欠損したまま楽しむ人生を送ると決めたのだ。

たとえポンコツでも、わたしは、わたしでいい。

「え……と、『パン子』を、卒業って？」

わたしの言葉の意図を探ろうと、マックが、わたしを見詰めてくる。

「マック」

「ん？」

「あたしのこと、玲奈って呼んでもええよ」

「え？」

「でも、いきなり呼び方を変えるのって、恥ずいやんか？」

「まあ、うん」

「せやから、ちょっとずつでええねんけど」

「…………」

マックの視線がわたしから逸れて、わかりやすいくらいに泳ぎだした。きっと、マックは、何か勘違いをしている。

わたしは、それがおかしくて、くすっと笑うと、スマホをチェックした。

「あっ、あかん。そろそろ時間や。帰らな」

「え？　帰る？　いま？」

「うん。あたし、この後、友達と前浜で待ち合わせしとるんよ。せやから、急いでバイクで送って欲しいねんけど」

自分で言いながら、自分に「どんだけ自分勝手な奴やねん！」と突っ込みを入れたくなる。でも、根っからお人好《ひとよ》しのマックは「えー、マジかよ」なんてボヤきつつも、海風に吹かれたベンチから腰を上げてくれるのだった。

「ちなみに、パン子、その待ち合わせって、何時？」

「十分後やな」

「はあっ？　十分後って――、嘘だろ？」

「ごめん。それが、大マジやねん」

「ったく、しゃあねえなぁ。じゃあ、急ぐぞ」

言いながら、くるりと踵を返したマックが、わたしを置いて歩き出した。

でも、その脚は、背中を追いかけるわたしがちゃんと追いつけるくらいの、やさしい歩幅を刻んでくれていた。

【夏川 誠】

パン子をバイクに乗せて国道を飛ばした俺は、前浜の入り口で停車した。

「サンキュー、マック」

と言いながら器用にタンデムシートから降りたパン子は、ヘルメットを外すなり、なぜか俺の手首を握って軽く引いた。

「マックも一緒に来るんやで」

「え――？　どういうこと？」

「ほれ、早よ降りて」

何がなんだか分からないままバイクから降ろされた俺は、そのまま砂浜へと引っぱられていった。

「なんだよパン子。ちゃんと説明し……」

そこまで言いかけた俺は、続く言葉を失った。

というのも、俺の視線の先には、白い渚にテーブルと椅子を並べて、こちらを見ている三つの見慣れた笑顔があったのだ。

「え……、なにこれ？　どういうこと？」

「うふふ。ええから、行くで」

パン子は笑いながら俺の後ろにまわり、今度は背中をぐいぐい押しはじめた。

そのまま三人に近づいていくと、いきなり――、パン！　パン！　パン！

こちらに向けられたクラッカーから、乾いた破裂音が飛び出した。

「マック、誕生日おめでとーう！」

と、口々に叫ぶ四人。

これがいわゆる「サプライズ」だと気付くまでの約二秒間、俺は口を半開きにしたまま杭のように突っ立っていた。

「マ、マジか……。いや、びっくりしたぁ」

なんとかそう言って近づいたテーブルには、真っ赤なホーロー鍋が準備されていた。

ふわふわと鍋から漂う湯気。

俺は、その鍋のなかを覗き込んだ。

「えっ……？」

この真夏の炎天下に、ロールキャベツ？

みんなの顔を見回した俺に、風香が「まあまあ、食べてみて下さいな」と、ロールキャベツをひとつ小皿に取り分けてくれた。

そして俺は、言われるがままにそれを口にして――、固まった。

「これって……」

「やっぱり、わかるんだね」

と嬉しそうに目を細めたマスター。

「そりゃ、わかるよ」なにしろ、実家のロールキャベツの味だったのだ。「つーか、え？　これ、どういうこと？」

と、ますます驚いている俺に、ひまわりの笑みを咲かせた風香が「あのね――」と弾んだ声で説明してくれた。

風香いわく、俺以外のみんなは、俺に内緒でこっそり実家を訪れ、元気になった母からロールキャベツの作り方を教わったのだという。発案はパン子だったそうだ。

「あたしは今日、マックをどこかに連れ出しておく役で、一緒にロールキャベツを作れんかったけどな。せっかくマックのお母さんから作り方を習ったのに」

眉をハの字にして拗《す》ねたフリをするパン子を見ていたら、俺の頭のなかで散らばっていたパズルのピースがピシピシと音を立てて一気につながった。

つまり――、俺が母の快癒をみんなに伝えて、ひとり実家から帰ってきたとき、入れ替わるようにパン子と風香は旅行に行き、マスターは実家に帰った。誰もいなくなったあの期間のどこかで、四人は密かにうちの実家に集合してロールキャベツのレシピを学んだのだ。ミリオンは、父親が亡くなったことを誰にも伝えないまま、例の事業計画書を母に渡し、しれっとレシピを学んだのだろう。以前、母が電話で「誠。あんた、本当にいい友達を持ったねぇ」と謎めかせたのは、このサプライズを知っていたからだ。

「うん、美味い。このロールキャベツは、あおぞら絶景カフェの定番にできるな」

ミリオンが自分も食べながら言うと、風香が続いた。

「わたし、パン子のお母さんのロールキャベツもちゃんと覚えて、それぞれメニューに入れるよ。そしたら、どっちの味も、この先、ずっと残せるでしょ？」

それを聞いたパン子が「風香ぁ、愛してるぅ」と言って飛びついた。そして横から風香をハグしたまま俺を見た。

「な、みんな、おせっかいやろ？」

「…………」

俺は、何も言わず、ただ小さく笑って頷いた。

まったく、本当に、最高すぎるおせっかいな連中だ。

それから俺たちは、白砂のビーチでロールキャベツを頬張った。

しばらくすると、ミリオンが何かを思い出したように口を開いた。

「ところでマック、誕生日を迎えたお前に頼みがある」

「え？　ふつうは、俺の頼みを聞いてくれるんじゃねえの？」

するとマスターが横から入ってきた。

「それがね、むしろプレゼントみたいな頼みごとなんだよ」

プレゼントみたいな——って？　俺は首を傾げた。するとミリオンが、いきなり突拍子もないことを言い出したのだ。

「マック、お前、もう就活はあきらめろ」

「は？　なんだよ、それ」

「ぼくらと一緒に、ちゃんとスタートアップしよう」

とマスターが続いた。

スタートアップ？

誕生日の俺をからかってるのか？　と、ひとり訝しんでいる俺に、ミリオンは真顔で続けた。

「じつはな、マスターが大学を辞めるって聞いたときから、俺は考えてたんだ。そもそも、うちの実家のチェーンは飲食で、マスターと風香の夢も飲食。つまり、俺たちには技術とノウハウと似通った夢がある。不動産屋の石村さんと忠司さんと倉持教授とのコネもある。資本金も、まあ、多少なりとも、あるにはある」

「資本金って、三人の生活費の一部をコピートレードしたっていう、アレか？」

思わず俺はそう訊いていた。

「まさにソレだ。でな、俺たちで新会社を設立して、お前には、あるものをプレゼントをする」

そこまで言ったミリオンは、いったんみんなの顔を見渡した。そして、にやり、と笑いながら言った。

「社長の椅子だ」

「え……？」

と、俺も、仲間たちの顔を順番に見た。真夏の陽光のなか、みんな、それぞれ、まぶしそうに微笑みながら俺を見ていた。

「いいかマック、お前は今日から経営を学びまくれ」

「いや、ちょっ――、俺が、社長って」

「そうだ。社長だ。いずれ倉持教授に投資してもらえるような、志と徳のある経営者になれ」

「だから、ちょっと待てって。つーか、パン子はどうするんだよ？」

「こいつは、にぎやかしだ」

「うわ、あたしは平社員かと思ったら、にぎやかしかーい！　でも、まあ、音楽しかできんから、そんなもんやろな」

と自虐を口にしたパン子に、マスターがいつもの優しい言葉をかけた。

「にぎやかしっていうのは、大切な広告塔っていう意味だよ」

「広告塔？」

不思議そうな顔をしたパン子に向かって、ミリオンが、もはや社長みたいな口調で指示を出す。

「よく聞けパン子。お前が東京でデビューするなら、それこそ広告塔として俺たちの事業を宣伝しろ。いままでどおり動画で音楽を続けるにしても、ガッツリ広告塔として活躍してもらう」

「ん？　どっちを選んでも広告塔ってことは――、あたし、デビューしてもしなくてもええってこと？」

パン子は訊ねながらミリオンを見て、そして、俺を見た。

「おう、好きにしろ。お前のやるべきことは同じだからな」

尊大に腕を組んだミリオンが、もはやリアル社長に見えてきて——、俺はふたたび我に返った。

「いやいや、ちょっと待てって。だから、いきなり俺が社長だなんて、無理だって」

「無理どころか、お前には社長のほかに広報係も兼務してもらうからな」

「広報係？」

「そうだ。お前は自分の好きなことと得意なこと、自分で分かってるか？」

俺の好きなことと、得意なこと？

いったい何のことだ、と思っていると、ミリオンは腕を組んだまま、出来の悪い生徒を見る教師みたいな目で俺を見下ろすのだった。

「例えば、お前はパン子の動画サイトを作れるだろ？　そういう能力を惜しみなく使って、どんどん広告塔を有名にして儲けさせろってことだ」

「…………」

「いいかマック。誰かに『やれ』と言われなくても勝手にやってしまうくらい好きなことで、しかも、それが得意なことだったら、それを仕事にするのがベストなんだ。俺なら投資、マスターならコーヒー、パン子なら音楽、風香なら料理。分かるか？」

「そりゃ、分かるけど、俺は——」

と言いかけて、ふと考えた。

そういえば俺は、「あおぞら絶景カフェ」のホームページを作っているとき、時間を忘れて朝まで没頭していた。しかも、誰に命令されたわけでもなく、ただ好きだから勝手にやっていたのだ。それって、まさに、好きで得意なこと――。だから俺は広報係なのか。なんだかマックというあだ名が、ここに来て……。

と考えはじめたところで、再び我に返って、いやちょっと待てよ、と首を振った。

「でも、やっぱり社長は違うだろ。俺、好きでも得意でもないぞ」

すると今度はパン子が、やれやれ、という目で俺を見た。

「マックは、自分の才能に気づいてないんやなぁ」

「そうだよマック」

とマスターがパン子に同調した。

「お前のいちばんの才能はな、その性格なんだ」とミリオンが得意げに説明をはじめた。「いいか、お前は、真面目で誠実。そして、誰かに喜ばれることが好きなうえに、おせっかい野郎だ。そういう人間こそ、倉持教授が応援したくなる社長なんだ」

「応援したくなるのは、倉持教授だけじゃないよ」

と風香が笑いかけてきた。

「マックは、ぼくらも応援したくなるタイプの人だからね」

マスターが、嬉しそうな顔で言う。

想定外の褒められ方をした俺は、急に照れ臭くなってきた。

「いや、でも、俺……、経営なんて右も左も分からないし。もし、失敗したら、それこそ

「――」

「それは、そんときに考えればいい。俺たちには『失敗する自由』があるからな」

ミリオンの妙な台詞を俺は訊き返した。

「失敗する自由？」

俺の問いに答えたのは、なぜかマスターだった。

「間違いを犯す自由が含まれていないのであれば、自由は持つに値しない」

「え……？」

「マハトマ・ガンジーが言った名言だよ。昔、ぼくが尊敬してる『岬カフェ』っていう喫茶店のママに教えてもらった言葉なんだ」

そう言って微笑んだマスターに、ミリオンが続いた。

「その名言は一理ある。じつはな、ビジネスで成功した人ほど、たくさんの失敗を経験してるんだ。で、その失敗から学びを得て、修正を加えて、ふたたび挑戦――そのサイクルをひたすら繰り返した者が、いつか成功者と呼ばれるようになる。っていうか、そもそもビビって何もしなかったら失敗すらできないだろ？　失敗ができなきゃ、成長もできないってわけだ」

俺は何も言い返せずに、雄弁なミリオンをじっと見ていた。

するとミリオンは、ふう、と息をついて言った。

「というわけで、これが、俺たちからマックへの、人生を懸けた誕生日プレゼントだ。上手くやれば『かもめ亭』とパン子の母ちゃんのロールキャベツも残せるぞ」

ミリオンは、どうだ、と言わんばかりの顔で俺を見た、と思ったら、ふと表情をゆるめて続けた。

「ちなみに、俺たちからの、この真剣なプレゼントを受け取るかどうかは――」

「俺自身が決める……ってことか」

ひとりごとのように俺が言うと、なぜかミリオンは「いや」と首を振った。「決めるのは、俺たちだ」

「は？」

「のび太よ、お前は、ただ有り難く受け取れ」

ミリオンは腕を組んだままドヤ顔で俺を見下ろした。

のっぽで傍若無人な男の背景には、阿呆みたいにマッチョな入道雲が白く光っていて、しかも、それが神々しくさえ見えて――。

「なんかさ……」俺は胸いっぱいに青い海風を吸い込んで、「誕生日なのに、上下関係がおかしくね？」と言ったら、みんながドッと笑い出した。そして、俺たちの笑い声に呼応したように、遙か高い空から澄んだ鳶の歌が降ってきた。

ミリオン、マスター、パン子、風香――。

おせっかいすぎる連中の顔を見たら、またしてもポンコツな俺の涙腺がじんわりと熱をもってきて……。

「あっ、俺、酒を飲む前に、いったんバイクをシェアハウスに戻してくるわ」

と、逃げ口上を口にした。

「えっ、なら、あたしも付き合う！」

明るい声で言ったパン子が、夏空に向かって小学生みたいにピンとまっすぐ手を挙げた。


【王丸玲奈】

それからマックとわたしは、バイクに乗ってシェアハウスに戻った。

いつもの場所にバイクを停めたマックは、二つのヘルメットを玄関のなかに入れると、すぐに出てきた。

「うっし。じゃあ、戻るか」

「せやね」

わたしたちは前浜へと続く小径を並んで歩き出した。

よく考えてみると、何度も通ったこの道だけど、マックと二人で歩くのは初めてだ。

「それにしても、まさか、俺の知らないところでスタートアップの打ち合わせをしてたなんて……。マジで驚いたわ」

マックは、嬉しいような、困ったような、複雑な笑みを浮かべながらそう言った。

「うふふ。でも、おもろい展開やろ？　発案者のミリオンがな、せっかくならマックの想像の一歩先を行くプレゼントにしたいって」

「一歩先どころか、一万歩くらい先だったよ」

「あはは。でも、ええやん。あたしらの会社の社長がマックって、ほんまにピッタリや」

「正直、ぜんぜん自信ないけどね」

「大丈夫やって。ピリリと辛味の効いた脇役が、ちゃんと支えたるから、頑張りぃや」

わたしはマックの弱点である脇腹をチョンと指で突いて「はうっ」と変な声を出させてやった。そして、訊いた。

「ちなみに、やけど――」

「ん？」

「マックが渋々でも社長の椅子を受け取ろうって思えた決め手は何やったん？」

するとマックは、「うーん……」と少しのあいだ思案したあと、ぽつぽつとしゃべり出した。

「ミリオンが、好きなこととと得意なことの話をしてたじゃん？」

「うん」

「あのとき、俺、ふと思ったんだよな。みんなにはそれぞれ、投資、コーヒー、音楽、料理っていうプロ並みの得意分野があるけど、俺のパソコンいじりだけは、唯一、素人に毛が生えた程度なんだよなぁって。ようするに、俺だけが『人を喜ばせる能力』を持ってないってこと。でも――」

「でも？」

「もしかすると、だけど……、『人を喜ばせる能力』を持った仲間を支えることだったら、俺にもできるんじゃないかって。ふと、そう思ったんだよな」

「なるほど。なんか、ええ話やん、それ」

「そうか？」

「うん。ただの涙腺が壊れたおせっかいな大学生から、一歩前進って感じやで」

と、マックを茶化したとき、なぜだろう、ふいに、わたしの脳裏にあの言葉がチラついたのだった。

生まれ変わるなら、生きてるうちに——。

そして、わたしはハッとした。マックは変わったのだ。自分には何もできないと思い込んでいたマックから、仲間を支えようとするマックへと。

わたしは、隣を歩くマックの顔を見上げた。

マックは穏やかな笑みを浮かべながら、「いや、そこで俺の涙腺は関係ねえだろ」と突っ込んできた。

わたしも、変わりたいな。

とても素直にそう思えたとき——、

「ねえ、マック」

わたしの口は自然と動いていた。

「ん？」

小首を傾げてわたしを見下ろしたマックの顔が、なんだか急に近く感じて……。

「あ、えっと——」

早鐘《はやがね》を打ちはじめた自分の心臓に戸惑いながら、わたしは肩にかけていたポーチからスマホを取り出した。そして、大切な写真を画面に表示させた。

「この、写真なんやけど……」

いまにも震え出しそうな手で、マックにスマホを差し出した。

スマホを受け取ったマックは、歩きながら写真を見て、「ん？」とつぶやいた。

ライムグリーンのスーツケースを右手で持って階段を駆け上がる一人の青年の後ろ姿——。

「これって、新海駅の上りと下りのホームをつなぐ通路の階段？」

「せやで」

わたしはマックの横顔を見ながら、そっと深呼吸をした。

「で、この写真が、ナニ？」

マックは、少し怪訝そうな顔をして、わたしを見た。

「この後ろ姿の人、誰やと思う？」

「ここに小さく写ってる人？」

「うん……」

「いや、ぜんぜんわかんないけど」

言いながらマックは、画面を顔に近づけ、あらためて写真をまじまじと見た。

心臓の早鐘に耐えられなくなったわたしは、「ほな、ヒントをあげるわ」と言った。

「うん」

マックが軽く頷いた。

と、そのとき、わたしたちの正面から、さあっと明るい夏の風が吹いてきた。小径に沿って植えられた向日葵《ひまわり》たちも、風を浴びて楽しげに揺れた。

「その写真を撮ったんは、あたしらが大学に入った年の春やで」

「ってことは、二年前の春か……」

マックは、思案しながら、つぶやくように言って――、
ハッとした顔でわたしを見た。

「え？　もしかして、これ、パン子が片思いしてるっていう……」

ちゃんと覚えててくれたんだ、マック。

わたしは黙って小さく頷いた。

「俺が写真を見ても、誰だか分からないっていうアレだよな？」

「うん。その、おせっかいな人やで」

わたしの心臓はどんどん膨張してきて、もはや肋骨のなかに収まり切らなくなりそうだった。

きっと耳も頬も真っ赤になっていると思う。ふと見たマックの表情も、ふつうじゃなくなっていた。

気づいたのかな？　気づいてくれてるよね？

「え？　えっと……、あ、あのさ」

マックが、どぎまぎしたような顔でしゃべりだした。

「いま俺、ちょっと思い出したことがあるんだけど」

「ほう、なにを思い出してん？」

強がりのわたしは、あえて意味ありげに微笑みながらマックを見上げた。

「あれは、たしか――、俺たちの入学式の一週間くらい前だったかな。その日、俺、出先から電車に乗って、新海駅で降りて、そのままミリオンとマスターとの待ち合わせの場所に行こうとしてて」

「うん」

「でも、その待ち合わせに――」

「遅れそうになってたんやろ？」

思わず、わたしは言葉をかぶせていた。

何かを確信したマックが、ぴたりと足を止めた。

わたしも歩みを止めた。

やっぱり……、気づいてくれてる。

「うん。そうだった。あのとき俺、すごく急いでたんだ。でも、階段の手前にギターを背負った小柄な女の子が突っ立ってて。しかも、やたらと大きなスーツケースを手にして」

「声、かけたんやろ？」

「うん、かけた」

「このスケベ」

緊張と羞恥の限界を超えたわたしは、なぜか一周回って変な冗談を言ってしまった。

「あははは。こらっ、誰がスケベじゃ！」

でも、マックが冗談に乗ってきてくれたから、わたしは次の質問を口にすることができたのだ。

「そんとき、このおせっかいでスケベな男が何て言ったか、知っとる？」

わたしはマックの手にあるスマホを横から覗き込むようにして言った。そして再びゆっくりと歩き出した。マックも、わたしのペースに合わせて歩き出す。

「いやぁ、何て言ったかなぁ……」

記憶を二年前の春へと飛ばしたように、マックは首をひねった。

でも、なかなか答えが出てこないので、わたしがモノマネを交えて正解を教えてあげることにした。

「この男な、めっちゃ慌てた感じで、こう言ったんやで。――俺、いま、ちょっと急いでるんで、このスーツケース、向こうの改札の駅員さんに預けておきますんで」

「あっ、それ、言ったかも！」

「で、そのおせっかいな男は、背中にギターを背負った田舎もんのか弱き美少女からスーツケースを勝手にひったくって、そのまま階段をダッシュしていってん。そのとき、持ち逃げされんよう慌ててスマホで撮った写真が」

「この写真かよ？」

「せやで。か弱き美少女の自己防衛やな」

「おせっかいで、ひったくりって……、言いたい放題だな」と苦笑したマックは、ため息をつきながら写真を拡大した。そして、声のトーンを上げた。「うわ、懐かしい。このグレーのジャンパー、たしかによく着てたわ。いま見ると、ちょっとダサいけど」

「たしかに、そのジャンパーは、まあまあダサかったけど。でもな――」

「ん……？」

「その後ろ姿、か弱き美少女の目には、めっちゃ格好良く映ってたんやで」

言っちゃった……。

わたしは赤面した顔を見られるのが嫌で、思わず下を向いてしまった。

「へえ、格好良く見えたのか。ひったくり犯なのに？」

マックの冗談に、わたしは、うつむいたまま笑った。

「なあ、パン子」

「ん？」

わたしは、ゆっくりと顔を上げた。

「龍宮岬公園の駐車場で、パンクしたタイヤを交換したときさ――」

ひらひらと桜の花びらが舞っていたあの日の映像は、いまでも鮮明に思い出せる。

「うん」

「もしかして、すでに俺のこと」

「知っとったよ」

「…………」

「もちろん、風香もな」

「風香も？　マジかよ」

「うん」

だから、あのとき風香は、わたしのためにマックを引き止めて、チェアリングに誘ってくれたのだ。

「ってことは、俺たち、あのときが二度目の出会いだったんだな」

それは、違う。

「ううん。しゃべったのは二度目やけど、キャンパスでは何度もすれ違ってたんやで」

あの頃は、ただ、遠くから見ているだけでいいとか、まるでウブな中学生みたいなことを本気で思っていたのだ。

「そっか。すれ違ってたのか。何度も」

マックは少し遠くを見て、感慨深そうに嘆息した。

「俺、正直いうとさ、この写真を撮ったギター少女と、いまのパン子のイメージが、ぜんぜん重ならないんだよな」

「ふーん。なら、ちょっと貸してみ」

わたしは、そう言って、マックの手からスマホを取り上げた。そして、「ちょっと恥ずいけど……」と言いながら、別の写真を表示させてマックに再び手渡した。

するとマックは、「えっ、これ、高校生のパン子？」と言って、わたしと写真を何度も見比べるようにした。

「ちょっ――、は、恥ずいやん。そんな見比べんといてや。デリカシーないんか」

「あ、わ、悪りい」

謝りつつもマックは、あらためて写真のなかのわたしを見た。

黒髪で、おかっぱで、鼈甲柄のメガネをかけた、とても大人しそうな田舎の制服少女。背景は時代めいた屋根付きのバス停で、さらにその後ろには広い田んぼと緑の山々。そして、高い青空。

当時の「家族」から「R」と呼ばれていた頃のわたしだ。

「スレてなさそうで、可愛い美少女やろ？」

照れ隠しに、わたしはそう言った。

「たしかに、これは、これで。ってかさ、『パン子』っていう想像のスーツを着る前の、この、なんていうか――」

「ちょっ、コラ。王丸玲奈の時代を黒歴史みたいに言ったらシバくで」

「言わないって。だって、これはこれで、可愛いし……」

自分で言ったくせに、マックは勝手に視線を泳がせた。

顔から火が出そうなわたしも、きっと側《はた》からみたら挙動不審に違いない。

お互いに照れまくったまま少し歩くと、小径の先にコンビニと国道が見えてきた。国道の白いガードレールの向こうには、ブルートパーズ色の海がきらめいている。横断歩道を渡れば、三人の仲間たちの姿も見えてくるだろう。

「えっと——、これ」

言いながらマックはスマホをこちらに差し出した。

「あ、うん」

受け取ったわたしは、スマホをポーチにしまうと、マックにバレないよう、ひとつ深呼吸をした。


自分の人生の脚本は、自分で書き換える——。


意を決したわたしは、おずおずとマックの手を握った。

え？　という顔で、マックがわたしを見た。

「いまだけ、みんなに気づかれないところまで、このまま手ぇつないでても——」

「うん」

わたしに最後まで言わせず、マックは頷いてくれた。

そして、わたしたちは黙って手をつないだままコンビニの脇を通り過ぎ、国道を渡る横断歩道の前に立った。

北から南へ、二台の乗用車が勢いよく通り過ぎていった。

「パン子、渡るよ」

「うん……」

顔から火が出そうなまま、わたしは頷いた。

横断歩道の上を歩き出した二人。

自然な感じでわたしに合わせてくれる、いつもの歩幅。

国道を渡り切ると、眼下に前浜の白い渚が広がった。

歩道のうえで立ち止まったわたしたちは、耳によく馴染んだクリーミーな波音と海風に包まれていた。

白砂の向こうには、夏の強い日差しにきらめくブルートパーズ色が揺れている。

遠くに、三人の姿が見えた。

「おーい、ロールキャベツ、ぜんぶ食べちゃうよぉ！」

こちらに気づいた風香が声を上げた。マスターも振り向いて手を挙げた。ミリオンもわたしたちを見て眼鏡の位置を直している。

慌てたわたしは、マックの後ろに回って半身を隠しながら、つないでいた手を放そうとした。

でも――、
え……？

マックは、逆に、わたしの手をぎゅっと握って放さなかった。しかも、手をつないだまま、わたしの横に並んで立つと、みんなに空いた手を振り返したのだ。

「え？　ちょっ……、マック？」

わたしは海風にかき消されそうな声でつぶやいて、マックを見上げた。

「うん」

軽く頷いたマックは、あらためて白砂の上の三人の方を見た。

そして、そのまま、しゃべり出した。

「もしも俺が、パン子に我がままを言っていいなら」

「…………」

「やっぱ、東京には、行かないで欲しい」

「え……」

ポカンとしているわたしに、マックの視線が戻ってきた。

「その代わり、俺が動画作りとか手伝うし、パン子の音楽活動をサポートするから。ピリリと辛味の効いた脇役にもなるし、キャベツにもなる」

「え……？」

「ロールキャベツの」

一秒、二秒、わたしはマックを見上げながら、その言葉の意味を考えた。するとわたしの脳裏に、やさしかった母の笑顔が浮かんだ。わたしの手を包む大きな手。

「だから、このまま、みんなのところに行こう」

マックの手に、いっそう力がこもった。

「えっと、それって……」

「ちょっと、言うのが遅くなってゴメンだけど」

そこでマックは、ひとつ深呼吸をした。

「俺、玲奈のこと――」

そこから続いた短い台詞は、真っ白なわたしの頭のなかをふわふわと漂って、そのまま広い夏空に霧散してしまった。

え、いま、なんて言ったの？

もう一度、聞きたい。

そう思ったとき――、

「わぁー、なんだ、お前らぁ！」

「きゃー、やったぁー」

愛すべき仲間たちの冷やかしが遠くから飛んできた。

「ったく、ほんと阿呆だよな、あいつらって」

照れ臭そうなマックが苦笑してみせた。

「うん……。愛すべき阿呆たちやね」

わたしも思い切り照れながら頷いた。

「んじゃ、行こうか」

ふう、と決意の息を吐いて歩き出そうとしたマックの手を、「あ、ちょっと」と、わたしはいったん引き止めた。

「えっと……、あたし、先に言っとかな」

「え、なにを？」

マックは、少し不安そうな目でわたしを見た。

「なんて言うか……」適当な言葉が見つからなかったわたしは、なんとなく「言い訳」と言ってしまった。

「言い訳？」

「えっとな、あたし、ほら、こんなんやから……、歩くのすら下手くそやし、他にも色々とできないことがあるし。日常生活でも、あきらめなあかんことがたくさんあって。せやから、いろいろと迷惑かけるかも知れ——」

「大、丈、夫」

マックは言葉をかぶせて微笑んだ。

「え……」

「どうやら俺、スーツケースをひったくるほどおせっかいらしいから」

「…………」

「なにかあったら、勝手に面倒みちゃうと思うよ」

そう言ってマックは、夏空の下でニカッと笑った。

その笑みが、なんだかとても頼り甲斐があるように見えて――。

「ありがと」

わたしの口から、とても素直な言葉が引き出されていた。

「早く、こっち来てよぉ」

両手を振りながら白砂の上をぴょんぴょん跳ねている風香が黄色い声を上げた。

わたしたちは、あらためて歩道から仲間たちを眺め下ろした。

それぞれ人生の重荷を抱えた三人が、こっちを見て、やいのやいのと囃《はや》し立てている。わたしも、マックも、まだたっぷりの重荷を抱えている。あのときのスーツケースみたいに、一人じゃ持ち切れないほどの――。

「よし。こうなったら、堂々と行こうぜ」

「せやな。こっちが照れてると、みんなも恥ずかしくなるもんな」

「とはいえ、さすがに緊張するな」

本音をぽろりとこぼしたマックが可愛くて、わたしは笑った。

「うふふ。でも、大丈夫やで」

「え？」

「大抵のことは心配せんでも大丈夫やん？」

「…………」

「だって、あたしたちは――」

そこでマックは、何かに気づいたように笑みを深めて頷いた。

「そっか。そうだったよな」

「うん」

それから、わたしたちは手をつないだままコンクリートの段をゆっくりと降りて、まぶしい白砂の渚に降り立った。そして、照れ隠しに、握り合った手を大きく振りながら三人のもとへと歩いていった。

「おい、お前ら、起業する前から社内恋愛かよ」

ミリオンが珍しく歯を見せて笑った。

「おう、せやでぇ！」

と下手な関西弁で答えたのは、マックだった。

「そういえば、今日はまだ乾杯してなかったね」

とマスターが言うと、

「うん。いろんな意味で乾杯だね」

言いながら風香がビールやジュースをみんなに手渡した。

「ええと、経理の俺からひとこと言わせてもらうとだな――」

ミリオンが勝手に乾杯の挨拶をしはじめた。

でも、それが相変わらずの素っ頓狂な内容で、みんな、くすくす笑いはじめた。

この先――、スタートアップしたわたしたちに何が起きるかなんて、誰も知らないし、考えたってわからない。

はじめての経験だから、きっと失敗もするし、心配事だって尽きないと思う。

でも、だからこそ——。

わたしは、不器用で愛すべき四人の顔を順番に見た。

風香。マスター。ミリオン。そして、マック。

過去から見たらいちばん経験豊富で、未来から見たらいちばん若々しいわたしたち五人は、
チェアリングのときのように同じ方を向いて進んでいくのだ。

ちょっぴり怖いけどわくわくする「未知」に向かって。

ミリオンの挨拶の内容が明後日の方へと飛んでいく。

風香が、カセットコンロに火を着けた。

鍋のなかのロールキャベツが、再びあたためられていく。

わたしの小さな手を包んでくれる、大きな手。

幸せの香りが、きらめく海風に漂いはじめた。

エピローグ

「うっす！」

ふいに背後で声がして、肩に手を置かれた。

驚いた俺は、学食の椅子から五センチくらいお尻を浮かせていた。

「うわ、びっくりしたぁ」

慌てて振り向くと、色白でひょろっと背の高い男が俺を見下ろしていた。一昨年度まで語学の授業でクラスメイトだった笹本だ。

「なんだ、笹本かよ」

「なんだって、なんだよ。相変わらず失礼な奴だな」

笹本は苦笑しながら俺の隣に座った。

「つーか、夏川、一人で何やってんの？」

「ああ、ちょっと、ホームページを作ってんだよね」

「ホームページ？　またかよ」

「まあね」

「今度は、なんの？」

「これから仲間と立ち上げる仕事の公式サイト」

「仕事って――、前も、同じようなこと言ってたよな？」

「ああ、アレの進化版、ってとこかな」

「ふうん」笹本は、あまり興味なさそうに鼻から声を出すと、話のベクトルを少し変えた。「っていうか、最近、連中の顔を見ないけど、どうした？」

「連中？」

「ほら、よく夏川と一緒にこのテーブルでたむろしてた、黒縁メガネのノッポと、小柄なロン毛くん」

「ああ、あいつらは退学したから」

「え？　マジで？」

「うん」

「じゃあ、お前、両手に花の、ハーレムかよ」

言いながら笹本は、俺の背中をバシッと叩いた。

「痛《い》って！　お前、阿呆か。少しは手加減しろよ」

しかし笹本は、俺の言葉をスルーして続けた。

「最近、ピンク頭の娘も見なくなったけど、でも、代わりの娘を引き入れたんだろ？」

「代わりの娘？」

「俺が来る直前まで、お前、一緒にいたじゃん」

「え……」

「とぼけんなよ。俺はちゃんと見てたからな。髪の毛は、これくらいの黒髪で」笹本は両手で肩のあたりを示した。「鼈甲柄のメガネをかけた、ちょっと小柄な娘」

「ああ」

と俺は頷いた。

間違いない。笹本は、見事なまでに勘違いをしている。

「あの娘、俺、けっこう好みなんだけど」

「へえ」

俺は、あえて関心が無さそうに言った。

「チャンスがあったら、紹介してくんない？」

「悪いけど、それは無理」

「えー、何でだよ」

「何でって……」

俺は二秒ほど思案して、こう答えた。

「社運を損なうから」

「社運？　ちょっと言ってる意味がわか――」

「悪りぃ、笹本」

俺は言葉をかぶせた。

「ん？」

「これ、なるべく早く仕上げたいからさ」

言いながら俺は、パソコンの画面を指差した。

すると笹本は、湿っぽいため息をつきながら立ち上がった。

「お前、毎回、同じことを言って俺を追い払うのな」

「いや、べつに追い払おうってわけじゃ……」

「いいよ、いいよ。邪魔者は消えますよ」

と、冗談めかした笹本がきびすを返しかけたとき、「あ、そうだ、夏川」と、ふたたびこちらを振り向いた。

「――？」

「就活、いい情報があったら、お互いに交換しような」

笹本は俺の背中をポンと叩いてそう言ったけれど、残念ながら、俺は首を横に振るしかないのだった。

「ごめん。俺、就活はしないことにしたから」

「え……、どういうこと？」

「じつは、スタートアップしてみることになって」

俺の言葉に、しばらく固まっていた笹本が、眉を上げた。

「え、なに、マジで言ってる？」

「うん。マジ」俺は頷いて、パソコンの画面を笹本に見せた。「これ、そのためのホームページだから」

「おいおい、マジかよ。ちょっと見せて」

笹本は、立ったまま俺の横から画面を覗き込んだ。

「かなり本格的じゃん。あれ？　この写真、なんか、見覚えがあるような……」

「そうか？」

俺はとぼけたけれど、たしかにこの写真は、以前、笹本に見られたことがある一枚だった。

チェアリング部を立ち上げた頃にヘブンの脇の空き地で撮影した、俺たち五人の後ろ姿――。

「じゃあ、そろそろ、いいかな？」

なるべく角が立たないよう、俺は穏やかな声で言った。

「おう。あ、最後に――」

「なに？」

「スタートアップする会社の社名、教えてくんない？　あとで検索するから」

「ああ」俺は、できたばかりの会社のロゴマークをパソコン画面に表示させて笹本に見せた。

「これだけど」

興味深そうに画面を覗き込んだ笹本が訊ねてきた。

「このロゴのデザイン画って、蜜蜂？」

「そうだよ」

「へえ。いいじゃん。ちなみに、この社名は誰が？」

「一応、俺が考えたんだけど」

初の社長権限（という名の懇願）を発動させて、みんなに頷いてもらった社名は、『有限会社 ハニー・ビー』。

「えっ、夏川が考えたんだ？」

「まあ、なぜか俺、社長だから」

少し照れながら言うと、笹本は苦笑いを浮かべてあっさりこう言った。

「いや、そういう冗談はいらんから」

そして笹本は俺の肩をポンと叩くと、「じゃあ、またな」と言って、今度こそ、こちらに背を向けて歩き出した。

俺は、その、ひょろ長い背中を見送りながら、一人ため息まじりにつぶやいた。

「社長らしくなれる想像のスーツ、着てみるか……」

あとがき

読了、ありがとうございました。

じつは、この『ロールキャベツ』という作品、当初の構想段階では、チェアリングという遊びを通じて集まった大学生たちの「スタートアップ」をメインに描こうと思っていました。個性的な大学生たちが様々な障害を乗り越え、ビジネスを起動に乗せていく、いわゆる「お仕事サクセスストーリー」というやつです。

ところが――、いざ執筆前の「キャラクター設定」という作業に入ったら、思いがけずぼくの心は揺らぎました。マック、ミリオン、マスター、パン子、風香という五人のキャラクターのことが、びっくりするほど好きになってしまって、こりゃスタートアップ云々《うんぬん》よりも、むしろ、この五人の「愛すべき未熟さ」を描きたいぞ！　そう思ってしまったんです。

そうして執筆に取り掛かってからは、もう、ひたすら悶々としていました。

いいなぁ、俺もこいつらの仲間に入りたいなぁ……。

一緒に遊んだり、悩んだり、馬鹿やったりして、ハイタッチしたいなぁ――って。

ようするに「部外者」である自分を淋しく思いながら書いていたんですよね。

さて、そんなぼくが大学生だった頃は、と言いますと――、それはそれは未熟者でした。思い出すと情けなくて赤面するほどに……。未熟者ゆえに、いつも「漠然とした不安」と「いくつもの問題」を抱えていましたし、そのせいで心も常に不安定。浅学非才で経験も浅く、財力も人脈も乏《とぼ》しい大学生のぼくは、のしかかってくる不安や問題をさっぱり解決できず……、そして、何も解決できないいままなのに、正体のわからない圧力に背中を押され、社会の荒波へと突き落とされ、長らくあっぷあっぷしていた気がします。

でも、いまならわかるんですよね。それでいいんだってことが。

抱えた不安や問題を解決できずとも、それらをなんとかしようと必死にあがいてさえいれば、それが未熟者の時代の「最良の姿」つまり「成長している姿」だと知ったからです。

物語のなかでも書きましたけど、ぼくらの人生には、たいしたことは（ほぼ）起きません。大多数の人が、ありふれた人生を生きて、ありふれた死に方をします。しかも、そのありふれた人生のなかで起こる、ありふれた問題にすら、うまく対処できず右往左往……（涙）

それが、ぼくら未熟な人間であり、「チェアリング部」の仲間たちのような「成長中の人たち」でもあるんですよね。

というわけで、ぼくはいつか未熟ゆえに愛すべき彼らのその後を書きたいな、と思っています。思いつきではじめてしまった「スタートアップ」は前途多難な予感しかしませんし、マックと（パン子改め）玲奈の恋の行方も気になっているので。

小説家・森沢明夫

【初出】

「日本農業新聞」二〇二一年十月四日～二〇二二年十月二十九日に掲載。

単行本化にあたり、大幅に加筆修正しました。

この物語はフィクションであり、登場人物および団体名等は実在するものと一切関係ありません。

森沢明夫 もりさわあきお

1969年千葉県生まれ、早稲田大学卒業。2007年『海を抱いたビー玉』で小説家デビュー。『虹の岬の喫茶店』『夏美のホタル』『癒し屋キリコの約束』『きらきら眼鏡』『大事なことほど小声でささやく』等、映像化された作品多数。他の著書に『ヒカルの卵』『エミリの小さな包丁』『おいしくて泣くとき』『ぷくぷく』『本が紡いだ五つの奇跡』等がある。

ロールキャベツ

二〇二三年五月三十一日　第一刷

著者　森沢明夫
発行者　小宮英行
発行所　株式会社 徳間書店
〒一四一－八二〇二　東京都品川区上大崎三－一－一
目黒セントラルスクエア
電話［編集］〇三－五四〇三－四三四九
［販売］〇四九－二九三－五五二一
振替　〇〇一四〇－〇－四四三九二

組版　株式会社キャップス
本文印刷　本郷印刷株式会社
カバー印刷　真生印刷株式会社
製本　東京美術紙工協業組合

ISBN 978-4-19-865636-2
JASRAC 出 2302717-301

東京タワーが消えるまで

森沢明夫

ライブハウスで出会ったバンド「DEEP SEA」に特別な才能を見いだした佐倉すみれ（32歳、独身）は、彼らを一流のプロに育てるべく、一人でインディーズのレコード会社を設立。以後、全てを賭けて彼らのために奔走するが、大切なライブ当日にメンバーが現われない!?「誰かを笑顔にするために」ひたむきに人生を駆け抜けるアラサー女子の爽快小説。森沢明夫×村上てつや（ゴスペラーズ）対談収録

文庫／電子書籍

ヒカルの卵

森沢明夫

「俺、店を出すぞ」ある日、自称ツイてる養鶏農家の村田二郎が、村おこしに立ち上がった。その店とは、世界初の卵かけご飯専門店。しかも食事代はタダ、立地は限界集落の森の中とあまりに無謀。もちろん村の仲間は大反対だ。それでも二郎は養鶏場を担保に、人生を賭けた大勝負に出てしまう。はたして過疎の村に奇跡は起きるのか？食べる喜び、生きる素晴らしさに溢《あふ》れたハートフルコメディ。

文庫／電子書籍